EIN HERZOG WIRD VERZAUBERT

LORDS UND DIE LIEBE
BUCH EINS

DARCY BURKE

Übersetzt von
PETRA GORSCHBOTH

Zealous Quill Press

❀ Erstellt mit Vellum

EIN HERZOG WIRD VERZAUBERT

Für alle, die nach einem Ehemann oder einer Ehefrau Ausschau halten, gibt es keine bessere Zeit und keinen besseren Ort, als das jährliche Maifest im englischen Marrywell, um die wahre Liebe zu finden. Prinzen und arme Leute verlieben sich gleichermaßen, und manchmal auch in die Person, bei der sie dies am wenigsten erwarten ...

Auf dem Weg zur ersten Begegnung mit seiner zukünftigen Ehefrau verliert die Kutsche des Herzogs von Lawford ein Rad. Eine baldige Reparatur scheint unmöglich, denn er ist in Marrywell gelandet, am ersten Tag des jährlichen Maifestes, und alle sind am Feiern. Darüber hinaus sind keine Zimmer zu vermieten, und so bleibt Lawford nichts anderes übrig, als die Gastfreundschaft eines Landedelmannes – oder genauer gesagt, die seiner wunderschönen, klugen Tochter – anzunehmen, die offenbar den Haushalt führt.

Nach einem verhängnisvollen Besuch bei einem Fest zwecks der Eheanbahnung vor vier Jahren hat sich Sadie Campion meist zu Hause versteckt. Doch mit ihren vierundzwanzig Jahren könnte dies ihre letzte Chance auf eine Heirat, ein eigenes Heim und die Gründung einer eigenen Familie sein. Als ein unerwarteter Hausgast ihr seine Hilfe bei der Suche nach einem Ehemann anbietet, kann sie kaum ablehnen und wird am Arm des Herzogs zum Star des Festes.

Als die beiden sich näherkommen und die Anziehung zwischen ihnen brodelt, fragt sich Law, ob sie die für ihn bestimmte Partnerin ist …

KAPITEL 1

Mai 1816
Marrywell, England

Sadie Campion marschierte über den feuchten Boden, nachdem sie einen Laib von Mrs. Rowells frischem Brot im Cottage ihres ältesten Bruders abgeliefert hatte. Er war nicht daheim gewesen – er war mit ihrem Vater auf der Schafweide – und seine Frau hatte ihren dreijährigen Sohn durch das Wohnzimmer gejagt, während sie ihren einjährigen Sohn auf der Hüfte getragen hatte. Das hatte Sadie veranlasst, ihren jüngsten Neffen zu nehmen und ihn für eine gute halbe Stunde zu amüsieren, damit seine Mutter sich ein bisschen ausruhen konnte. Doch nun war Sadie mit ihren täglichen Aufgaben im Rückstand.

Sie beschleunigte ihre Schritte und blickte in den grauen Himmel auf. »Lass es ja nicht wieder regnen. Oder tu mir wenigstens den Gefallen, so lange zu warten, bis ich die

Vordertür gereinigt habe. Ich würde nur ungern einen Kleiderwechsel auf meine Liste setzen.«

Sadie ging zur Vorderseite des Hauses, wo sie ihren Besen und die Leiter stehengelassen hatte, die sie draußen benutzen wollte. Als sie auf der Veranda ankam, stellte sie ihren Korb ab und brachte die Leiter in Stellung. Sie nahm den Besen und stieg die Sprossen hinauf und runzelte die Stirn beim Anblick der Spinnweben, die dort schon viel zu lange hingen. Doch was sollte sie tun? Die Tage waren einfach zu kurz, um alles zu schaffen, was getan werden musste.

Obwohl ihr Vater sich sperren würde, indem er behauptete, dass er das Geld nicht ausgeben wollte, musste Sadie mit ihm darüber reden, dass er mindestens noch eine weitere Person zur Hilfe einstellte. Es musste keine Haushälterin sein, obwohl das schön wäre, sondern nur jemand, der verschiedene Aufgaben übernehmen könnte, die scheinbar nie erledigt wurden, weil es einfach nicht genügend Leute auf Fieldstone gab, um alles zu tun.

Sie arbeitete schnell – sowohl, weil sie bereits in ihrem Zeitplan zurücklag und sie inzwischen auch leicht über die Blindheit irritiert war, die ihr Vater gegenüber ihrer harten Arbeit an den Tag legte – und so achtete sie nicht darauf, ob sich etwas Lebendiges in den Spinnweben befand. Sie schrie, als die Spinne auf ihrer Stirn landete. Dabei ließ sie auch die Leiter los und verlor das Gleichgewicht, um dann rückwärtszufallen.

Panik durchflutete sie. Sie hatte keine Zeit, sich zu verletzen!

Statt auf dem Boden aufzutreffen, landete sie auf … jemandem. Die große Gestalt fing sie nicht richtig auf, sondern seine starken Arme legten sich um sie. »Vorsichtig«, murmelte eine männliche Stimme dicht an ihrem Ohr.

Sein tiefer Tonfall und der kräftige Körper an ihrem

Rücken beruhigten sie. Sie sog seinen Sandelholzduft ein und spürte, wie sowohl ihre Wahrnehmung als auch ihre Neugier erwachten. Dies war offensichtlich keiner ihrer Brüder oder ihr Vater. Und es war auch nicht der Knecht oder der Landverwalter. Wer war es also?

Sadie drehte sich um und erblickte einen ungemein attraktiven Gentleman, der ihr noch nie zuvor unter die Augen gekommen war. Groß und hellhäutig mit tiefliegenden walnussfarbenen Augen, und Lippen, die für einen Mann sicherlich zu voll waren, betrachtete er sie mit Besorgnis. Seine Züge waren mit einer breiten Stirn und einem kantigen Kinn kräftig und patrizierhaft, und er sah aus, als ob er etwa um die dreißig war. Er trug einen modischen Hut, doch sie konnte das blonde Haar darunter erkennen.

»Warum um alles in der Welt klettern Sie ohne Hilfe auf diese Leiter?«, fragte er und klang ein wenig verstimmt, während er die Brauen über den Augen zusammenzog. »Was, wenn ich nicht hier gewesen wäre um Sie aufzufangen?« Seine vorwurfsvollen Fragen zerschlugen den Zauber, der sie überkommen hatte.

Sadie trat einen Schritt zurück und umklammerte ihren Besen dabei. Der Gentleman war nicht allein. Zwei andere Männer standen gleich hinter ihm. Einer, der einige Jahre älter als der unhöfliche Adonis war, umfasste seinen linken Arm und hatte einen gequälten Gesichtsausdruck. Er hatte eine Stupsnase und dichte dunkle Brauen. Der andere Mann war wahrscheinlich etwa zwanzig Jahre älter als der Mann, der Sadie aufgefangen hatte. Er hatte eine lange Nase und ein scharfes Kinn. Sein Krawattenschal war möglicherweise das am kunstvollsten gebundene Halstuch, das Sadie je gesehen hatte.

»Wer sind Sie und warum sind Sie hier?«, fragte Sadie kurz angebunden, obwohl ihr Körper immer noch an den

Stellen kribbelte, an denen sie mit seinem Körper in Kontakt gekommen war.

»Er ist der Herzog von Lawford und Sie sollten auf Ihren Tonfall achten«, antwortete der ältere Mann und seine dunklen grauen Augenbrauen spitzten sich zu einem ärgerlichen V.

Der Blonde warf dem älteren einen Blick zu, ehe er das Wort an Sadie richtete. »Unsere Kutsche hat ein Rad verloren. Mein Kutscher hat sich dabei am Arm verletzt und mein Kammerdiener hat sich den Kopf gestoßen.«

Sadie schnappte nach Luft. »Sie haben ein Rad verloren? Liebe Güte, Sie können alle von Glück sagen, dass Sie nicht schlimmer verletzt worden sind.«

»Mir geht es gut«, beharrte der ältere Mann, der Sadie weiterhin finster anblickte. Sie richtete den Blick wieder auf den »Herzog«. War er wirklich ein Herzog? Vielleicht waren sie nicht schlimmer verletzt, weil sich der Unfall nie ereignet hatte? Tatsächlich mutete dieses ganze Szenario höchst unwahrscheinlich an und es konnte gut sein, dass ihre Brüder ihr bloß einen Streich spielten. Sadie sah Adonis argwöhnisch an, wobei sie ein Auge zukniff. »Wie kann ich wissen, dass Sie ein Herzog sind? Und haben Sie wirklich einen Unfall erlitten?«

»Was für eine Unverschämtheit!«, wetterte der alte Mann und seine Augen blitzen dabei vor Empörung.

Der angebliche Herzog seufzte. »Wenn es nicht zu viele Umstände macht, Mrs. …?«

»Miss Campion.«

Die Augen des Herzogs weiteten sich ein wenig, als würde er ihren unverheirateten Zustand überraschend finden. Vielleicht war dem so. Als Frau war sie mit ihrem Alter von vierundzwanzig Jahren praktisch ein Mauerblümchen.

»Miss Campion. Ich bin tatsächlich der Herzog von

Lawford. Wenn es nicht zu viele Umstände macht, würden wir gern ein Gefährt ausleihen, um unsere Fahrt in die nächste Stadt fortzusetzen und zu sehen, ob sich dort ein Arzt finden lässt und vielleicht sogar jemand, der meine Kutsche reparieren kann«, bat der Herzog.

Ach du liebe Güte. Es klang, als wüssten sie überhaupt nicht, wo sie waren. Oder zu welcher Zeit.

»Ach, warum treten Sie nicht ein?«, meinte Sadie und setzte dabei ein Lächeln auf, als sie im Begriff war, ihren Tag sogar noch mehr zu ruinieren.

»Ich möchte Ihrem Brotherren keine Umstände machen«, entgegnete der Herzog galant.

Ihrem … was? Er hielt sie wahrscheinlich für ein Dienstmädchen. Oder die Haushälterin – vielleicht hatte ihn deshalb die Miss anstatt der Mrs. überrascht. Als Haushälterin wäre sie Mrs. Campion, ob sie nun verheiratet war oder nicht. Sadie blickte auf den Schlamm am Saum ihres Kleides hinab, der von ihrem Gang vorhin über das Anwesen stammte, und sie musste ihren Kopf nicht betasten, um zu wissen, dass sich zahlreiche Locken aus ihrem Haarknoten gelöst hatten. Es war mehr als glaubhaft, dass sie eine Angestellte auf Fieldstone war, anstatt die Tochter des Eigentümers.

Sie hatte nicht die Zeit, den Herzog über seine fälschliche Annahme aufzuklären. »Sie müssen wirklich hereinkommen … um diese Dinge zu klären. Bitte gestatten Sie mir, Ihnen eine Erfrischung anzubieten, und dann werde ich nach dem Arzt schicken. Marrywell ist keine zwei Meilen die Straße entlang.« Mit dem Besen zeigte sie in Richtung Westen.

»Marrywell? Das ist mir kein Begriff?«, meinte der Herzog voller Autorität. »Vielleicht kann uns jemand in die Stadt zum Arzt fahren? Dann kann ich eine Kutsche mieten und wir könnten die Fahrt zu unserem Ziel fortsetzen.«

Dieser Mann war es offenbar gewohnt, seinen Willen zu

bekommen. Sie lächelte ihn milde an. »Wenn Sie einfach hereinkommen, werde ich Ihnen erklären, warum leider nichts von all dem möglich sein wird.«

Der Herzog blinzelte sie an und zog dabei seine blonden Augenbrauen hoch. »Ich bitte um Verzeihung?«

»Sie sind am ersten Tag des Maifestes von Marrywell angekommen. Niemand ist verfügbar, den sie anheuern könnten, um sie irgendwohin zu fahren und ich wage zu sagen, dass auch niemand verfügbar ist, der Ihre Kutsche repariert. Nicht, bis das Fest zu Ende ist. In einer Woche. Wir könnten Sie alle in unserer, nun, Karosse, oder dem stabileren Karren in die Stadt bringen, aber ich glaube allerdings, dass Sie es weitaus bequemer haben, wenn Sie hier warten, während der Arzt informiert wird, dass Sie ihn brauchen.«

Der ältere Mann – der Kammerdiener, schlussfolgerte Sadie – trat vor. »Das ist nicht akzeptabel. Dies ist der *Herzog von Lawford*.«

Liebe Güte, dachte der Mann, der Herzog sei eine Art Gottheit?

Sadie versuchte es ein letztes Mal. »Bitte treten Sie ein, damit sich wenigstens Ihr Kutscher ausruhen kann.«

Der Herzog ließ den Blick zum Haus schweifen, einem weitläufigen, mehrere Male erweiterten Farmhaus, dem es an einem einheitlichen Stil mangelte. Man konnte es als »charmant« oder »urig« bezeichnen. Sie konnte sich nur vorstellen, was ein hochverehrter Adliger davon halten musste.

»Das klingt, als müssten wir uns um eine Unterkunft kümmern«, meinte der Herzog mit einem leichten Stirnrunzeln.

Sadie schenkte ihm einen mitfühlenden Blick. »Ich fürchte, das wird auch nicht möglich sein. Jede Herberge in einem Umkreis von zehn Meilen wird wegen des Fests bis unter die Dachsparren ausgebucht sein. Bitte treten Sie einfach ein. Dann können wir Ihre Möglichkeiten erörtern, während Ihr Kutscher sich ausruht.«

Der Herzog drehte den Kopf zu dem Mann herum, der sich den Arm hielt. »Komm, Holden, trinken wir etwas Tee.«

»Danke, Euer Gnaden.« Der Kutscher zuckte zusammen als er sich vorwärtsbewegte und Sadie bemerkte, dass er auch humpelte.

Sadie beeilte sich, die Leiter beiseitezuräumen. Während sie allerdings zuerst den Besen abstellte, hatte der Herzog sich bereits der Leiter bemächtigt, die er von der Tür wegtrug.

»Danke«, murmelte sie, und fügte »Euer Gnaden« hinzu. Sie nahm ihren Korb und als sie die Tür geöffnet hatte, machte sie allen drei Männern ein Zeichen, einzutreten.

Sie traten in die Eingangshalle und sie führte die Besucher über die Treppenhalle ins Wohnzimmer. Nie hatte sie sich ihres Zuhauses geschämt, und das tat sie immer noch nicht, aber ihr kam der Gedanke, dass ihr bescheidenes Domizil herzoglichen Standards nicht gerecht wurde. Das Mobiliar war gut gepflegt aber alles andere als neu und der Raum schien insgesamt keinen Stil aufzuweisen.

Sadie streckte die Hand aus. »Bitte nehmen Sie Platz, wo immer Sie möchten. Ich werde unseren Knecht ins Dorf schicken, um Dr. Bigby zu holen.«

Der Kutscher ließ sich vorsichtig in einem Sessel nieder, während der Kammerdiener auf dem Sofa Platz nahm und der Herzog stehen blieb. »*Ihr* Knecht?«, fragte Lawford. »Wer sind Sie genau?«

Ehe sie antworten konnte, stürmten ihr Vater und ihr ältester Bruder, Esmond, ins Zimmer.

»Verdammt, da steht eine kaputte Kutsche auf der Straße!« Esmond blinzelte die drei Besucher aus seinen jadegrünen Augen an.

Sadies Vater, Winchell Campion, warf einen argwöhnischen, vielleicht sogar voreingenommenen Blick zu dem Herzog und seinen Männern, »Sadie, wer sind diese Gentlemen?«

»Vater, Esmond, erlaubt mir, euch Seine Gnaden, den Herzog von Lawford vorzustellen. Das ist seine Kutsche dort auf der Straße.«

Der Herzog zog die Augen leicht zusammen, als er Sadie mit einer plötzlich unverhohlenen Neugier betrachtete. »Eurem Vater gehört dieser Besitz?«

Sadie zeigte auf ihren Vater und dann auf ihren Bruder. »Ja, dies ist Winchell Campion, Eigentümer von Fieldstone und Gutsherr. Dies ist mein ältester Bruder, Esmond.«

»Euer Rad ist vollkommen abgefallen!«, bemerkte Esmond aufgeregt und riss sich dabei den Hut vom Kopf was seine braunen Locken zum Vorschein brachte. »Ich wette, dass Sie sich vor Schreck fast in die Hose gemacht haben!« Er lachte leutselig und Sadie starrte ihn an.

Ihr Vater stieß ihn mit dem Ellbogen an. »Das ist keine Art und Weise einen Herzog zu begrüßen. Oder irgendjemanden sonst, nebenbei bemerkt.«

Esmond straffte sich und setzte eine ernstere Miene auf. Es war eine erstaunliche Verwandlung und eine, die normalerweise nur ihre liebe verschiedene Mutter oder Esmonds Ehefrau herbeiführen konnte. »Willkommen, Herzog«, meinte er.

»Es heißt Euer Gnaden«, bemerkte Sadie leise. »Vater wir müssen Dr. Bigby holen. Der Kutscher hat sich am Arm verletzt und der Kammerdiener am Kopf.«

Der Herzog drehte sich zu ihrem Vater um. »Ich sagte, wir könnten den Arzt in der Stadt aufsuchen, da wir eine Unterkunft finden müssen. Allerdings hat Ihre Tochter uns darauf hingewiesen, dass dies nicht möglich sein wird.«

»Nein. Das wird es nicht«, entgegnete ihr Vater mit

einem Lachen. »Zwischen hier und Winchester ist nicht einmal mehr eine Besenkammer zu haben.«

»Dann werden wir eine Kutsche mieten, die uns an unser Ziel bringt«, entgegnete der Duke, als ob Sadie nicht bereits erklärt hätte, dass dies ebenfalls unmöglich sein würde. Glaubte er ihr etwa nicht?

»Ich habe ihm erzählt, dass das auch nicht klappen wird.« Sadie machte sich nicht die Mühe, ihren Unmut zu verbergen.

»Hören sie auf Sadie«, meinte Vater. »Sie kennt sich aus und ein klügeres Mädchen werden Sie nicht finden.«

»Sie erwähnte, dass Sie eine Karosse besitzen. Ich würde Sie großzügig entlohnen, wenn wir sie borgen könnten. Sie wird so bald als möglich zurückgebracht werden.«

Sadies Vater lachte. »Die Karosse schafft es kaum bis Marrywell und zurück. Nein, nein. Ich fürchte, ich kann Ihnen nicht gestatten, sich in Gefahr zu bringen, insbesondere nicht nach dem Pech, das sie bereits hatten. Tatsächlich gibt es auf Fieldstone kein Gefährt, das den Ansprüchen genügen würde. Verzweifeln Sie aber nicht! Sie werden hierbleiben. Wir haben reichlich Platz, insbesondere, da Philip vor einigen Monaten geheiratet hat.« Er bezog sich damit auf Sadies anderen älteren Bruder, der, wie Esmond, in einem Häuschen auf dem Besitz lebte.

»Wir wollen doch nicht zur Last fallen«, entgegnete der Herzog angespannt.

Ihr Vater ging zu ihm hin und klopfte ihm auf die Schulter, wobei ihm vollkommen entging, dass die Augen des Herzogs sich leicht rundeten. »Das müssen Sie und das ist mein letztes Wort. Ihre Kutsche muss dringend repariert werden und bis das Fest vorbei ist, werden Sie niemanden finden, der das erledigt. Ist Ihre, ähm, Ehefrau bei Ihnen?«

Der Herzog spannte seinen aristokratischen Kiefer an, als

er über seine Nase hinweg auf Sadies kleineren Vater blickte. »Ich habe keine Herzogin. Wann soll denn das Fest enden?«

Sadie hatte ihm auch diese Information mitgeteilt. Hatte er denn gar nichts davon gehört, was sie gesagt hat? Verärgert schürzte sie die Lippen.

»In einer Woche.« Sadies Vater sah sehr erfreut aus.

»Das ist nicht akzeptabel«, ereiferte sich der Kammerdiener.

»Es ist einfach *Pech*«, murmelte der Herzog.

Während Sadies Vater wahrscheinlich erfreut war, einen Herzog zu Gast zu haben, fand Sadie ihn arrogant. Und auch attraktiv. Nein! Das hatte nichts zu bedeuten. »Kann Jarvis nicht die Kutsche reparieren?«, fragte sie. Jarvis war ihr in Ruhestand getretener Knecht und Kutscher. Er lebte in einem kleinen Häuschen auf dem Besitz.

»Darum können wir ihn nicht bitten, mit seiner Arthritis in den Händen«, protestierte ihr Vater.

»Vielleicht könnte er Esmond und Philip anleiten, und sie könnten die Arbeit erledigen«, schlug Sadie vor. »Ich bin sicher, dass Adam und Richard auch helfen können.« Diese beiden waren ihre jüngeren, unverheirateten Brüder.

»Ich kann sie anleiten«, erbot sich Holden. »Ich kann nicht viel mit meinem Arm in diesem Zustand tun. Aber morgen kann ich sie vielleicht anleiten, wie die Kutsche zu reparieren ist.« Er setzte sich im Sessel zurecht und zog prompt eine Grimasse. Sadie war sich sicher, dass es morgen sogar noch mehr schmerzen würde und er dann ruhen müsste.

»Ja«, antwortete der Kammerdiener schnell. »Wir müssen tun, was immer nötig ist, damit Seine Gnaden die Reise zum frühestmöglichen Zeitpunkt fortsetzen kann.«

»Yates, alle werden ihr Bestes geben, aber unser Unfall hat sich zu einem ungünstigen Zeitpunkt ereignet«, meinte der Herzog zu dem älteren Mann und klang dabei leicht genervt. Dann lenkte Lawford den Blick zu Sadie. »Ich wäre überaus dankbar, wenn Sie wen immer Sie entbehren können für die Arbeit an der Kutsche mit Holden einteilen können. Ich werde Sie für die Arbeit bezahlen und was immer Sie noch brauchen.« Der Herzog sah zu seinem Kutscher. »Ich kann mit anpacken, wenn es notwendig ist.«

Yates schien entsetzt. »Ihr könnt *keine* körperliche Arbeit ausführen. Sie *müssen* eine Kutsche haben, die wir borgen können«, beharrte er.

Lawford ließ den Blick zu Sadies Vater zurückschweifen, aber es war Sadie, die ihm antwortete: »Wir haben kein Gefährt, das für Eure Bedürfnisse in Frage kommen würde. Unsere Kutsche ist alt und ... nun sie ist für lange Reisen unangemessen.« Altersschwach wäre wohl der passende Ausdruck, doch das würde Sadie nicht laut sagen.

Der Kammerdiener schien außer sich. »Aber Seine Gnaden hat wichtige Angelegenheiten zu erledigen.«

Ja, nun, Sadie hatte auch keinen Bedarf daran, sich ihr ordentliches Leben unterbrechen zu lassen. Sie dachte an all die Aufgaben, die nicht erledigt wurden, während sie sich um diese Krise kümmerte. Und sie würde sich weiter darum kümmern, wenn sie für eine Woche einen sehr gewichtigen Gast beherbergten. Gar nicht davon zu reden, welchen Einfluss sein Auftauchen auf ihre Pläne hatte, das Fest zur Partnerfindung zu besuchen. Der Begrüßungsempfang sollte heute Nachmittag stattfinden und den Weg für die gesamte Woche bereiten. Alle jungen Ladys, die auf der Suche nach einem Partner waren, nahmen daran teil und auch die Maikönigin, die sieben dieser Ladys als ihre Ehrenjungfrauen auswählte. Die Königin und ihr Hofstaat waren der Mittelpunkt des Festes und eine der Ehrenjungfrauen zu sein, führte fast sicher zu einer Verlobung bei Ende der Festlichkeiten. Mit vierundzwanzig war Sadie im gleichen Alter wie die älteste Ehrenjungfrau, die je auserwählt worden war.

Dieses Jahr wäre ihre letzte Chance, einen Ehemann zu finden – um ein eigenes Heim und eine eigene Familie zu haben.

Sadie musste ihre Aufgaben beenden, damit sie sich fertig machen konnte. »Ich bin sicher, meine Brüder werden – mit Holdens oder Jarvis' Anweisungen – die Reparatur bewerkstelligen und Sie werden im Nu auf dem Weg zu Ihrem endgültigen Ziel sein. Vielleicht sogar schon morgen.«

Ihr Vater schüttelte vehement mit dem Kopf. »Unmöglich. Es wird mindestens ein paar Tage in Anspruch nehmen, das Rad zu ersetzen.«

Yates machte den Mund auf, doch der Herzog hob eine Hand in seine Richtung, während er seine Aufmerksamkeit weiter auf Sadie richtete. Der ältere Mann presste die Lippen zusammen.

Ihr Dienstmädchen Mavis kam herein und sah sich interessiert im Raum um.

Sadie hatte nach ihr klingeln wollen, doch die Dinge hatten sich zu chaotisch entwickelt. Sie ging zu Mavis und sprach leise zu ihr. »Dies ist der Herzog von Lawford mit seinem Kutscher und seinem Kammerdiener. Ihre Kutsche hat ein Rad verloren und sie werden hierbleiben, für eine Weile.«

»Was für ein Pech für sie, es sei denn, sie freuen sich am Fest zur Partnerfindung teilzunehmen.« Mavis grinste und dann blieb ihr Blick bei dem Kutscher hängen. »Ich hätte nichts dagegen, wenn er mitkäme«, flüsterte sie. Sadie ignorierte die freche Bemerkung des Dienstmädchens und fuhr fort: »Wir müssen die Räume vorbereiten und ein Tablett mit Tee. Bist du furchtbar eingespannt, Mrs. Rowell zu helfen?« Ihre Köchin backte Kuchen für den Begrüßungsempfang und wahrscheinlich waren die beiden gerade mittendrin, sie einzupacken und alles auf einen Karren zu verladen.

»Gwen und Bryan können ihr weiter helfen«, antwortete Mavis, und bezog sich damit auf ihr anders Dienstmädchen, das Mrs. Rowell hauptsächlich in der Spülküche half, und Mrs. Rowells Sohn, der ihr Knecht war.

Sadie zog eine Grimasse. »Wir brauchen Bryan, um Dr. Bigby zu holen. Der Kutscher von Seiner Gnaden hat sich den Arm verletzt und der Kammerdiener den Kopf. Aber wenn ihr alle bald aufbrecht, um beim Empfang alles aufzubauen, kann er sich dann darum kümmern.«

Mavis schüttelte den Kopf. »Ich werde ihn gleich losschicken.«

»Und Gwen soll den Tee bringen«, bat Sadie.

»Ich richte es ihr aus.« Mavis wackelte mit ihren dunklen Brauen. »Es gibt nichts Besseres als ein bisschen Aufregung am ersten Tag des Fests!«

Auf diese Art von Aufregung konnte Sadie verzichten, wenn sie versuchte, ihre Aufgaben zu erledigen, damit sie zum Empfang gehen konnte!

Mavis sah zu dem Kutscher, der in diesem Moment zuckte. »Er sieht aus, als hätte er Schmerzen. Ich werde seinen Raum sogleich fertig machen.« Eilig verließ sie das Wohnzimmer.

Sadie richtete das Wort an ihre Gäste. »Wir werden in einigen Minuten Tee serviert bekommen und der Arzt wird hoffentlich innerhalb einer Stunde hier sein. Ihre Zimmer werden in Kürze bereit sein. Gibt es noch etwas, was ich im Augenblick für Sie tun kann?« Sadie wollte unbedingt mit den Dingen weitermachen, die sie vor dem Empfang fertig haben musste, aber sie fragte sich, ob sie bleiben sollte, um den Herzog zu unterhalten. Sie hoffte inständig, dass sie das nicht müsste.

»Ich nehme nicht an, dass Sie eine Möglichkeit sehen, meine Kutsche von der Straße zu schaffen?«, fragte der Herzog.

»Aber natürlich.« Sadie drehte den Kopf zu ihrem Vater und ihrem Bruder. »Papa? Esmond?«

»Ja, ja«, entgegnete Papa. »Esmond, hol deine Brüder und schaff die Kutsche Seiner Gnaden von der Straße.«

Sadie hätte wissen sollen, dass ihr Vater nicht helfen würde. Viel lieber gab er die Anweisungen und sogar dabei war er zufrieden, beinahe alles von Sadie regeln zu lassen.

Bevor Esmond loslaufen konnte, hielt der Herzog ihn kurz zurück. »Mr. Campion, wenn es Ihnen auch nichts ausmachen würde, unser Gepäck ins Haus zu bringen, da wir ... hierbleiben werden, wäre ich Ihnen überaus verbunden.«

Esmond nickte. »Sofort, Meine Gnaden.«

Sadie zuckte innerlich zusammen und hoffte, dass dem Herzog die Unwissenheit ihres Bruders über die korrekte Form der Anrede nicht aufgefallen war. Sadie war sich nicht sicher, ob *sie* selbst über sämtliche Regeln im Bilde war.

Der Kutscher, Holden, stand abrupt auf. Er presste den Kiefer zusammen und umklammerte seinen verletzten Arm noch fester. »Ich muss mich zurückziehen. Es spielt keine Rolle, ob ein Raum vorbereitet ist. Haben Sie eine Unterkunft bei den Stallungen?«

»Leider nicht«, antwortete Sadie, der es wehtat, den Mann mit Schmerzen zu sehen. »Sie sollten ohnehin im Haus sein, damit der Arzt Ihren Arm untersuchen kann. Ihr Raum wird im Handumdrehen fertig sein. Ich werde mich darum kümmern.« Damit würde sie sich aus dem Wohnzimmer zurückziehen können, sodass sie ihre Arbeit zu Ende bringen konnte.

Sie drehte sich um und verließ das Zimmer, doch im Treppenhaus wurde sie von ihrem Vater gestoppt, der ihr gefolgt war. »Wo willst du hin?«

»Ich helfe Mavis beim Herrichten der Zimmer. Das hätte eigentlich klar sein müssen, denn ich habe es ja gesagt.«

»Ich meine, warum verlässt du den *Herzog*? Du musst bleiben und ihn unterhalten.«

Sadie sah an ihrem Aufzug hinab und schob sich eine lose Locke hinters Ohr. »Bin ich passend gekleidet, um jemanden zu unterhalten? Nein. Ich bin für die Hausarbeit angezogen. Bitte lass mich das erledigen, bevor ich mich auf den Empfang vorbereiten muss.«

»Du gehst hin?«, fragte er überrascht.

»Ich habe es erwähnt, da bin ich sicher.«

»Daran würde ich mich erinnern«, widersprach er mit unangemessener Gewissheit. »Du warst nur ein einziges Mal dabei – als potenzielle Braut. Ich dachte, du wolltest nie wieder dorthin.«

Das war *nach* dem katastrophalen ersten Jahr, in dem sie das Fest als potenzielle Braut besucht hatte. Sadie schob die Erinnerung beiseite. Sie konnte es sich nicht leisten, ihr in Gedanken nachzuhängen, wo sie doch hoffte, das Fest für das zu nutzen, wofür es gedacht war – einen Ehemann zu finden. »Ich bin vierundzwanzig, Vater.« Sadie lief die Zeit davon und deshalb musste sie dieses Jahr an dem Empfang teilnehmen. »Bist du nicht der Ansicht, es ist an der Zeit, dass ich heirate?«

»Doch, das bin ich«, antwortete er, womit er sie schockierte. Er hatte nie das geringste Interesse an ihren Heiratsaussichten gezeigt. Er war zufrieden damit, dass sie hier auf Fieldstone den Haushalt führte. »Und wir müssen der göttlichen Fügung für die Ankunft eines Herzogs vor unserer Tür danken.« Er grinste, und seine dunklen Augen tanzten vor Begeisterung.

Was um alles in der Welt tat ihr Vater da? »Ich würde es zu schätzen wissen, wenn du mich nicht mit dem Herzog verkuppeln würdest. Das liegt nicht im Entferntesten im Bereich des Möglichen.«

»Warum nicht?«, fragte er leicht. »Du bist hübsch und

tüchtig. Ich möchte wetten, dass du sein herzogliches Anwesen mühelos führen könntest.«

Sie starrte ihn an und wünschte, er würde seine Wertschätzung für ihre Fähigkeiten zum Ausdruck bringen, ohne dass ein Herzog damit zu tun hatte. »Dann nimm bitte dies zur Kenntnis: Ich *will* seinen herzoglichen Besitz nicht verwalten.« Die Vorstellung, einen Herzog zu heiraten, war absurd. Sie hätte nicht die leiseste Ahnung. »Ich gehe zum Empfang, und mit etwas Glück wählt mich die Königin aus, um mich heute Abend zu einer ihrer sieben Ehrenjungfrauen zu krönen.« Das war Sadies beste Chance, eine gute Partie zu machen. Die Ehrenjungfrauen waren die von den Junggesellen am meisten begehrten Heiratskandidatinnen.

Ihr Vater schien verblüfft. »Warum musst du eine Ehrenjungfrau werden oder gar das Fest besuchen, wenn du gleich hier einen Herzog hast?«

Sadie gab sich beträchtliche Mühe, nicht mit den Augen zu rollen. »Ich werde die Zimmer vorbereiten und mich dann um meine restlichen Aufgaben kümmern. *Du* unterhältst Seine Gnaden. Und du spielst *nicht* den Heiratsvermittler. Er ist ein Herzog und ich bin eine ... ich weiß nicht, was«, murmelte sie.

Sie marschiert die Treppe nach oben und traf Mavis auf dem Korridor. Das Dienstmädchen trug einen Stapel Wäsche. »Ich wollte dies gerade in das Zimmer für Seine Gnaden bringen. Dann laufe ich schnell nach oben und kümmere mich um das Zimmer für den Kutscher und den Kammerdiener.«

»Ich kann das Bett für den Herzog machen«, erbot Sadie sich und nahm die Wäsche. »Bringe den Kutscher und den Kammerdiener in dem Zimmer am Ende des Ganges unter.« Es war das größte Zimmer im zweiten Stock und hatte zwei Betten. Nur zwei Zimmer auf dieser Etage waren belegt –

von Mavis und Gwen. Mrs. Rowell wohnte mit ihrem Mann und ihrem Sohn in einem Cottage auf dem Besitz.

»Das war auch mein Gedanke«, meinte Mavis. Sie neigte den Kopf in Richtung Korridor. »Der Herzog wird direkt gegenüber von Ihnen wohnen.«

Sadie schloss kurz die Augen. »Du wirst doch nicht auch noch wie mein Vater Heiratsvermittler spielen, oder?«

Das Dienstmädchen, sie war ein paar Jahre älter als Sadie und gehörte seit über fünf Jahren zum Haushalt, musste lächeln, während Unglauben in ihrem Blick aufflackerte. »Es überrascht mich, das zu hören, aber es kommt ja wirklich nicht jeden Tag vor, dass ein Herzog vor der Tür steht.«

»Was hat der Herzog nur an sich, das alle in Aufregung versetzt?«, grübelte Sadie.

»Erzählen Sie mir nicht, Sie finden ihn nicht attraktiv«, entgegnete Mavis mit einem verschmitzten Lächeln.

Das fand sie tatsächlich. Und arrogant. Kopfschüttelnd ging Sadie an Mavis vorbei und fühlte sich missgestimmt.

Alle betrachteten das Auftauchen eines Herzogs als eine Art großartiger Chance für Sadie, doch sie empfand dies nur als eine gewaltige Zumutung. Da sie tagtäglich sehr viele Dinge zu erledigen hatte, mochte sie Ordnung und Routine. Zum ersten Mal seit vier Jahren beabsichtigte sie, in dieser Woche am gesamten Fest teilzunehmen, und dieses Vorhaben war nun durch die zusätzliche Arbeit gefährdet, welche die Anwesenheit des Herzogs mit sich bringen würde.

Sie würde es einfach möglich machen. Dies war ihre letzte Chance, als Ehrenjungfrau auserwählt zu werden, was so gut wie sicherstellen würde, dass sie anschließend heiratete. Dann könnte sie ihren *eigenen* Haushalt führen und ihre *eigene* Familie gründen.

Wenn nicht, würde sie die Jungfer von Fieldstone werden. Und das Leben würde an ihr vorüberziehen.

KAPITEL 2

John Holbrook, der Herzog von Lawford, konnte in der Schlafkammer, die seinem Kammerdiener und seinem Kutscher zugewiesen war, gerade noch aufrecht stehen. Zum Glück waren die beiden einige Zentimeter kleiner als er. Holden saß durch Kissen aufgestützt auf seinem Bett, während Yates auf einem Stuhl saß. Der Kammerdiener hatte seinen gewohnten säuerlichen Gesichtsausdruck aufgesetzt, doch heute war dieser noch ausgeprägter.

Dr. Bigby war vor kurzem in seinem kleinen zweisitzigen Einspänner abgefahren, nachdem er beiden Männern Ruhe und ein Mittel gegen die Schmerzen verordnet hatte. Holdens Arm war böse verstaucht, und der Arzt meinte, er sollte mindestens eine Woche lang nicht fahren. Zudem sollte er sich ausruhen, sodass er bei der Reparatur der Kutsche, zumindest morgen, nicht mithelfen konnte.

»Es sieht so aus, als ob wir für die Dauer dieses albernen Festes hier in Fieldstone festsitzen würden«, bemerkte Yates mit merklichem Groll. »Wenn mir mein Kopf nicht so wehtun würde, liefe ich auf der Suche nach einer Kutsche für uns so weit wie nötig, um von hier zu entfliehen. Wir sollten zumindest eine Möglichkeit finden, Lord Gillingham eine Nachricht zu schicken, um unsere Verspätung zu erklären.« Der Kammerdiener schniefte, was seine bevorzugte Art war, sein Missfallen wortlos zum Ausdruck zu bringen.

Seit das Rad sich von der Kutsche gelöst hatte, war Law kein Gedanke mehr an den Zweck ihrer Reise gekommen. Nun ging ihm auf, wie angenehm das war. Nicht der Unfall, sondern nicht mehr an die bevorstehende Verlobung mit einer jungen Lady zu denken, die er nie kennengelernt hatte. »Es sieht so aus, als würden wir kein Glück haben, jemanden zu finden, der eine Nachricht überbringen kann. Eine Woche Verzögerung ist nicht so schlimm.«

»Euer Vater würde das anders sehen«, brummte Yates. Nie versäumte er, Law daran zu erinnern, was sein Vater tun oder denken würde. Law sah ihm dieses Ärgernis nach, weil Yates mehr als dreißig Jahre lang der Kammerdiener seines Vaters gewesen war. Es war nur zu verständlich, dass er dem ehemaligen Herzog gegenüber ungemein loyal war. Selbst jetzt, wo sein Vater im Grab lag, legte Yates besonderen Wert darauf, dass Laws Vater im Leben seines Sohnes stets präsent blieb.

Zudem hatte er auch recht. Laws Vater hätte zu dieser ganzen Angelegenheit viele Gedanken gehabt. Er hätte von den Campions verlangt, ihn in die Stadt zu fahren, und er hätte sich seinen Weg in eine Herberge gebahnt und jeden weggeschoben, dem das Pech beschieden war, ihm im Weg zu stehen. Mit demselben anmaßenden Auftritt hätte er dann jemanden gezwungen, entweder seine Kutsche zu reparieren oder ihn nach Dorset zu Gillingham zu fahren. Law brachte es nicht über sich, solche Dinge zu tun, aber zumindest hatte er versucht, bei Campion auf andere Ergebnisse zu drängen, obwohl seine Tochter ihnen die Ausweglosigkeit ihrer Lage bereits auseinandergesetzt hatte. Law bedauerte, das getan zu haben.

Er antwortete nicht auf Yates' Kommentar, den er nach dem Tod des Herzogs eingestellt hatte, als Law seinen eigenen Kammerdiener zum Nachfolger des in den Ruhestand gehenden Butlers seiner Londoner Residenz befördert hatte. Wenn Yates vielleicht auch nicht der Kammerdiener war, den er sich gewünscht hätte, brachte Law es nicht übers Herz, ihn nach einer so langen Zeit im Haushalt seiner Familie zu entlassen. Das war es, worin sein Vater und er sich am meisten unterschieden – Law besaß ein Herz, obwohl er sich sehr bemüht hatte, dies vor seinem Vater geheim zu halten. Mit dem Tod seiner Mutter, als er vierzehn Jahre war, hatte sich die ohnehin nicht sehr üppige Nachgiebigkeit seines Vaters, verflüchtigt. Law hatte sämtliche Forderungen seines Vaters erfüllen – oder gar übertreffen – wollen, in der Hoffnung, sie würden ihm ein gewisses Maß an Glück bescheren.

Aus diesem Grund reiste Law jetzt auch nach Dorset: um herauszufinden, ob er und eine von seinem Vater ausgewählte jung Lady harmonieren würden. Als der Herzog im Sterben lag, hatte er auf einer Eheschließung zwischen Law und der Tochter seines alten Freundes, dem Earl of Gillingham, gedrängt. Law hatte ausdrücklich versprochen, es *in Betracht zu ziehen*. Es gab einen Grund, warum er im Alter von neunundzwanzig Jahren noch nicht verheiratet war. Noch hatte er keine Frau kennengelernt, die ihn zu diesem Schritt bewegt hätte.

Sein Vater hatte dies allerdings als Zustimmung zur Heirat aufgefasst und vor seinem Tod einen Brief an Gillingham geschickt. Darin stand geschrieben, dass Law die Tochter des Mannes heiraten würde. Sechs Monate später hatte Law eingewilligt, eine Woche mit Lady Frederica zu verbringen, um herauszufinden, ob sie beide harmonierten, doch er befürchtete, der Earl sähe dies bereits als beschlossene Sache.

»Um ehrlich zu sein, bin ich froh, noch etwas Zeit zu haben, ehe ich vielleicht in die Ehefalle tappe«, entgegnete Law. Vor allem, wenn es bedeutete, Zeit mit der bezaubernden Miss Campion zu verbringen. Sie schien völlig unbeeindruckt von ihm, und nachdem ihm beinahe ein Leben lang eingetrichtert worden war, dass er bedeutender als fast jeder andere war – obwohl dies absoluter Unsinn war –, fand er das recht faszinierend. Er musste sich auch für sein unverschämtes Benehmen entschuldigen. Er hätte nicht an ihr zweifeln sollen, insbesondere nicht, da sie offenbar die Person war, die hier das Sagen hatte.

Yates runzelte seine lange Nase. »Ihr könnt Lord Gillingham nicht im Stich lassen. Er war ein guter Freund Eures Vaters. Sie kannten einander länger als ich Seiner Gnaden gedient hatte. Es war von größter Wichtigkeit für ihn, dass Ihr die beiden Familien vereint. Tatsächlich hat Euer Vater Euch nie zu einer Heirat gedrängt, bis Lady Frederica sich ihrem Debut näherte – weil er genau diese Verbindung gewollt hatte.«

So viel stimmte allerdings. Als Law vierundzwanzig war, hatte er kein Interesse daran bekundet, zu heiraten – in Wahrheit lag es einfach daran, dass er keine Frau gefunden hatte, die er hatte heiraten wollen – und sein Vater hatte damals angefangen, Lady Frederica als Herzogin vorzuschlagen. Er hatte damals gemeint, dass sie in fünf Jahren im heiratsfähigen Alter wäre, wenn Law so lange warten wollte. Der zehnjährige Altersunterschied hatte für seinen Vater nichts zu bedeuten.

Jetzt, fünf Jahre später, überlegte Law tatsächlich, sie zu heiraten. Aber nur, weil sein Vater es von ihm verlangt hatte, und wie stets hatte Law sich verpflichtet gefühlt, es seinem Vater recht zu machen, insbesondere auf dessen Sterbebett.

Laws Vermutung nach könnte es möglich sein, dass sie harmonierten, doch von der Vorstellung einer arrangierten Ehe war er nicht gerade begeistert. Je näher der Tag ihres Kennenlernens rückte, desto mehr zögerte er. Dieser Aufschub war ein Segen, und Law würde ihn nutzen.

Law hielt die Hände hoch. »Ich sehe keine Möglichkeit, dass wir etwas unternehmen können. Machen Sie sich keine Gedanken. Wir werden einfach das Beste aus der Situation machen müssen. Zu diesem Zweck möchte ich nicht, dass einer von Ihnen mit irgendjemandem über den Anlass unserer Reise spricht. Ist das klar?« Er richtete den Blick auf Yates, denn er war derjenige, der zu einer losen Zunge neigte, wie er vorhin im Wohnzimmer unter Beweis gestellt hatte.

»Es würde mir nicht einfallen, über solche Dinge zu reden«, entgegnete Holden.

Law sah mit hochgezogener Augenbraue zu Yates, der die Arme verschränkte und die Lippen schürzte. »Ich werde auch nichts darüber verlauten lassen. Ich wüsste kaum, wie das von Belang wäre.«

»Ich würde diesen überraschenden ... Aufenthalt gerne genießen«, erklärte Law. »Ich bevorzuge, nicht an die Verpflichtungen zu denken, und von Ihnen erwarte ich, meine Anweisung zu befolgen.«

Yates zog ein Gesicht, das aussah, als hätte er an einer Zitrone gelutscht. »Wenn Ihr darauf besteht.«

»So ist es.« Law erachtete Yates oft als frustrierend, doch der Mann befolgte Anweisungen, wahrscheinlich weil sein früherer Brotherr, Laws Vater, nichts anderes geduldet hätte.

»Wenn die Kutsche in den nächsten Tagen repariert werden kann, könntet Ihr sie lenken«, schlug Holden vor und wechselte damit dankenswerterweise das Thema.

»Auf keinen Fall!« Yates´ blaue Augen weiteten sich. »Er ist ein Herzog!«

Holden warf dem Kammerdiener einen mürrischen Blick zu, doch er hielt den Mund.

Law war in Sorge, da sie sich ein Zimmer teilen mussten. Sie waren in ihrem Temperament sehr unterschiedlich. Während Yates die Stimme erhob und seinen Unmut kundtat, litt Holden schweigend und ignorierte die meisten Provokationen. Law war sich nur nicht sicher, wie lange der Kutscher Yates ignorieren konnte, der die größte aller Provokationen sein konnte.

»Ich bin zufällig ein Herzog, der eine Kutsche lenken kann, und das werde ich auch, sollte sich das als nötig erweisen. Ich werde auch bei der Reparatur anpacken, wenn ich das kann.« Law hatte sich jedoch mit dem Gedanken angefreundet, eine Woche zu bleiben und das Kennenlernen seiner potenziellen Braut zu vertagen. »Außerdem bin ich ein Herzog, der seine eigenen Sachen auspacken kann, was ich bereits fast abgeschlossen habe.« Er warf Yates einen selbstgefälligen Blick zu.

Der Kammerdiener wirkte allerdings schon wieder entsetzt.

Law drehte sich zu dem Tablett um, welches das Dienstmädchen vorhin gebracht hatte. Darauf waren Tee und Kekse sowie einige hübsche kleine Kuchen, die wie Blumen und Kronen verziert waren, angerichtet. Er nahm einen der Kuchen in die Hand und biss hinein. Die Aromen von Mandel und Muskatblüte tanzten über seine Zunge. Er schluckte den Bissen und mit einem Winken zu Holden und Yates zeigte er auf den Rest. »Wenn diese Kuchen ein Hinweis auf die Talente der Köchin sind, werden wir kulinarisch verwöhnt werden.«

Nachdem er den Rest des Kuchens verspeist und den Drang unterdrückt hatte, den Rest auf dem Tablett zu verschlingen, strebte Law zur Tür. Er drehte sich zu seinen Dienstboten um und riet: »Sie beide sollten sich ausruhen –

nachdem Sie diesen Kuchen genossen haben, versteht sich. Yates, bitte gehen Sie Holden zur Hand, da sein Arm nicht gerade beweglich ist und seien Sie nicht verstimmt darüber.« Er sah den Kammerdiener mit seinem herzoglichen Blick an, ehe er hinausging.

Als er die Treppe in den ersten Stock hinunterging, hielt er inne, als er Miss Campion aus dem Zimmer auf der anderen Seite des Korridors kommen sah. Wie... interessant zu erfahren, wie dicht sein Zimmer bei ihrem lag.

Sie sah ganz anders aus als früher am Tag, als er sie für die Haushälterin gehalten hatte. Ihr hellbraunes Haar war frisch frisiert, und keine der widerspenstigen Locken lugte hervor, was schade war. Ihm gefiel diese Facette ihrer Erscheinung sehr. Ehrlich gesagt hatte er sie sogar recht attraktiv gefunden, und als sie nach dem Verlust ihres Gleichgewichts auf der Leiter in seinen Armen gelandet war, hatte er ihre üppigen Kurven fühlen können. Er hatte ein Aufwallen seiner Hitze bemerkt, ehe sie sich von ihm entfernt hatte.

Ihr Blick aus den smaragdgrünen Augen begegnete seinem, und die Nasenlöcher ihrer kleinen Stupsnase blähten sich leicht. Sie schritt auf ihn zu, und er nickte anerkennend. »Miss Campion. Sie sehen reizend aus.«

Sie blickte an sich herunter. Ihm fiel auf, dass sie das vorhin auch getan hatte, als wäre sie verlegen über ihre Kleidung. Statt des nüchternen Kleides von vorhin mit dem schlammigen Saum, trug sie nun ein elegantes, rosafarbenes Ausgehkleid. Er hätte sie in dieser Version ihres Erscheinungsbilds nicht mit einer Dienstbotin verwechselt.

Im Nachhinein war er sich nicht sicher, wie er sich überhaupt geirrt hatte. Sie besaß eine Ausstrahlung voller Selbstvertrauen und Autorität, die er sehr anziehend fand. Ihr Auftritt war nicht der einer Bediensteten. Nein, sie war es, welche die Befehle erteilte.

»Vielen Dank, Euer Gnaden. Wie geht es Ihrem Diener und Kutscher?«

»Es geht ihnen gut, danke. Ich habe die beiden allein gelassen, damit sie sich über Ihre köstlichen Kuchen auf dem Teetablett in die Haare geraten können.«

Miss Campion lächelte, und Law war verblüfft, wie hübsch sie war. Sie strahlte eine von Herzen kommende Wärme und Fürsorge aus, was so ganz anders war als bei den meisten Frauen, denen er in London begegnete. Es lag nicht daran, dass diese Frauen nicht aufrichtig oder warmherzig wären, doch sie gestatteten sich nicht, sie selbst zu sein, wenn sie einen Herzog trafen. Er war generell der Ansicht, dass er es bei den meisten Menschen, denen er begegnete, mit einer unwahren Version dieser Person zu tun hatte. Das zumindest hatte er im Laufe der Jahre bei seinem Vater beobachtet. Er hatte erlebt, wie die Gentlemen in seiner Gegenwart sich auf eine bestimmte Art und Weise verhielten, und dann auf lockere Art, sobald der Herzog nicht zugegen war oder ihnen keine Aufmerksamkeit widmete.

»Mrs. Rowell backt die besten Kuchen«, schwärmte Miss Campion. »Deshalb liefert sie sie auch für den Willkommensempfang. Sie hat vor einigen Jahren damit angefangen, und ich frage mich, was passieren wird, wenn sie beschließt, sich von dieser Verpflichtung zurückzuziehen.«

Law bemerkte, dass Miss Campion fröhlicher wirkte als vorhin. Oder besser gesagt, weniger angespannt. »Ich entschuldige mich für die Unannehmlichkeiten, die unser Auftauchen verursacht hat. Es ist uns sehr unangenehm, dass wir Ihre Pläne für das Fest durcheinandergebracht haben.«

Sie blinzelte ihn an. »Das ist ... danke. Es ist sehr nett von Ihnen, das zu sagen.«

»Ich wollte mich auch dafür entschuldigen, dass ich Sie für die Haushälterin gehalten habe.« Jetzt ging ihm auf, dass er die Haushälterin noch nicht kennengelernt hatte, und einen Butler hatten sie wohl auch nicht, vermutete er. »Wo ist sie denn eigentlich? Ich möchte mich bei ihr bedanken, dass sie unser Eindringen so geduldig hingenommen hat.«

»Es überrascht mich nicht, dass Sie angenommen haben, ich würde hier arbeiten. Ich sah auf jeden Fall so aus, als wäre dem so, und das liegt daran, dass ich das wirklich tue. Wir haben keine Haushälterin, und bevor Sie fragen, es gibt auch keinen Butler.«

Dann war es kein Wunder, dass sie vor der Eingangstür saubergemacht hatte. Trotzdem hätte einer ihrer Brüder ihr helfen sollen. Oder besser noch, hätten sie die Aufgabe ganz erledigen können. »Es sah so aus, als würden Sie den Haushalt führen, aber ich konnte mir nicht vorstellen, dass Sie keine Haushälterin haben. Ist das nicht eine Herausforderung?«

Sie zuckte mit den Schultern. »Wir hatten keine mehr, seit ich zwölf war, als Mrs. Evans starb.«

»Ich verstehe.« Er wollte noch weitere Fragen stellen, beispielsweise, wo ihre Mutter war, doch er nahm an, dass sie wahrscheinlich gestorben war, und das wollte er nicht zur Sprache bringen, wenn Miss Campion offensichtlich gerade im Begriff stand, sich auf eine gesellschaftliches Veranstaltung zu begeben. »Wohin gehen Sie?«

»Zum Begrüßungsempfang für das Fest zur Partnerfindung.«

Law wollte noch mehr Fragen zu diesem Fest stellen. Da er anscheinend hierbleiben würde, könnte er ja auch einfach das Beste aus der Situation machen. Er hatte eine Idee. »Ich war noch nie auf einem Fest zur Partnerfindung. Vielleicht könnte ich mich Ihnen anschließen?«

Sie zögerte. »Nun, ja, das könnten Sie schon. Ich muss gestehen, Ihr Wunsch überrascht mich. Ich dachte, Sie seien auf dem Weg zu etwas Wichtigem gewesen.«

»Da dies derzeit nicht möglich ist, werde ich meine Zeit

nicht damit verschwenden, mich darüber aufzuregen. Viel lieber würde ich etwas über Ihr Fest erfahren. Hätten Sie etwas dagegen, wenn ich nur rasch meinen Hut und meine Handschuhe aus meinem Zimmer hole?«

»Gewiss. Ich warte unten auf Sie.«

»Oh, und ich schulde Ihnen noch eine Entschuldigung«, meinte Law. »Ich hätte die Informationen nicht in Zweifel ziehen sollen, die Sie mir über unsere Situation gegeben haben. Sie haben versucht, mir zu helfen, und ich war ... schwierig.«

Erneut blinzelte sie ihn an. »Es ist nett, dass Sie das sagen. Ich danke Ihnen dafür. Jetzt habe ich das Gefühl, mich zu wiederholen.«

»Nun, ich habe mich – notwendigerweise – mehrmals entschuldigt.« Er lächelte kurz und beeilte sich, seine Sachen zu holen. Prüfend warf er einen Blick in den Spiegel, um sein Aussehen zu kontrollieren und fuhr sich mit den Fingern durchs Haar.

Als Law unten ankam, stand Mr. Campion mit seiner Tochter da. Er hatte ein breites, erwartungsvolles Lächeln aufgesetzt. »Da ist er ja! Wie schön, dass Sie Sadie zu dem Empfang fahren.«

Miss Campion warf ihrem Vater aus schmalen Augen einen kurzen, subtilen Blick zu, der Law jedoch nicht entging. Was hatte das zu bedeuten?

»Mir war nicht klar, dass ich fahre«, bemerkte Law. »Ich dachte, Ihre Fahrzeuge wären unzureichend.«

»Für eine lange Reise ja, aber unser Einspänner ist für zwei Personen perfekt und fährt sich gut. Fahren Sie nur los.« Campion klatschte in die Hände. »Sorgen Sie dafür, dass mein Mädchen als Ehrenjungfrau ausgekoren wird, bitte.«

Law hatte keine Ahnung, was damit gemeint war, doch er versprach, sein Möglichstes zu tun. Er bot Miss Campion seinen Arm an und genoss die Vorfreude, die sie mit ihrer Berührung auslöste. Es war kaum zu fassen, dass er an diesem Morgen mit bleiernen Füßen aufgewacht war und sich gewünscht hatte, nicht nach Dorset fahren zu müssen, um Lady Frederica kennenzulernen. Und jetzt freute er sich darauf, mit der hübschen Tochter eines Gutsbesitzers, einer jungen Lady, die praktisch auch noch Haushälterin war, an einem Fest in der Provinz teilzunehmen. Sein Vater wäre entsetzt. Vielleicht war das der Grund, warum Law genau das Gegenteil empfand.

Sie traten ins Freie, wo der Einspänner in der Auffahrt wartete. Ein älterer Mann von etwa siebzig Jahren stand neben dem einzelnen Pferd. Er musterte Law einen Moment lang, ehe er seine Aufmerksamkeit Miss Campion zuwendete. Seine faltigen Züge wurden weicher. »Sadie, Ihr seid hübscher als irgendeine Ehrenjungfrau, die je auserkoren worden ist.«

Miss Campion lachte unbeschwert, und flatternd fand der fröhliche Klang seinen Weg in Laws Brust. »Danke, Jarvis. Das ist Seine Gnaden, der Herzog von Lawford. Hat Esmond mit dir über seine Kutsche gesprochen?«

»Ja. Ich war bei den Stallungen.« Er schüttelte den Kopf und sah Law an. »Ihr habt Glück, dass Ihr noch herumlaufen könnt. Das war ein schlimmer Unfall.«

Er war außerordentlich erschreckend gewesen, und Law war sich sicher, an mehreren Stellen Prellungen davongetragen zu haben. »Ich weiß jede Hilfe zu schätzen, die Sie leisten können. Auch mein Kutscher kann mir bei der Reparatur behilflich sein, obwohl ich bezweifle, dass er über so ein umfassendes Wissen auf dem Gebiet verfügt wie Sie.«

»Außerdem erholt er sich von seiner Verletzung«, warf Miss Campion ein.

»Wir werden das schon hinkriegen.« Jarvis warf Law einen zuversichtlichen Blick zu. »Es wird einige Tage dauern, insbesondere, weil alle wegen des Fests so beschäftigt sind. Ich kann mir vorstellen, dass die jungen Burschen an den meisten Nachmittagen mit Bowling beschäftigt sind oder zu viel Zeit auf dem Brauereigelände verbringen, aber wir werden es schon schaffen.«

»Ich weiß das wirklich zu schätzen.« Law reichte Miss Campion die Hand, um ihr beim Einsteigen behilflich zu sein, und ging dann um den Einspänner herum und stieg ein.

Sie winkte Jarvis zu, als sie davonfuhren, und Law wartete nicht, seine Neugier zu befriedigen. »Dieses Fest hat wirklich eine absolute Vorrangstellung vor allem anderen, nicht wahr?«

»Es ist das Herz und die Seele von Marrywell. Was glauben Sie, woher der Name der Stadt kommt?«, fragte sie mit einem schiefen Lächeln.

Törichterweise hatte er das nicht kombiniert. »Die Stadt wurde durch das Fest gegründet?«

»Ja, Maifeste waren vor Hunderten von Jahren sehr beliebt. Marrywell entstand rund um ein besonders erfolgreiches Fest, aus dem viele Ehen hervorgingen. Es ist das älteste Maifest Englands.«

»Tatsächlich?« Law war beeindruckt. In der Nähe der Stelle, an der sie das Rad verloren hatten, bog er auf die Straße ein. »Wenn es Ihnen nichts ausmacht, erklären Sie mir doch bitte die Sache mit den Ehrenjungfrauen. Wie kann ich dafür sorgen, dass Sie eine werden?«

»Das können Sie nicht, ganz gleich, was mein Vater gesagt hat. Die Maikönigin wird während des Empfangs alle jungen heiratswilligen Ladys begutachten, um dann heute Abend sieben Ehrenjungfrauen zu benennen, die für die Dauer des Festes ihr Hofstaat sein werden. Sie werden bei einer Feier im Botanischen Garten gekrönt.«

»Sie wollen sich heute Abend krönen lassen?«

Sie hob eine Schulter, und er spürte ihr Zaudern. Oder

vielleicht war es ein Unbehagen. »Das möchte vermutlich jede junge Lady.«

Law wusste ihr genaues Alter nicht, doch sie war bestimmt nicht so jung wie jemand bei Antritt seiner ersten Saison. Er würde sie auf Anfang zwanzig schätzen. War sie schon oft auf diesem Fest gewesen und hatte bislang keinen Partner gefunden? Das fand er beinahe schon kriminell, insbesondere, wenn dieses Fest sich damit rühmte, dass es am Ende eine große Anzahl von frischen Paaren gab.

Er versuchte, die Dinge zwanglos zu halten. »Ich dachte, der Zweck des Fests sei es, einen passenden Partner zu finden.«

»Meistens schon – und eine Ehrenjungfrau zu sein, ist hilfreich, denn diese sieben Ladys sind die beliebtesten des Festes. Doch das Fest an sich verspricht eine wunderbare Zeit für alle, mit Tanz, Essen, Spielen und vielem mehr. Das große Picknick am mittleren Tag des Festes darf man keinesfalls verpassen.«

»Ich glaube, ich bin ganz froh, meine Angelegenheiten zu verschieben«, antwortete er lächelnd.

»Was für Angelegenheiten sind das?«

»Ich hatte mich mit jemanden wegen eines eventuellen … Arrangements treffen sollen.« Das war eine besonders kalte Ausdrucksweise, um sich auf eine Verlobung zu beziehen, doch in diesem Fall war es passend. Wenn es eine Verbindung zwischen ihm und Gillinghams Tochter geben sollte, wäre das ganze Arrangement als Transaktion zu betrachten. Wenn Law es schaffte, eine gewisse Zuneigung zu Lady Frederica bei der ganzen Sache zu entwickeln, so wäre das umso besser. Angesichts der Tatsache, dass sie von seinem Vater ausgesucht worden war, erwartete er das allerdings nicht.

Darüber hinaus würde er sich nicht auf eine Eheschließung einlassen, wenn er sich nicht wenigstens ein bisschen zu ihr hingezogen fühlte. Was für eine Art von Heirat wäre das? Selbst sein unmöglicher Vater hatte Laws Mutter geliebt.

»Ich hoffe, Ihre Verzögerung wird keine Schwierigkeiten für Sie nach sich ziehen«, meinte sie.

Law hoffte tatsächlich, dass genau das passieren würde. Vielleicht würde Gillingham ihn als unzuverlässig erklären und das Arrangement absagen. »Ich bin sicher, dass sich alles so ergeben wird, wie es sollte«, meinte er gutmütig. »Jetzt erzählen Sie mir, wie ich Ihnen helfen kann, Ehrenjungfrau zu werden.«

KAPITEL 3

Sadie sah Lawford befremdet an. Fuhr sie wirklich mit einem Herzog zum Willkommensempfang? Offenbar ja. Das überstieg ja beinahe ihr Fassungsvermögen.

Mehr noch, er erwies sich als angenehm und vielleicht sogar ... charmant. Vorhin noch hatte sie ihn als herrisch und hochmütig empfunden. Als er ihr den Vorschlag gemacht hatte, sie zum Empfang zu begleiten, hatte sie gezaudert. Andererseits wäre es unhöflich gewesen, nein zu sagen.

Außerdem wirkte er jetzt weitaus entspannter. Er hatte ihr sogar ein Kompliment gemacht. Sie hatte sich gefragt, ob er das wirklich ernst meinte oder nur eine Plattitüde von sich gab. Gentlemen wie er waren geschickt im Flirten, ohne wirklich Absichten dabei zu haben. Das wusste Sadie aus Erfahrung.

Allerdings sollte sie ihn nicht mit Osborne vergleichen, dem Mann, der vor vier Jahren auf ihrem ersten Fest als heiratsfähige junge Lady überaus gewandt mit ihr geflirtet hatte. Er war ein ausgemachter Schwerenöter gewesen. Nicht, dass sie diese Behauptung belegen könnte, da sie sich seitdem nicht mehr gestattet hatte, einen anderen Gentleman an sich heranzulassen. Es war einfacher – und weniger demütigend – sich auf die Leitung von Fieldstone zu konzentrieren.

Sie war sich nicht einmal sicher, ob sie eine Ehrenjungfrau sein wollte. All die Aufmerksamkeit und das Getue ... aber es war ihre beste Chance auf eine Heirat.

»Miss Campion?«, sprach er sie erneut an und erinnerte sie damit, dass er eine Frage gestellt hatte. Er blickte zu ihr hinüber, und ein Zittern überlief ihre Haut, was auch passiert war, als er ihr in den Einspänner geholfen hatte. Es war auch aufgetreten, als er sie heute Vormittag auffing, als sie das Gleichgewicht auf der Leiter verloren hatte. Sie hielt das für normal, denn es kam nicht jeden Tag vor, dass sie einem gutaussehenden Gentleman so nahe war, geschweige denn einem Herzog. Es musste doch normal sein, ein seltsames Kribbeln zu verspüren, oder nicht?

»Ich weiß nicht, ob Sie irgendetwas tun können, um sicherzustellen, dass ich ausgewählt werde. Es gibt keine Regeln. Die Königin wählt einfach sieben junge Ladys aus.«

»Das scheint recht willkürlich zu sein.«

»Das mag sein, aber ich bezweifle, dass die Königin dem zustimmen würde. Jede Königin wählt mit Bedacht und Verstand aus.« Sadie räumte ein, dass manche Königinnen mehr Überlegungen anstellten als andere. Sie erinnerte sich daran, wie die Königin vor zwei Jahren ihre eigenen Familienangehörigen und Freundinnen ausgewählt hatte. Sie hatte gewollt, dass alle eine so gute Partie machten, wie sie selbst, und das war auch geschehen. Konnte man ihr wirklich vorhalten, dass sie sich das für sich selbst wünschte?

»Was würden Sie tun, wenn Sie Königin wären?«, fragte der Herzog.

Sadie würde lügen, wenn sie behaupten würde, sie hätte nicht darüber nachgedacht. Jedes Mädchen, das in Marrywell aufwuchs, stellte sich vor, einmal Ehrenjungfrau und dann

Königin zu sein. »Ich denke, ich würde die jungen Damen wählen, die am meisten Hilfe bräuchten, um die Aufmerksamkeit auf sie zu lenken. Vielleicht die Schüchternen und Stillen.«

»Würden diese jungen Ladys sich als Ehrenjungfrauen wohlfühlen? Sie haben angedeutet, sie seien die beliebtesten Ladys auf dem Fest.«

»Wenn sie keine Ehrenjungfrauen sein wollten, würden sie nicht zu dem Empfang gehen. Das ist der ganze Sinn, dorthin zu gehen. Sie werden sehen, dass heute fast jeder dort entweder ein unverheirateter Mann ist, der eine Frau sucht, eine unverheiratete Lady oder die Familien – höchstwahrscheinlich die Mütter dieser Damen.«

»Ich vermute, Ihre Mutter ist verstorben«, meinte er daraufhin. »Es tut mir leid, dass sie nicht hier bei Ihnen sein kann. Ist sie schon lange tot?«

»Seit ich acht Jahre alt war.« Sadie hatte sich bereits um ihre jüngeren Brüder gekümmert, weil ihre Mutter krank gewesen war. Nach ihrem Tod war Sadie mehr in die Rolle ihrer Mutter hineingewachsen, aber damals hatte sie noch die Hilfe und Unterstützung von Mrs. Evans, ihrer Haushälterin, gehabt, bis diese vier Jahre später gestorben war.

Er schenkte ihr einen mitfühlenden Blick. »Das ist sehr jung. Meine Mutter starb, als ich vierzehn war.«

»Es tut mir leid, das zu hören. Und da Sie Herzog sind, vermute ich, dass Ihr Vater ebenfalls tot ist.«

»Ja, er ist vergangenen Herbst gestorben. Ich bin noch dabei, mich an den Titel zu gewöhnen.«

Sie vernahm einen Anflug von Unbehagen in seiner Stimme, was sie überraschend fand. Seit sie ihn in der Auffahrt zum ersten Mal gesehen hatte, strahlte er Zuversicht und Vitalität aus, als ob er ein Mann war, der die Dinge in die Hand nahm, anstatt anderen zuzusehen. Vielleicht hatte sie diese Einschätzung getroffen, nachdem er sie aufgefangen und dann die Leiter für sie umgestellt hatte.

»Und haben Sie Geschwister?«, fragte sie.

»Zwei jüngere Schwestern, die verheiratet sind. Sie haben an ihrem eigenen Fest zur Partnerfindung teilgenommen – in London nennen wir es die *Saison.*« Er wackelte mit den blonden Brauen.

Sadie lachte. Sein Humor war etwas überraschend. »Ja, davon habe ich schon gehört. Gibt es dort eine Krönungszeremonie, ein Brauereifeld oder einen Puddingwettbewerb?«

Auch er lachte. »Leider nein. Es gibt Präsentationen vor der Königin, einen nicht enden wollenden Terminkalender voller alberner Bälle und Empfänge, und natürlich das Almack´s.« Er schauderte. »Aber man muss eine der Schirmherrinnen beeindrucken, um dort eingeladen zu werden. Wenn ich es mir recht überlege, ist es vielleicht so, als ob Sie Ihre Maikönigin umwerben, um Ehrenjungfrau zu werden.«

»Nur dass man keine Ehrenjungfrau sein muss, um am Fest teilzunehmen«, wandte Sadie ein. »Das klingt, als würden Sie die Saison nicht genießen.«

»Es kann langweilig sein, vor allem, wenn keine der jungen Ladys auf dem Heiratsmarkt mein Interesse weckt.« Kurz ließ er seinen Blick zu ihr schweifen, und es lag etwas in seinen Augen, das sie beinahe ... atemlos machte.

Versuchte er, ihr etwas mitzuteilen?

Nein, natürlich nicht. Er machte nur Konversation.

Sadie überraschte sich selbst, als sie fragte: »Sind Sie deshalb noch nicht verheiratet? Hat keine Ihr Interesse geweckt?«

»Nun ja. Ich denke, das kann man wohl so sagen.« Er warf einen Blick in ihre Richtung. »Sie erwähnten einen Puddingwettbewerb. Darf ich hoffen, dass Ihre Köchin auch köstliche Puddings macht?«

Sadie hoffte, ihn mit ihrer Frage nicht in Verlegenheit

gebracht zu haben. »Das tut sie in der Tat. Mrs. Rowell gewinnt oft in den Kategorien, in denen sie antritt, und sie hat schon mehrmals den Preis für den besten Pudding aller Zeiten gewonnen.« Der Puddingwettbewerb war eine der wenigen Veranstaltungen, an denen Sadie in den letzten vier Jahren teilgenommen hatte, wie auch das große Picknick, das wirklich das schönste Ereignis des Festes war.

»Bitte sagen Sie mir, dass wir sie einmal kosten dürfen«, meinte Lawford mit liebenswerter Begeisterung.

»Ich denke, Sie können damit rechnen, einer der Juroren zu werden. Sie versuchen immer, geschätzte Mitglieder der Gemeinde und Ehrengäste auszuwählen. Sie werden sicherlich zur letzteren Gruppe gehören.«

»Ich fange an zu glauben, dass der Vorfall mit dem Rad, das sich von meiner Kutsche gelöst hat, in Wahrheit ein glücklicher Unfall war.« Als er lächelte, verzogen sich seine Gesichtszüge und ließen ihn viel zugänglicher und sympathischer erscheinen als bei ihrer ersten Begegnung. Sadie fragte sich, wie sie ihn jemals für streng und arrogant hatte halten können. Jetzt erwies er sich als sehr liebenswürdig und besaß einen herzlichen Sinn für Humor.

Sie waren in der Stadt angelangt, und vor lauter Menschen und Verkehr war das Gewimmel fast überwältigend. Sadie verspürte sofort eine gewisse Beklemmung. Was, wenn dieses Jahr ebenso katastrophal verliefe wie das vor vier Jahren? Plötzlich verspürte sie den Drang, nach Hause zu laufen.

Nein, dies ist notwendig. Außerdem könnte dir die Anwesenheit des Herzogs einen Vorteil verschaffen. Du bist eine Närrin, wenn du diese Gelegenheit nicht ergreifst.

Da sie vor vier Jahren eine Närrin gewesen war, entschied sie, dass sie besser vermied, noch mal eine zu sein.

»Das ist ja wirklich ein Gedrängel«, meinte der Herzog.

»Was soll ich mit dem Einspänner machen? Wir haben keinen Knecht, der darauf aufpasst.«

»Sie können ihn in der Garden Street beim Botanischen Garten parken und dort sind Jungen, die auf die Fahrzeuge achtgeben. Die Versammlungsräume liegen an der Ecke High Street und Garden Street.« Sie zeigte auf die vor ihnen liegenden Straße. »Biegen Sie dort nach links ein – das ist die High Street.«

Die Menge war sogar noch dichter auf der High Street. Sadie sah viele bekannte Gesichter und sogar noch mehr, die sie nicht kannte, denn das Fest lockte seine Besucher aus einem großen Radius an. Der Herzog fuhr langsam und steuerte das Gefährt mühelos durch das Gewühl aus Fahrzeugen und Menschen.

»Sie sind ein ausgezeichneter Fahrer.«

»Danke. Sie sollten mich in meinem hochrädrigen Phaeton sehen… Er warf ihr ein verschmitztes Lächeln zu, das eine subtile Abwandlung des Grinsens war, das er ihr vorher geschenkt hatte. Sie fragte sich, auf wie viele Möglichkeiten er ihr Herz für einen Takt zum Aussetzen bringen könnte.

Dieser Gedanke provozierte einen eisigen Schauder, der sie überlief. Das letzte Mal, als sie dem Charme eines Gentleman zum Opfer gefallen war, hatte sie sich in einer überaus peinlichen Situation wiedergefunden. Es hätte weitaus schlimmer kommen können, aber dennoch war es das demütigste Ereignis ihres Lebens gewesen. Das war der Grund warum sie in erster Linie die werbenden und partnerverbindenden Aspekte des Festivals vermieden hatte.

Dieses Jahr konnte sie das allerdings nicht, wenn sie die Absicht hatte, ein eigenes Heim und eine Familie zu haben. Sie musste einfach ihre Sinne beisammenhalten und sich nicht von den schmeichlerischen Worten der Schurken becircen lassen.

Sie riss sich aus ihren abschweifenden Gedanken zurück und tat einen tiefen, belebenden Atemzug. »Die Versammlungsräume sind gleich vor uns um die Ecke – auf der rechten Seite. Die High Street endet bei den Gärten, also können Sie entweder rechts oder links fahren, um den Einspänner zu parken.«

»Ich werde mich nach links wenden, da es einfacher scheint.« Als sie um die Ecke bogen, blickte er zum botanischen Garten. »Die Gärten sehen sehr weitläufig aus. Und picobello, soweit ich das sehen kann.«

»Sie sind der Stolz von Marrywell, nach dem Fest zur Partnerfindung natürlich. Die Gärten sind der Treffpunkt für das große Picknick und auch das Rasenbowling und Federball, und heute Abend findet hier die Krönung der Maikönigin und des Königs statt. Sie wurden auf dem Ball auserkoren, der am letzten Abend des vorjährigen Festes stattgefunden hat, aber gekrönt werden sie erst heute Abend.«

Er manövrierte den Einspänner an den Randstreifen neben den Gärten. »Ich verstehe. Wenn man also als König und Königin erklärt wurde, ist man gezwungen, beim nächsten Fest wiederzukehren. Hat irgendjemand das jemals nicht getan?«

»Es hat ein paar Vorfälle gegeben, die insbesondere mit der Geburt eines Kindes zu tun hatten. Ich erinnere mich, von einer Tragödie gehört zu haben, die sich vor Jahrzehnten zugetragen hat, als der König bei einem Jagdunfall ums Leben gekommen war.«

»Genau wie mein Vater«, murmelte der Herzog, als er aus dem Einspänner kletterte.

Als er herumkam, um ihr herunterzuhelfen, blickte Sadie ihm in die Augen. »Ist er so zu Tode gekommen? Es tut mir leid. Dieser Verlust muss ein Schock für Sie gewesen sein.«

Der Herzog ergriff ihre Hand und provozierte damit ein

weiteres Aufblitzen ihrer Wahrnehmung, das zu ignorieren Sadie sich bemühte, und half ihr herunter. »Gewissermaßen. Mein Vater hatte eine Neigung, die unmöglichsten und wahrscheinlich auch gefährlichsten Dinge zu tun. Er lebte, um zu beeindrucken und seine Kühnheit unter Beweis zu stellen. Es war vorauszusehen, dass einmal die Zeit kommen musste, dass das Wildschwein – oder was immer er aufs Korn genommen hatte – gewinnen musste.«

Er klang so nüchtern. Sie fragte sich, ob er überhaupt Bedauern empfunden hatte. Vielleicht hatten die beiden sich nicht so nahegestanden. Sie wollte sich nicht weiter in seine persönlichen Angelegenheiten einmischen, also meinte sie einfach: »Wie traurig.«

Der Herzog sah sich um, und heftete seinen Blick dann auf einen Jungen, der in der Nähe der Fahrzeuge vorbeiging, die dort geparkt waren. »Ist das einer der Jungen, die auf die Pferde achtgeben? Ich würde ihm gern danken. Oder ihn entlohnen.«

»Er und die anderen Jungen werden mit den Überresten der Speisen des Empfangs entlohnt, und sie werden volle Bäuche haben. Aber Sie können ihn auch gerne bezahlen.«

»Das ist keine schlechte Form der Entschädigung«, befand der Herzog schmunzelnd. »Insbesondere, wenn sie etwas von Mrs. Rowells Kuchen abbekommen. Ich würde mich trotzdem gerne bei ihm erkenntlich zeigen.« Doch bevor er das tun konnte, war der Junge schon weitergegangen. »Ach. Nun ja, ich werde ihn bestimmt später treffen.« Er hakte Sadie unter, und zusammen machten sie sich auf den Weg zu den Versammlungsräumen.

»Die Leute schauen uns an.« Das lag wahrscheinlich an Lawfords hohem Wuchs und seinem guten Aussehen, vermutete Sadie.

»Tatsächlich?« Er schien vollkommen ahnungslos und unbeeindruckt davon.

Sobald sie die Versammlungsräume betraten, wurden sie von der Frau des Constable, Mrs. Sneed, begrüßt. Sie war eine der Hauptorganisatorinnen des Festes, Ende vierzig und besaß ein breites, zahnbewehrtes Lächeln. Sie verbeugte sich vor dem Herzog. »Willkommen, Euer Gnaden. Es ist eine Ehre für Marrywell, Euch hier zu haben.«

Offenbar hatte Mrs. Rowell, die vorhin hierhergekommen war, um ihre Kuchen abzuliefern, verlauten lassen, dass Fieldstone einen Herzog zu Gast hatte. Sadie war sicher, dass Mrs. Sneed diese Neuigkeit bereits so vielen Leuten wie möglich weitergegeben hatte. Das erklärte die Aufmerksamkeit, die sie draußen erregt hatten.

Endlich lenkte Mrs. Sneed den Blick zu Sadie hinüber. »Miss Campion, was für eine Überraschung, Sie hier zu sehen. In Anbetracht Ihrer Abwesenheit in den letzten Jahren nahm ich an, dass Sie kein Interesse daran hatten, Ehrenjungfrau zu werden.«

Sadie biss die Kiefer zusammen. Sie wollte etwas Gewitztes oder Kluges erwidern, doch ihr fehlten einfach die Worte.

»Ich kann mir keine bessere Kandidatin für das Amt einer Ehrenjungfrau vorstellen«, bemerkte Lawford mit einem Anflug seiner früheren Überheblichkeit. »Und ich fürchte, sie musste teilnehmen, damit sie meine Führerin sein konnte.« Er schenkte Sadie ein ungemein bezauberndes Lächeln, und sein Verhalten änderte sich, als ob er sein wahres Ich für sie aufsparte, während er es Mrs. Sneed vorenthielt. Sadie bezweifelte, dass dies wahr sein könnte, und verwarf diesen Gedanken.

»Wie wundervoll, dass Ihr Miss Campion so viel Aufmerksamkeit schenkt.« Irgendwie brachte Mrs. Sneed es fertig, dies gegenüber Sadie herablassend klingen zu lassen. Während sie Lawford immer noch anblickte, meinte sie: »Ich glaube, Ihre Köchin hat nach Ihnen gesucht, Miss Campion. Sie ist im Raum mit den Erfrischungen.«

In der Hoffnung, dass alles in Ordnung war, drehte Sadie sich zu dem Herzog und löste ihre Hand von seinem Arm. »Würden Sie mich für ein paar Minuten entschuldigen?«

»Ich werde Sie begleiten«, erbot er sich.

»Das ist unnötig«, mischte Mrs. Sneed sich ein. »Ich würde Euch gerne meinem Mann sowie einigen der führenden Familien von Marrywell vorstellen, einschließlich des Bürgermeisters und seiner Frau. Wir fühlen uns durch Eure Anwesenheit sehr geehrt.«

Es war hoffnungslos, Einspruch zu erheben, das wusste Sadie. Mrs. Sneed besaß eine unüberwindliche Kraft, wenn sie etwas wollte. Darüber hinaus würde Sadie nur einige Minuten fort sein. Mit den Lippen formte sie *Gehen Sie* und lächelte den Herzog an. Dann drehte sie sich um und hielt eilig auf den Raum zu, in dem die Erfrischungen auf Tischen angerichtet waren.

Mrs. Rowell eilte unverzüglich auf sie zu. »Sadie, da sind Sie ja.« Ihre Stirn war gefurcht und sie rang die Hände. »Irgendwie fehlen uns zwei Kisten mit Kuchen, darunter auch die, die speziell für die Königin und den König gebacken wurden. Bryan ist nach Fieldstone zurückgelaufen, aber er ist zu Fuß unterwegs. Ich mache mir Sorgen, dass er nicht zurück ist, ehe die Königin aufbricht.«

»Sie ist noch nicht einmal angekommen, also wird das wohl nicht passieren.« Sadie wusste allerdings, wie bedeutend diese Kuchen waren, und es würde ein schlechtes Licht auf Mrs. Rowell werfen, sie nicht hier zu haben. Das konnte Sadie nicht zulassen. »Ich fahre mit dem Einspänner zurück nach Fieldstone, um die Kuchen zu holen. Ich lese Bryan auf dem Weg auf.«

»Sie dürfen den Empfang nicht versäumen«, widersprach Mrs. Rowell mit echter Sorge.

»Das werde ich auch nicht. Wir sind rasch wieder zurück«, versprach Sadie in der Hoffnung, das sich dies bewahrheiten würde. »Die Schachteln sind in der Küche?«

»Ich denke schon.« Voller Verzweiflung fasste sich die Köchin mit der Hand an die Stirn. »Durch das Auftauchen des Herzogs hat so ein Trubel geherrscht. Wir müssen sie irgendwie übersehen haben.«

Sadie berührte die herzensgute Frau am Arm. »Machen Sie sich keine Sorgen. Ich breche jetzt auf. Würden Sie bitte dem Herzog ausrichten, wo ich bin? Ich fürchte, er ist in die Fänge von Mrs. Sneed geraten.«

Mrs. Rowell nickte. »Der arme Mann. Und ich danke Ihnen, Sadie. Sie haben ein sehr gutes Herz.«

Obwohl Sadie erwog, den Herzog mitzunehmen, wollte sie keine Zeit mit der Suche nach ihm verschwenden. Außerdem sollte er lieber hierbleiben und sich amüsieren.

Durch eine Seitentür eilte sie in die Garden Street zurück, in der der Einspänner abgestellt war. Es dauerte länger als erwartet, ihn in den Verkehr einzufädeln und dann hindurch zu lenken. Sie strengte sich an, ihre Frustration zu unterdrücken, aber mit jedem weiteren verstreichenden Augenblick fühlte sie ihre Chancen schwinden, als Ehrenjungfrau ausgewählt zu werden. Wahrscheinlich machte die Königin beim Empfang gerade die Runde, begutachtete alle unverheirateten Frauen und entschied, wen sie bei der Zeremonie heute Abend ernennen würde. Sadie verpasste ihre Chance, sich am Arm des Herzogs zu zeigen.

Endlich kam sie in Fieldstone an, als Bryan gerade in die Auffahrt einbog. Er atmete schwer, als er in den Einspänner kletterte. Gemeinsam entdeckten sie die vermissten Kuchenschachteln in der Küche und waren bald auf dem Rückweg in die Stadt, wobei Bryan dieses Mal die Zügel übernahm.

Der Knecht fuhr direkt zu den Versammlungsräumen.

»Sie bringen die Schachtel mit den speziellen Kuchen hinein, während ich die Kutsche parke. Ich werde den Rest bringen.«

»Danke, Bryan.« Sadie kletterte herunter und geriet in ihrer Eile ins Stolpern, wobei sie auf den Saum ihres Kleides trat. Sie konnte das Reißen des Stoffes hören, aber sie hatte keine Vorstellung vom Ausmaß des Schadens. Als sie über die Schulter blickte, sah sie Bryan, der sich zu ihr beugte.

»Geht es Ihnen gut?«

»Ja«, brachte sie zwischen zusammengebissenen Zähnen hervor. »Aber mein Kleid ist zerrissen. Ist es schlimm?«

»Äh, ich kann Ihren Unterrock sehen. Tut mir leid, Sadie.«

Ein Dutzend Flüche schossen ihr durch ihren ohnehin schon frustrierten Verstand. So konnte sie sich nicht auf dem Empfang blicken lassen. »Du musst die Torten hineinbringen.«

»Aber Sie müssen zum Empfang«, protestierte Bryan.

»Nicht in meinem derzeitigen Zustand.« Sie stieg wieder auf den Wagen. »Nimm du die Torten. Und sag Seiner Gnaden, ich würde draußen warten.«

»Wo werden Sie parken?« Bryan blickte sich um. »Es ist ziemlich voll.«

»Das schaffe ich schon.« Unvergossene Tränen brannten ihr in den Augen und in ihrer Kehle. Sadie würde nicht vor dem Knecht weinen. Sie zwang sich zu einem falschen Lächeln und forderte ihn auf, schnell hineinzugehen.

Er hob die Schachteln auf und eilte zur Seitentür der Versammlungsräume.

Sadie fuhr weiter und kreiste zur Ecke zurück. Mit einer Mischung aus Neid und Enttäuschung blickte sie zu den Versammlungsräumen. Nun war ihre letzte Chance dahin, Ehrenjungfrau zu werden.

Warum hatte sie so lange gewartet, noch einmal einen Versuch zu wagen? Nein, warum hatte sie sich dies vor vier

Jahren von diesem schrecklichen Walter Osborne ruinieren lassen, sodass sie die Demütigung keinesfalls ein zweites Mal hatte riskieren wollen?

Weil es einfacher ist, auf Fieldstone zu sein, wo du alles im Griff hast, und du dich kompetent und wohl fühlst.

Eine Träne der Wut rann ihr über die Wange. Sie wischte sie fort. Sie würde nicht erlauben, dass Osborne und dieses ganze furchtbare Erlebnis ihr ein weiteres Fest zur Partnerfindung ruinierte. Auf dem Einspänner sitzend, atmete sie tief durch und versuchte, sich auf andere Dinge zu konzentrieren, beispielsweise, wie schnell Mavis ihr Kleid reparieren konnte. Es war ihr bestes Ausgehkleid, und sie wollte es noch einmal beim großen Picknick tragen.

Schließlich verließ die Maikönigin unter großem Tamtam die Versammlungsräume. Sadie schürzte die Lippen und blieb wie versteinert sitzen, als sie beobachtete, wie sich mehr als ein Dutzend unverheirateter Ladys um den Eingang drängelten. Einen Moment später trat der Herzog heraus.

Sadie richtete sich auf und schalt sich im Stillen. Es lag nicht in ihrer Absicht, sich vor dem Herzog in Selbstmitleid zu suhlen. Sie würde also keine Ehrenjungfrau werden. Vielleicht ließe sich ja dennoch ein Partner für sie finden. Das brachten viele junge Frauen fertig.

Sie fuhr vor und winkte, um den Blick des Herzogs zu erhaschen. Er schritt auf sie zu und kletterte in den Einspänner.

Lawfords dunkler Blick betrachtete sie voller Sorge. »Der Knecht hat mir erzählt, Ihnen sei ein Missgeschick passiert. Was ist geschehen?«

Sie überreichte ihm die Zügel. »Ich bin in einem äußerst ungeschickten Moment auf den Saum an der Rückseite meines Kleides getreten. Ich fürchte, es war unmöglich, mit einem deutlich sichtbaren Unterrock am Empfang teilzunehmen.«

Er runzelte die Stirn. »Heißt das, Sie werden keine Ehrenjungfrau werden?«

»Ja, aber das macht nichts«, presste sie hervor.

Schweigend fuhren sie weiter, bis sie den Verkehr hinter sich gelassen hatten und aus der Stadt fuhren.

»Ich bedauere, dass es für Sie nicht wie geplant gelaufen ist«, meinte er immer noch stirnrunzelnd. »Ich habe Sie einige Mal zur Sprache gebracht. Vielleicht haben Sie ja noch eine Chance.«

Trotz ihrer Enttäuschung fühlte sich Sadie geschmeichelt und freute sich über seine Anteilnahme. »Es war überaus freundlich von Ihnen, mich zu erwähnen, doch ich habe meine Zweifel.«

»Darf ich fragen, worin Ihr eigentliches Ziel besteht?« Er blickte mit echtem Interesse zu ihr auf. »Geht es Ihnen um den Gewinn an Beliebtheit oder wollen Sie heiraten?«

»Das eine dient dem anderen«, entgegnete sie und fühlte sich unwohl dabei, dieses Thema mit dem Herzog zu erörtern, den sie heute gerade erst kennengelernt hatte.

»Ihnen liegt also an einer Heirat«, schloss er daraus. »Also gut. Sorgen wir dafür, das zu bewerkstelligen.«

Sadie drehte ihren Oberkörper zu ihm, wobei sie darauf achtete, ihr Hinterteil nicht zu bewegen, damit ihr Kleid nicht noch größeren Schaden nahm. »Sie klingen so sicher, als ob Sie sich so etwas nur wünschen müssten.«

Er zuckte mit den Schultern. »Wenn man etwas will, sollte man alles tun, was man kann, um es zu erreichen.«

»Das ist für einen Herzog meiner Vermutung nach relativ einfach.«

»Bei gewissen Dingen, aber nicht bei allem. Ich meine damit, dass man belohnt wird, wenn man sich anstrengt. Das hat mein Vater oft gesagt, und es war eines der wenigen Dinge, in denen ich ihm zustimmte.«

Damit war Sadies Frage beantwortet, welcher Natur die

Beziehung des Herzogs zu seinem Vater gewesen war. Oder zumindest zum Teil. Jetzt war sie neugierig, mehr zu erfahren, aber noch mehr war sie daran interessiert zu begreifen, was er für sie zu tun versuchte. »Wie wollen wir eine Ehe für mich ›bewerkstelligen‹?«, fragte sie.

»Ich bin mir nicht ganz sicher, aber ich denke, es ist ein guter Anfang, wenn ich Sie heute Abend zur Krönungsfeier und zu den für morgen geplanten Veranstaltungen begleite.«

Sadie besann sich auf die Aufmerksamkeit, die ihnen vorhin auf ihrem Weg zu den Versammlungsräumen entgegengebracht worden war. Sie schien beinahe ebenso stark zu sein, wie die Aufmerksamkeit, die sie als Ehrenjungfrau erhalten hätte. Vielleicht hatte sein Plan ja doch etwas Gutes. »Wären Sie denn dazu bereit?«

»Abgesehen davon, dass ich diese Woche nichts Besseres zu tun habe, wäre es mir eine Freude, Ihnen behilflich zu sein. Immerhin haben Sie mir und meinen Dienstboten in der Stunde der Not Hilfe geleistet. Ich wäre wirklich schnöde, wenn ich dieses Entgegenkommen nicht erwidern würde.«

Er hatte das Gefühl, ihr etwas schuldig zu sein. Nun, das war ihrer Vermutung nach nachvollziehbar.

Er sagte auch, dass es ihm eine Freude wäre.

Sadie warf ihm einen verstohlenen Blick zu. Sie wäre töricht, seine Hilfe abzulehnen. Warum sollte sie sich darüber hinaus nicht von diesem gutaussehenden Herzog begleiten lassen?

»Das ist sehr großzügig von Ihnen«, entgegnete sie. »Ich danke Ihnen.«

»Heißt das, Sie nehmen mein Angebot an?« Er sah zu ihr hinüber, und der Eifer in seinem Blick ließ ihr Herz schon wieder einen Takt aussetzen.

»Ja.«

»Ausgezeichnet. Ich verspreche, ich werde mein Bestes tun, um Sie bis zum Ende des Festes verlobt zu sehen.«

Sie glaubte ihm seine Entschlossenheit, alles daranzusetzen, wenn sie auch nicht so recht an das Eintreten des Ergebnisses glauben wollte.

KAPITEL 4

*A*n diesem Abend fuhr Law mit Miss Campion, ihrem Vater und ihren beiden jüngeren Brüdern in der Kutsche der Campions zur Krönungszeremonie. Zum Glück hatte Campion eingesehen, dass es darin zu eng werden würde, und hatte den Jüngsten, Richard, mit Bryan, ihrem Knecht, der offenbar auch ihr Kutscher war, oben auf dem Kutschbock mitfahren lassen.

Law verstand, warum ihm das Gefährt nicht angeboten worden war. Es war vollkommen heruntergekommen. Abgesehen davon, dass es uralt zu sein schien, war es auch dringend renovierungsbedürftig. Allmählich fragte er sich, ob Campion knapp bei Kasse war. War sein Anwesen nicht rentabel?

Miss Campion saß ihm gegenüber neben ihrem Vater. Sie trug ein hübsches, aber schlichtes Ballkleid, bei dem er davon ausging, dass es mindestens einige Jahre alt sein musste. Das schien dafür zu sprechen, dass nicht genügend Geld vorhanden war, aber wozu brauchte sie auch jedes Jahr ein neues Ballkleid?

Außer es fand dieses Fest statt, das eindeutig von größter

Wichtigkeit war. Es schien vernünftig, dass eine junge Lady, die wie Miss Campion einen Ehemann suchte, jedes Jahr ein neues Abendkleid brauchte.

Hinzu kam, dass sie keine Haushälterin und keinen Butler hatten, sondern nur zwei Bedienstete, von denen die eine hauptsächlich für die Küche zuständig war.

Er sollte wirklich nicht so viel über sie oder ihre Familie sinnieren. Aber er konnte nicht anders. Seine Gedanken waren einzig und allein auf die verführerische junge Frau gerichtet, während er überhaupt nicht verstand, warum.

Vielleicht war er einfach so erpicht darauf, seiner bevorstehenden Verlobung zu entgehen, dass er sich an Miss Campion wie eine willkommene Ablenkung klammerte. Das leuchtete zwar ein, doch es musste seiner Vermutung nach noch mehr als das sein. In der kurzen Zeit ihrer Bekanntschaft hatte er festgestellt, dass sie einnehmend, freundlich und bemerkenswert kompetent war. Dazu war sie, mit ihren grünen Augen, die alles mit einer blitzschnellen Scharfsinnigkeit erfassten, ungemein attraktiv. Er hatte beobachtet, wie sie an jenem Nachmittag der Köchin zu Hilfe gekommen war. Die Tatsache, dass sie den Empfang verlassen hatte, der für sie so wichtig gewesen war, um jemandem aus ihrem Haushalt zu helfen, war ein klarer Beweis für ihre Großherzigkeit und Loyalität. Sie war die Art von Person, die Law an seiner Seite wissen wollte.

Er hatte sich furchtbar gefühlt, weil sie die Veranstaltung verpasst hatte und der Grund dafür ihr zerrissenes Kleid gewesen war. Obwohl sie versucht hatte, ihre Enttäuschung zu verheimlichen, hatte Law sie wahrgenommen. Er hatte nicht lange überlegt und ihr seine Hilfe angeboten. Zudem war sie ein Mensch, der es verdiente, von anderen so unterstützt zu werden, wie sie selbst ihren Mitmenschen half.

Law hatte allerdings noch nicht feststellen können, ob

ihre Familie in diese Kategorie fiel. Vielleicht würde der heutige Abend eine Antwort liefern.

Adam, der drei Jahre jünger als Miss Campion war und das gleiche hellbraune Haar besaß, blickte Law an. »Wie hat Ihnen der Empfang gefallen, Euer Gnaden?«

»Er war originell.« Law sah, wie sich Miss Campions Brauen kurz wölbten, und ihm wurde klar, dass er besser ein anderes Wort hätte benutzen sollen.

»Ich bin sicher, der Rahmen dieser Veranstaltung ist viel kleiner, als Sie es gewohnt sind«, meinte sie.

»Natürlich ist er das«, pflichtete ihr Vater ihr bei. »Ich kann mir vorstellen, dass Seine Gnaden in London an prunkvollen Bällen teilnimmt, gegen die unser Fest sich geradezu rustikal ausnimmt.«

»Wie ist es, ein Herzog zu sein?«, fragte Adam.

Alle drei Campions sahen ihn mit Interesse an. Law fühlte sich ein wenig unbehaglich. Was sollte er denn darauf sagen? »Ich bin mir nicht sicher, ob ich darüber mit großer Autorität berichten kann, da ich erst seit etwa sechs Monaten Herzog bin.«

»Sie haben also sechs Monate Erfahrung«, nahm Adam den Faden eifrig auf. »Was machen Sie in London? Besuchen Sie jeden Abend einen Ball? Reiten Sie jeden Morgen durch die Rotten Row? Besitzen Sie einen Phaeton?«

Bei der letzten Frage verbarg Miss Campion ein Lächeln hinter ihrer Hand.

»Nein, ich besuche nicht jeden Abend einen Ball und ich reite auch nicht jeden Morgen durch die Rotten Row. Ich besitze einen Phaeton.«

Adam grinste. »Ausgezeichnet. Fahren Sie Rennen?«

»Gelegentlich.« Das war eine der risikoreichen Aktivitäten, zu denen Laws Vater ihn ermuntert und die er wirklich genossen hatte. Dennoch nahm er nicht die Risiken auf sich, die sein Vater eingegangen war. Vor drei Jahren hatte der ehemalige Herzog einen Phaeton zu Schrott gefahren. Dass er mit geringfügigen Verletzungen davongekommen war, konnte nur als Glück bezeichnet werden, aber die Tatsache, dass das Pferd unbeschadet war, konnte nur als Wunder gelten. Law hatte das arme Pferd übernommen und verwendete es jetzt für seinen kleinen Einspänner.

»Das muss aufregend sein«, bemerkte Adam. »Wie viele Pferde besitzen Sie?«

Miss Campion schürzte ihre dunklen herzförmig geschwungenen Lippen und ließ sie damit noch küssenswerter erscheinen als sonst. Verdammt, wann hatte Law sie als küssenswert erachtet? »Adam, ich bin sicher, dass Seine Gnaden lieber nicht von deinen Fragen gelöchert werden will.«

»Ich würde das auch gern wissen«, meldete sich Campion mit Enthusiasmus.

Ein subtiles Seufzen kam Miss Campion über die Lippen. Es war ein Laut der Niederlage und Law fragte sich, wie oft ihr diese Rolle in ihrer Familie zukam. Er stellte sich vor, dass sie als einzige Frau unter so vielen Männern ständig herausgefordert war und sich wahrscheinlich fortwährend behaupten musste. Er vermutete auch, dass sie oft genug den Sieg davontrug und sich überlegte, welche Scharmützel es wert waren, ausgetragen zu werden. Dieses war es nicht – Law würde ihnen von seinen Häusern erzählen.

»Ich besitze zwei Anwesen auf dem Land und ein Haus in London sowie das Jagdhaus meines Vaters.«

»Ist es jetzt nicht Ihr Jagdhaus?«, fragte Campion und klang verwirrt.

»Ich bin an der Jagd als Sport nicht interessiert.« Law würde das Haus nie als seines betrachten, weshalb er hoffte, es verkaufen zu können. »Ich nehme an, es ist ein passender Ort für einen Aufenthalt, wenn man es gerne kalt und feucht hat.«

Miss Campion unterdrückte ein Lächeln, und Law erlaubte sich, die Lippen leicht anzuheben. Er brachte sie gern zum Lächeln. Und jetzt beabsichtigte er, den Spieß gegen diese neugierigen Campions umzudrehen. »Wie groß ist Fieldstone, Campion?«

»Neunhundert Morgen«, antwortete er stolz. »Es gibt acht Pächter, darunter Esmond und Philip. Ich hoffe, noch in diesem Jahr ein kleines Nachbargrundstück kaufen zu können, wodurch weitere fünfhundert Morgen hinzukommen würden.«

Wenn er sich mit dem Gedanken trug, Land zu erwerben, stand es um seine Finanzen wahrscheinlich besser, als Law vermutet hatte. Falls Campion für diese Investition Mittel beiseitegelegt hatte, war das vielleicht der Grund, warum nicht genügend Geld für anderes vorhanden war.

»Es muss Ihnen sehr gut gehen«, sagte Law und blickte zu Miss Campion, um ihre Meinung zu dieser Angelegenheit in Erfahrung zu bringen. Ihr Gesichtsausdruck verriet nichts.

Campion strich sich mit der Hand über die Vorderseite seines Fracks und über seine rundliche Mitte. »Ich denke schon. Aber ich bin längst kein Herzog.« Er lachte.

Zum Glück kamen sie gerade in der Stadt an, und die Kutsche hielt an einem der Haupttore zu den botanischen Gärten. Law konnte es kaum erwarten, ihren Fragen zu entkommen. Er stieg als Erster aus der Kutsche und half Miss Campion beim Aussteigen.

Sie nahm seinen dargebotenen Arm, und Law führte sie durch das Tor. Die Gärten waren vom Licht der Laternen und Fackeln erhellt. Es gab mehrere Wege, und vor dem Tor war ein Podest errichtet.

»Findet die Krönung dort statt?«, fragte Law.

»Ja. Auf der Bühne werden sieben ›Throne‹ für die Ehrenjungfrauen stehen. Das sind natürlich keine Throne, sondern mit Blumen geschmückte schmiedeeiserne Stühle. Es gibt auch Throne für den König und die Königin, die allerdings aus Messing sind.«

Campion und seine beiden jüngeren Söhne gesellten sich zu ihnen, und zusammen machten sie sich auf den Weg zum Podium.

Law konnte hören, wie Adam seinem jüngeren Bruder Richard erzählte, was er verpasst hatte, da er nicht in der Kutsche gesessen hatte. Miss Campion hörte sie auch, denn sie verdrehte die Augen und entschuldigte sich leise bei Law.

»Die beiden sind von Ihnen außerordentlich beeindruckt«, sagte sie. »Wir haben noch nie einen Adligen zu Gast gehabt, geschweige denn einen Herzog.«

»Was ist mit Ihnen? Sind Sie beeindruckt?« Law wusste es nicht.

Sie schien ihn ins Visier zu nehmen und ihr Blick schweifte von Kopf bis Fuß über ihn hinweg. Die Gründlichkeit, mit der sie ihn musterte, brachte sein Blut in Wallung. »Das bin ich wohl. Sie sind sehr hochgewachsen.«

Law lachte. War das seine hervorstechendste Eigenschaft? »Soll ich annehmen, dass Sie auch noch nie eine große Person beherbergt haben?«

»Das ist richtig«, gab sie kühl zur Antwort, jedoch mit einem hellen Schimmer von Humor, der in ihren Augen flackerte.

Sie trafen Miss Campions ältesten Bruder, Esmond, in Begleitung einer hübschen Blondine. Esmond neigte den Kopf. »Euer Gnaden. Erlauben Sie mir, Ihnen meine Frau, Annabelle, vorzustellen, Mrs. Campion.»«

Law verbeugte sich vor Mrs. Campion. »Ich freue mich, Ihre Bekanntschaft zu machen.«

Die Frau verbeugte sich, wobei ihre Hand immer noch den Arm ihres Mannes hielt, während sie auf ihrem Weg nach oben schwankte. »Euer Gnaden, es ist mir eine große

Freude, Sie kennenzulernen.« Sie sah ihn mit klimpernden Wimpern an.

Esmond lenkte den Blick auf seine Schwester. »Sadie, bitte sag uns, dass du morgen früh trotzdem noch kommst, um mit den Jungen zu helfen. Annabelle ist zum Kronenbasteln eingeteilt.«

Kleine Fältchen kräuselten den Spalt zwischen Miss Campions hellbraunen Augenbrauen, als sie die Blondine ansah. »Ich dachte, ich komme, um dir beim Aufräumen der Speisekammer zu helfen.«

»Ich hoffe, das kannst du auch noch machen«, meinte Annabelle. »Aber meine Mutter braucht noch jemanden, der ihr morgen bei der Herstellung der Kronen für die Jungfrauen helfen muss. Leider fühlt sich meine jüngste Schwester, die ihr eigentlich hatte helfen sollen, unwohl.«

»Ich verstehe«, entgegnete Miss Campion. »Ich hoffe, du bleibst nicht zu lange weg, denn ich habe noch andere Aufgaben zu erledigen.«

»Du kannst die Jungen jederzeit mit nach Fieldstone nehmen«, schlug Annabelle achselzuckend vor.

Miss Campion blinzelte sie an.

»Ihr Großpapa will doch bestimmt gerne mit ihnen spielen«, fügte Annabelle mit einem Blick auf Campion hinzu.

»Morgen nicht«, sagte Campion laut. »Ich habe eine Besprechung mit Rowell.«

»Es wird schon alles gut gehen«, versicherte Miss Campion allen.

»Die ganze Familie ist hier!« Ein Gentleman, bei dem es sich vermutlich um den vierten Campion Sohn handelte, denn er hatte eine bemerkenswerte Ähnlichkeit mit seinem Vater, kam mit einer dunkelhaarigen Frau auf sie zu.

»Philip, hast du den Herzog schon kennengelernt?«, fragte Esmond.

»Noch nicht.« Philip verbeugte sich vor Law. »Das ist meine Frau, Mrs. Janet Campion.«

Law verbeugte sich vor ihr. »Wie schön, Sie kennenzulernen.«

Philip sah auf die Stelle, wo Miss Campion Laws Arm umfasste. »Begleiten Sie unsere Sadie?«

»Nicht wirklich«, antwortete Miss Campion schnell. »Ich fungiere als seine Führerin, da er mit dem Fest nicht vertraut ist.« Sie blickte zu Law auf. »Lassen Sie sich von mir den Bereich für die Erfrischungen zeigen.«

Ehe jemand antworten konnte, hatte sie ihn herumgezogen und ging mit ihm in sehr raschen Schritten den Weg entlang.

»Sind wir in Eile?«, fragte er.

»Ja. Um von meiner Familie wegzukommen.« Sie schaute zu ihm auf. »Entschuldigung. Es ist nicht sehr nett von mir, das zu sagen.«

»Im Gegenteil. Es ist mehr als nett. Sie zeigen einen bemerkenswerten Grad an Geduld und Großzügigkeit. Ich dachte in der Kutsche, dass es schwierig sein muss, mit vier Brüdern, ihrem Vater und dem Haushalt fertigzuwerden. Es scheint, als müssten die Familien ihrer beiden Brüder ebenfalls hinzuaddiert werden. Oder sollte ich nicht annehmen, dass Sie auch Phillip helfen?«

Ein verlegener Blick huschte über ihre Züge. »Das haben Sie schnell erkannt. Ich habe Janet bei der Haushaltsführung geholfen. Sie ist neu in dieser Aufgabe. Und ja, es ist schwierig. Ich ... ich bin überrascht, dass Sie das bemerkt haben.«

»Warum, weil ich ein Herzog bin?«

»Nein, weil Sie ein Mann sind.«

»Das ist wahr, und Ihr Argument ist sehr schlagkräftig.« Sie verlangsamten ihr Tempo, und Law beschloss, seine Neugierde zu stillen. »Warum nimmt Ihre Schwägerin ihre Söhne nicht einfach mit, um die Kronen zu basteln? Und warum muss sie überhaupt Kronen machen? Haben die Jungfrauen nicht schon welche, wenn sie heute Abend gekrönt werden sollen?«

»Sie sind aus Blumen gemacht, und die Königin und die Jungfrauen bekommen jeden Tag neue Kronen. Annabelles Mutter ist dafür zuständig, also ist es logisch, dass sie ihre Hilfe in Anspruch nimmt, obwohl sie das nicht vorhatte, da sie dieses Jahr mit zwei Kindern alle Hände voll zu tun hat. Sie könnte die Jungen mitnehmen, aber dann wäre sie keine große Hilfe.«

»Das klingt, als hätten *Sie* alle Hände voll zu tun«, sagte er mit einem Anflug von Gereiztheit. Es schien, als würde Miss Campions von ihrer Familie ausgenutzt. »Und sie erwartet immer noch, dass Sie ihr die Speisekammer aufräumen.«

»Sie kann erwarten, was sie will, aber ich kann mir das nicht vorstellen, wenn ich auf die Jungen aufpasse. Ich hatte mich nur deshalb bereit erklärt, ihr zu helfen, weil es einfacher wäre, die Arbeit zu erledigen, wenn wir uns zu zweit um die Kinder kümmern würden.«

Er konnte hören, dass sie ebenfalls gereizt war. Gut, denn das sollte sie auch sein.

»Ich muss mich für das Verhalten meines Vaters und meines Bruders in der Kutsche entschuldigen. Sie waren mit ihren Fragen überaus unverschämt.« Ein Lächeln umspielte ihre küssenswerten Lippen – verdammt, konnte er nicht anders von ihnen denken? »Ich weiß es zu schätzen, dass Sie meinen Vater nach Fieldstone gefragt haben, aber ich bezweifle, dass er die Ironie erkannt hat.«

Das bezweifelte Law auch, aber er war froh, dass sie die Wendung genossen hatte. »Ich gebe zu, ich war selbst neugierig. Ich habe mich gefragt, ob Ihre Familie sich in finanziellen Nöten befindet.«

Sie drehte ihren Kopf zu ihm. »Tatsächlich?«

»Ihr Mangel an genügend Hilfe im Haushalt und ... einige andere Dinge deuteten darauf hin.«

Sie nickte. »Mit einem Blick auf die Kutsche könnte man leicht vermuten, dass wir mittellos sind. Zum Glück sind wir das nicht. Mein Vater ist einfach sehr sparsam. Er steckt sehr viel Geld in das Anwesen. Außerdem hat er für den Kauf des Nachbargrundstücks gespart.«

»Er sollte nicht zulassen, dass sein Haushalt zu leiden hat.«

Miss Campion nickte. »Mein Vater hat wohl Ideen, ohne jedoch wirklich die Fähigkeit zu besitzen, sie auszuführen. Zum Glück hat er Rowell und mich – er ist der Verwalter.«

»Und mit der Köchin verheiratet, vermute ich?« Da sie den gleichen Nachnamen trugen, nahm er an, dass sie auch Geschwister sein könnten.

»Ja. Sie müssen ihn kennenlernen. Er ist nicht so freundlich wie Mrs. Rowell, aber er kann Ihnen alles erzählen, was Sie über Landwirtschaft oder Viehzucht wissen möchten.«

»Ich würde gerne mit ihm über Schafe sprechen, wenn er Zeit hat.«

»Er würde sich bestimmt gerne mit Ihnen unterhalten – Sie sollten aber im Bilde darüber sein, dass Sie einige Zeit bei ihm sein werden. Er kann sehr geschwätzig sein, wenn es um seine Arbeit geht.«

Law stellte fest, dass sie sich auf einem Weg befanden, der um das Podium herumführte. Er konnte nirgendwo Erfrischungen entdecken. »Wir gehen doch nicht in den Erfrischungsbereich, oder?«

»Ich fürchte nein. Wir können, wenn Sie wollen, aber die Zeremonie wird bald beginnen. Oh, sehen Sie nur, der Bürgermeister bereitet sich auf seine Rede vor.«

Sie suchten sich einen Platz in der Nähe des Podiums. Sie hielt seinen Arm fest umklammert, und Law fragte sich, ob

sie nervös war. »Besteht die Möglichkeit, dass Sie als Ehrenjungfrau ausgewählt werden?«, fragte er.

»Vielleicht eine ganz geringe, da Sie mich erwähnt haben.
Aber ich erwarte es nicht.«

Sie wollte es aber. Law wünschte, er könnte die Zeit
zurückdrehen und derjenige sein, der die vergessenen Torten
holte. »Ich wäre für Sie nach Fieldstone zurückgekehrt«,
sagte er leise. »Sie hätten auf dem Empfang bleiben sollen.«

Sie schaute ihn aus ihren Augen an, die wie Smaragde
funkelten, aber falls sie etwas erwidern wollte, wurde sie
durch die Rede des Bürgermeisters daran gehindert.

Der rundliche, dunkeläugige Mann um die sechzig
begrüßte alle Anwesenden und erzählte etwas über die
Geschichte des Fests, wann und warum es ins Leben gerufen
worden war. Nichts davon klang nachprüfbar, aber die
Geschichte war nett. Dann stellte er den Maikönig und die
Maikönigin vor – Mr. und Mrs. Martinscroft. Martinscroft
war der Erbe von Baron Tippenworth, den Law nicht
kannte.

Das Orchester spielte eine Pausenmusik, während der
Bürgermeister, Mr. Armstrong, der Königin eine kunstvolle
Blumenkrone auf den Kopf setzte und dem König eine …
weniger blumige Version. Es gab viel Beifall, und der Bürgermeister erklärte das Fest offiziell für eröffnet. Dazu gehörte
auch die Ankündigung, dass der Irrgarten nun geöffnet sei.

»Es gibt einen Irrgarten?«, flüsterte er Miss Campion zu.
»Den würde ich gerne sehen. Vielleicht können Sie ihn mir
nach der Zeremonie zeigen.«

»Gleich nach der Zeremonie wird getanzt«, meinte sie,
den Blick auf das Podium gerichtet.

Die Königin trat vor, um die Namen der sieben Ehrenjungfrauen zu verlesen. Als jede einzelne aufgerufen wurde,
versteifte sich Miss Campion. Dann entspannte sie sich, um
sich dann wieder zu verkrampfen. Als der letzte Name

verlesen wurde, spürte er, wie sie erschlaffte, und fragte sich, ob sie vielleicht erleichtert war. Aber das ergäbe keinen Sinn, denn er wusste, dass sie eine Ehrenjungfrau sein wollte.

»Ich bin froh, dass es vorbei ist«, meinte sie mit einem strahlenden Lächeln. »Sie werden jetzt mit dem Tanz anfangen.«

»Ich glaube, die Königin hat ein riesiges Versäumnis begangen«, befand Law. »Keine dieser Ehrenjungfrauen auf dem Podium ist mit Ihnen vergleichbar.«

Sie legte den Kopf schief. »Wie können sie das wissen? Sie haben mich erst heute Morgen kennengelernt.«

»Sie haben einen sehr guten Eindruck gemacht.« Law mochte auch nicht verlieren, was er auf seinen Vater zurückführte. Nichts war wichtiger als die Anerkennung als der Beste. Und ja, aus welchem Grund auch immer mochte er Miss Campion, und er wünschte sich, dass sie gewann. Genauer gesagt, wollte er, dass sie bekam, was sie sich wünschte, und was sie verdient hatte, wenn sie für alle anderen um sie herum so hart arbeitete.

»Es ist wirklich in Ordnung«, versicherte sie ihm.

Er war im Begriff zu sagen, dass es immer ein nächstes Jahr gab, doch andererseits hatte er versprochen, dafür zu sorgen, dass sie bis Ende der Woche verlobt wäre. Dieses eine Mal durfte er *wirklich nicht* verlieren.

»Kommen Sie, wir müssen aus dem Weg gehen, denn die Leute werden gleich hier tanzen.«

Er bemerkte, dass der Boden geebnet und von Pflanzen und Gras befreit worden war, um eine Tanzfläche zu schaffen. Er führte sie auf den Weg zurück und fragte: »Was erwünschen Sie sich von einem Ehemann?«

»Warum wollen Sie das wissen?«

»Ich bin bestrebt, Ihnen zu einer Verlobung zu helfen, Miss Campion. Es wäre hilfreich für mich zu wissen, was für eine Art von Gentleman Sie begehren.« Er spürte, wie eine

Bewegung durch den Körper der Frau an seiner Seite ging. Vielleicht hätte er ein anderes Wort als begehren benutzen sollen. Oder vielleicht war die Bewegung auch von ihm gekommen.

»Ich möchte vermutlich gern einen Mann heiraten, der kräftig und kompetent ist, aber er soll auch clever und freundlich sein.« Diese Worte hätte Law benutzen können, um sie selbst zu beschreiben. »In der Hauptsache möchte ich meinen eigenen Haushalt führen und meine eigene Familie haben.« Sie sprach mit leiser Stimme, in der große Sehnsucht herauszuhören war.

»Dann sollen Sie es bekommen«, entgegnete er zuversichtlich. Es waren eine ganze Menge Gentlemen hier, die auf der Suche nach einer Braut waren. Sicherlich würde einer von ihnen ihre Anforderungen erfüllen. Nein, ihr potentieller Ehemann musste etwas Besseres als das zu bieten haben – er musste ihr Herz erobern. Etwas Geringeres wäre für Miss Campion nicht gut genug.

»Darf ich Sie bitten, mit mir zu tanzen, Miss Campion?«, fragte er.

Sie blickte ihm in die Augen und lächelte. »Gerne, danke.«

Er führte sie zu dem Bereich, wo die Jungfrauen den Tanz vor einigen Minuten eröffnet hatten. Am Ende des Abends hätte sie mindestens mit einer Handvoll Bewerbern getanzt und morgen würde sie sogar mit noch mehr Kandidaten tanzen. Beim großen Picknick wäre sie die meistbegehrte Frau des Festes – ungeachtet der Ehrenjungfrauen – und sie könnte sich ihren Ehemann aussuchen.

Obwohl er sie gerade erst getroffen hatte, war Law sich sicher, dass sie genau das verdient hatte.

KAPITEL 5

Sadie unterdrückte ein Gähnen und übte mehr Druck auf den Teig aus, den sie auf dem Arbeitstisch in der Küche ausrollte. Sie half beim Backen mehrerer Torten, die sie für alle zum Verzehr bereithalten wollte. Mrs. Rowell war während des Festes immer damit betraut, Kuchen für den Willkommensempfang zu backen und dann verschiedene Puddings für den Puddingwettbewerb zuzubereiten. Dieses Jahr hatte sie sogar noch mehr zu tun, da sie drei zusätzliche Mitglieder in ihrem Haushalt hatten, die versorgt werden wollten.

»Sie könnten heute Nachmittag ein kleines Nickerchen gebrauchen«, bemerkte Mrs. Rowell kichernd.

Sadie hatte es doch nicht geschafft, sich das Gähnen zu verkneifen. »Normalerweise bin ich nicht so lange auf wie gestern Abend. Und Sie wissen, dass ich kein Nickerchen mache.«

»Ja, das weiß ich. Sie setzen sich ja auch kaum hin. Um wie viel Uhr sind Sie denn vom Fest zurückgekehrt?«

»Es war nach Mitternacht.« Dann war sie früh aufgestanden, um einige anstehende Aufgaben zu erledigen, ehe sie zu

Esmond ging, um auf die Jungen aufzupassen, damit Annabelle die Kronen basteln konnte. Wie erwartet, hatte Sadie mit dem Aufräumen der Speisekammer nicht viel erreicht, aber sie hatte die Zeit mit ihren Neffen genossen.

»Ich hoffe, Sie hatten einen vergnüglichen Abend mit dem Herzog. Hat er Sie zum Tanz aufgefordert?«, erkundigte die Köchin sich mit einem verschmitzten Lächeln.

»Das hat er tatsächlich.« Nach diesem ersten Tanz hatte sie mit mehreren anderen Gentlemen getanzt. Einige ihrer Partner waren Männer, die sie aus Marrywell kannte, wie zum Beispiel ihr alter Freund Phineas Radford, dessen Familie die botanischen Gärten besaß und pflegte, aber die meisten waren Gentlemen, die sie noch nie getroffen hatte und die von außerhalb der Stadt gekommen waren. Sie fühlte sich ein wenig unbehaglich mit ihnen, als sie sich auf ihre Dummheit in jenem ersten Jahr mit Walter Osborne besann. Er war aus Bath gekommen und hatte sie mit seinem guten Aussehen und seinem heiteren Charme vollkommen in seinen Bann gezogen.

Wenn sie allerdings einen Ehemann finden wollte, musste sie ihre Zurückhaltung aufgeben. Sie hatte aus ihrem Fehler gelernt und würde dieses Mal nicht so leichtgläubig sein.

Vielleicht würde einer der Gentlemen aus Marrywell ihren Ansprüchen genügen. Einige von ihnen kannte sie allerdings bereits schon so lange, dass es ihr seltsam vorkam, sie als potenzielle Ehemänner zu betrachten.

Es war noch erheblich zu früh, um sich ein Urteil zu bilden. Das Fest dauerte noch viele Tage an, und mit der Hilfe des Herzogs könnte sie tatsächlich einen Heiratsantrag ergattern.

Sie fragte sich, was er wohl unternehmen würde, um ihr in dieser Sache zu helfen – einmal abgesehen davon, mit ihr spazieren zu gehen oder zu tanzen. Äußerte er gegenüber den anderen Gentlemen Komplimente über sie? Oder ermunterte er diese Männer etwa, sie zum Tanz aufzufordern? Was auch immer er unternahm, hatte sie sich noch nie so ... gesehen gefühlt. Es war wunderbar und beunruhigend zugleich. Sie war eher daran gewöhnt, sich im Hintergrund zu halten, und beispielsweise bei den Vorbereitungen für den Empfang oder den Puddingwettbewerb zu helfen und Sorge für einen reibungslosen Ablauf zu tragen.

»Stimmt etwas mit dem Teig nicht?«, fragte Mrs. Rowell.

Sadie blinzelte. Sie hatte aufgehört zu rollen, weil sie sich in ihren Gedanken verloren hatte. »Nein, überhaupt nicht. Ich spinne nur Gedanken. Ich muss noch so viele Dinge erledigen, ehe ich heute Abend zum Fest gehe.«

»Sie gehen nicht schon heute Nachmittag hin?«

»Nein, ich habe zu viel zu erledigen«, entgegnete Sadie. Auf ihrer langen Liste standen Eintragungen in das Haushaltsbuch, das Fegen des Erdgeschosses und das Auswechseln der Kerzen.

»Bryan und Gwen wollen am Wettbewerb im Rasenbowling teilnehmen«, sagte Mrs. Rowell.

Sadie erlaubte ihren Bediensteten, zu so vielen Veranstaltungen wie möglich zu gehen, und das galt insbesondere für die jungen, unverheirateten unter ihnen. »Mavis begleitet sie nicht?«

»Ich glaube, sie will Mr. Holden etwas vorlesen«, entgegnete Mrs. Rowell mit einem bedeutungsvollen Blick.

»Ach ja? Wie aufregend.« Sadie lächelte, als sie sich fragte, was sich wohl zwischen ihrem Dienstmädchen und dem Kutscher des Herzogs anbahnte. Dann verblasste ihr Lächeln. Was, wenn Mavis sich verliebte und die beiden heirateten? Sie würde Fieldstone verlassen, und Sadie hätte noch mehr zu tun.

Natürlich würden sie ein anderes Dienstmädchen einstellen, aber ehrlich gesagt, brauchten sie eine Haushälterin. Dass Lawford sie darauf hinwies, war peinlich und provozierend zugleich. Sie hatte das Thema schon lange nicht mehr mit ihrem Vater erörtert. Wenn sie darüber nachdachte, hatte sie es seit vier Jahren nicht mehr zur Sprache gebracht, als sich der Vorfall mit Walter Osborne ereignet hatte und Sadie daraufhin in Fieldstone Zuflucht gesucht hatte.

Sie zuckte innerlich zusammen. Hatte sie das wirklich getan?

Es hatte den Anschein. Aber jetzt nicht mehr. Dies war das Jahr, in dem sie ihren Weg finden würde. Sie würde heiraten und einen eigenen Hausstand gründen.

Fieldstone und ihre Familie würden schlicht lernen müssen, ohne sie auszukommen.

~

*L*aw hatte gehofft, an diesem Morgen mit Miss Campion zu frühstücken, aber er war nicht früh genug auf den Beinen gewesen – und er hatte nicht sehr lange geschlafen. Offenbar stand sie mit den Vögeln auf, was er sich hätte denken sollen. Nach dem gestrigen Unfall war er allerdings auch erschöpft gewesen. Er konnte kaum glauben, dass er so lange hatte aufbleiben können, wie es ihm gestern Abend gelungen war.

Heute schmerzte sein Körper an den merkwürdigsten Stellen. Nachdem er Miss Campion beim Frühstück verpasst hatte, war er einer langwierigen Toilette mit Yates unterzogen worden, der darauf bestanden hatte, eine entspannende Mixtur auf sein Gesicht aufzutragen, die seine Haut rot gefärbt hatte. Yates hatte sich ausgiebig entschuldigt, bevor er sich zurückzog, und Law hatte beschlossen, sich wieder schlafen zu legen, in der Hoffnung, bald wieder wie er selbst auszusehen, wenn er aufwachte. Heute Nachmittag fühlte er sich zwar merklich erholt, aber sein Gesicht hatte leider immer noch die Farbe einer Erdbeere.

Da er etwas zu tun brauchte, machte er sich auf den Weg zu den Ställen, um zu sehen, wie weit die Reparatur seiner Kutsche fortgeschritten war. Oder ob sie überhaupt vorankam. Holden erholte sich heute noch und würde ihnen nicht zur Verfügung stehen, selbst wenn er ihnen nur verbal eine Hilfe sein würde. Law hatte den Kutscher ausdrücklich darauf hingewiesen, dass er sich nicht überanstrengen durfte. Am allerwenigsten wollte Holden seine Verletzung noch verschlimmern. Außerdem schien das Hausmädchen übertrieben viel Zeit mit ihren Besuchen bei ihm zu verbringen und sich um ihn zu kümmern. Yates hatte sich über die Situation mokiert, und Law hatte ihm gesagt, er solle aufhören, sich wie ein Sturkopf zu betragen.

Als Law sich der Tür zu den Ställen näherte, hörte er drinnen eine … Diskussion.

»So geht es nicht weiter!«, rief eine männliche Stimme.

»Als ob du das wüsstest«, schnauzte eine andere.

Law machte sich auf streitende Brüder gefasst und trat in das kühle Innere des steinernen Gebäudes.

»Euer Gnaden, sind Sie hier, um die Kutsche zu sehen?«, fragte Richard. Er war siebzehn Jahre alt, hatte dunkelblondes Haar und neugierige haselnussbraune Augen. Er war auch größer als seine älteren Brüder und hatte eine schlaksige Statur, als wäre er noch nicht ganz erwachsen.

»Das bin ich in der Tat.« Law betrat das Innere der Scheune, in der das Gefährt auf einer hölzernen Vorrichtung aufgebockt war, um es hochzuhalten, damit das Rad wieder angebracht werden konnte. »Ich bin gekommen, um zu sehen, wie die Reparatur voranschreitet.«

Law stellte fest, dass alle vier Brüder anwesend waren. Gestern Abend hatte Miss Campion sie lachend beschrieben, in der Reihenfolge ihrer Geburt, als: Esmond, der Hübsche; Philip, der Witzige; Adam, der Gesprächige; und Richard, der Kluge.

Die drei anderen Campion Brüder unterbrachen ihre
Arbeit und wandten sich Law zu. »Euer Gnaden«, sagten sie
fast unisono und klangen dabei beinahe, als wären sie bei
einem unanständigen Verhalten ertappt worden. Er stellte
sich vor, wie die vier ihre Schwester schuldbewusst
anblickten und ihren Namen in demselben Tonfall ausspra-
chen, denn Law war sich sicher, dass sie die Brüder mehr als
einmal bei einer Missetat erwischt hatte.

Philip blickte Law mit offenem Mund an: »Was ist mit
Ihrem Gesicht passiert?«

»Mein Kammerdiener hat etwas Falsches aufgetragen.«

Adam rückte näher an Law heran, seinen Blick auf Laws
Gesicht geheftet. »Tut es weh?«

»Nein. Es sieht nur so aus, als ob ich in der Hölle
schmoren würde.« Zu spät erinnerte sich Law daran, dass er
mit dem zukünftigen Pfarrer von Marrywell sprach.

Adam grinste und seine haselnussbraunen Augen
funkelten vor Humor. »Oder Sie sind der Teufel persönlich.«

Man hatte Law schon vieles vorgeworfen, aber das noch
nie. Diese Bezeichnung hätte er sich für seinen Vater vorbe-
halten, der sich seinerseits darüber gefreut hätte. Sogar jetzt
noch konnte Law sein tiefes Lachen vernehmen. Er würde
sagen, es sei besser, etwas zu beherrschen, und wenn es auch
nur die Hölle sei.

Philip lachte und blickte zu seinem ältesten Bruder hin.
»Sie sehen wie Esmond aus, als er im Sommer den ganzen
Tag ohne Hemd gearbeitet hat. Er war rot wie eine glühende
Kohle.«

Esmond schnitt eine Grimasse. »Das war sehr schmerzhaft. Ich bin froh, dass Ihr Gesicht nicht schmerzt, Euer
Gnaden. Werden Sie Sadie heute Abend zum Fest begleiten
können?«

»Gewiss.« Law war neugierig, ob diese Brüder sich
immer so eingehend für die Aktivitäten ihrer Schwester

interessierten. Er kombinierte jedoch, dass das wahrscheinlichste Ergebnis in seiner Verärgerung mit ihnen und ihre mangelnde Fürsorge für ihre Schwester bestehen würde.

Law hatte bei der Einführung seiner Schwestern in die Gesellschaft mitgewirkt und sie unterstützt, eine gute Partie zu machen. Er hatte Veranstaltungen mit ihnen besucht, mit ihnen getanzt und sie potenziellen Heiratskandidaten vorgestellt. Tatsächlich hatte seine jüngste Schwester einen seiner Freunde aus Oxford geheiratet.

»Wer würde mich gern über die Reparatur meiner Kutsche aufs Laufende bringen?« fragte Law, während er den Blick von einem Bruder zum nächsten schweifen ließ.

»Sie hätten nicht den ganzen Weg bis hierher kommen müssen«, meldete sich Esmond zu Wort, der ein wenig unbehaglich wirkte. »Wir hätten Ihnen später davon berichten können.«

»Es ist ein Spaziergang von drei Minuten.« Law trat näher an die Kutsche heran. »Abgesehen davon wollte ich mich mit eigenen Augen überzeugen. Haben Sie gute Fortschritte gemacht?« Er konnte es nicht feststellen.

Philip stemmte die Hände in die Hüften und betrachtete das Gefährt. »Einige.«

Der Mangel an Einzelheiten sprach wahrscheinlich für sich, aber da Law es mit seiner Abreise nicht eilig hatte, sah er keinen Sinn darin, die Männer zu drängen. Er sah allerdings auch keinen Sinn darin, ihnen seine Hilfe anzubieten. Es sei denn, er wollte herausfinden, ob sie wirklich wussten, was sie taten. Er machte sich keine allzu großen Sorgen. Wahrscheinlich wäre Holden morgen wieder auf den Beinen und könnte dafür sorgen, dass die Reparatur ordentlich durchgeführt würde.

»Machen Sie Sadie den Hof?«, fragte Esmond, als ob Law nicht gerade erst ein ganz anderes Thema angesprochen hatte.

Philip drehte sich zu ihm. »Wir denken, das sollten Sie tun. Sie würde eine großartige Herzogin abgeben.«

»Haben Sie zuvor schon einmal versucht, Ehestifter bei ihr zu spielen?«, fragte Law.

Die Brüder tauschten einen Blick aus. Es war Richard, der antwortete. »Nein, aber sie war nicht besonders interessiert …«

»Wir wollen uns nicht in die Angelegenheiten unserer Schwester einmischen«, meinte Esmond und warf Richard einen bösen Blick zu. »Sie beide scheinen sich gestern Abend gut amüsiert zu haben. Sie können uns keinen Vorwurf machen, dass wir unsere Schwester glücklich sehen wollen.«

»Nein, das kann ich gewiss nicht. Ich hoffe, das ist wirklich Ihr Anliegen.« Denn sie hatte auch mit anderen Gentlemen getanzt und schien ihre Zeit mit ihnen ebenfalls genossen zu haben. Hatten sie diese Männer auch nach einer eventuellen Brautwerbung gefragt?

Esmond reckte sein Kinn. »Was sollten wir denn sonst wollen?«

»Wenn Ihnen wirklich etwas an Ihrer Schwester liegen würde, hätten Sie gestern dafür gesorgt, dass sie auf dem Empfang hätte bleiben können, um die Maikönigin zu treffen, anstatt dass sie diejenige hatte sein müssen, die hierher zurückkehrte, um die vergessenen Torten zu holen. Sie sollten auch dafür sorgen, dass sie am Fest teilnehmen kann, anstatt von ihr zu erwarten, dass sie Ihnen bei der Hausarbeit behilflich ist, wo sie doch selbst mehr als genug zu tun hat.« Law wünschte sich, dass Miss Campion einen Tag, sogar einen Monat, ja sogar ein ganzes Leben ohne harte Arbeit verbringen könnte.

Sie schwiegen einen Moment, doch dann sprach Richard. »Ich hätte die Torten geholt, wenn ich …«

»Sie kennen Sadie nicht«, entrüstete sich Esmond gegenüber Law. »Sie hat ihren eigenen Kopf. Wenn sie etwas nicht tun will, tut sie es nicht. Jedenfalls arbeitet sie gern.«

»Das heißt aber längst nicht, dass sie das unbedingt tun muss. Oder dass sie nicht lieber an einer einmal im Jahr stattfindenden Veranstaltung teilnehmen würde, bei der sie vielleicht einen Ehemann findet – ein Unterfangen, das Sie angeblich unterstützen.« Law stieß die Luft aus und richtete seinen eisigen Blick auf die Brüder. »Vielleicht sollten Sie nach Möglichkeiten suchen, wie Sie ihre Last verringern können.«

»Ich wohne nicht einmal mit ihr im Haus«, entgegnete Esmond abwehrend.

Philip schnaubte. »Nein, aber sie bringt euch ständig Sachen ins Haus und hilft oft mit den Jungen.«

»Sie ist ihre Tante!« Esmond wandte sich gegen seinen Bruder und stemmte die Faust in die Hüfte. »Sie bringt dir und Janet auch Sachen. Hat sie nicht letzte Woche dein Hemd geflickt, weil Janet nicht gerne flickt?«

»Wir sind frisch verheiratet. Sadie will nur nett sein.«

»Sie ist immer nett«, murmelte Richard und klang verärgert, was Law ihm nicht verübeln konnte. Seine Brüder schienen gerne über ihn hinweg zu reden. »Wir *könnten* dafür sorgen, dass ihr Zeit für Freizeitbeschäftigungen bleibt.«

Die Brüder verstummten, und Law fragte sich, wie oft das wohl vorkam.

»Es ist so still hier drin.« Miss Campion betrat die Scheune und sah trotz des tristen braunen Arbeitskleides sehr hübsch aus. Ihr hellbraunes Haar war hochgesteckt, aber ein paar vereinzelte Strähnen umspielten ihre Schläfen und ihren Nacken. Sie schielte zu ihren Brüdern hinüber. »Was heckt ihr aus?«

Law fiel auf, dass sie ihn in diese Frage nicht einzube-ziehen schien, aber er antwortete trotzdem. »Ich bin gekommen, um nach meiner Kutsche zu sehen. Wie Sie sehen können, haben sie nicht viel erreicht.«

Miss Campions Augen weiteten sich, als sie Laws Gesicht musterte. »Was ist passiert?«

»Mein Diener hat etwas aufgetragen, das meine Haut in eine unglückliche Farbe getaucht hat.«

Sie trat auf ihn zu und hob die Hand, als ob sie ihn berühren wollte. Sein Körper bebte vor Erwartung. Doch sie ließ ihre Hand schnell wieder sinken. »Tut es weh?«, fragte sie.

»Nein, gar nicht. Es ist alles in Ordnung.«

»Mrs. Rowell hat vielleicht ein Mittel, das dagegen hilft. Wir können sie fragen, wenn Sie hier fertig sind.« Sie lenkte den Blick auf Esmond. »Konnte Jarvis euch helfen?«

»Er musste sich um eines seiner Pferde kümmern.« Esmond zog seine kräftige Schulter hoch. »Wir kommen auch ohne ihn zurecht.«

Miss Campion legte den Kopf schief und schürzte ihre Lippen, als wäre sie sich nicht sicher, ob sie ihm glauben sollte. Sie drehte sich zu Law. »Es tut mir so leid, Euer Gnaden. Sie müssen uns für sehr ungeschickt halten.«

»Überhaupt nicht.« Niemals würde er sie in eine solche Beschreibung einbeziehen. »Ich bin zuversichtlich, dass der Schaden zu gegebener Zeit repariert werden wird – und zwar ordentlich.« Insbesondere, wenn Holden hier sein könnte, um sie zu überwachen. Er reichte Miss Campion seinen Arm und fragte: »Darf ich Sie zurück zum Haus begleiten?«

»Ja, gerne. Ich muss die Aufgabe zu Ende bringen, die Sie, ähm, gestern durch Ihre Ankunft unterbrochen haben, aber das kann ich tun, nachdem wir Mrs. Rowell aufgesucht haben.«

Law sah sie mit hochgezogener Augenbraue an. »Sie

wollen die Vordertür allein zu Ende putzen? Auf einer Leiter?«

»Ich könnte helfen«, erbot Richard sich und trat auf sie beide zu.

Law mochte Richard unzweifelhaft am liebsten. »Das ist ein ausgezeichnetes Angebot von Ihnen. Ich denke jedoch, ich sollte derjenige sein, der ihr behilflich ist, da ich es war, der sie gestern daran gehindert hat, damit fertig zu werden.«

Richard legte die Stirn in Falten. »Aber ich kann …«

Esmond bewegte sich auf seinen jüngsten Bruder zu und stieß ihm einen Ellbogen in die Seite, um ihn zu unterbrechen. »Wir brauchen dich hier.«

Miss Campion lächelte Richard zu. »Danke. Ich weiß es zu schätzen, dass du helfen wolltest.«

»Das werde ich mit allem, wann immer ich hier bin und nicht in der Schule. Frag mich einfach.«

»Ich werde darauf zurückkommen.« Sie nahm Law am Arm und verließ die Scheune mit ihm. Als sie mehrere Schritte entfernt waren, sah sie über die Schulter zurück. »Waren sie furchtbar?«

»Nein, Richard scheint sehr nett.«

»Das ist er. Das sind sie größtenteils alle. Aber Richard ist der sensibelste. Vielleicht hätte ich ihn auch den Gutherzigen nennen sollen, als ich Ihnen gestern meine Brüder beschrieben habe.«

»Wir müssen nicht zuerst zu Mrs. Rowell«, meinte Law. »Tatsächlich müssen wir sie überhaupt nicht aufsuchen. Ich bin sehr gut in der Lage, sie selbst um ihre Hilfe zu bitten.«

Miss Campion ließ den Blick zu ihm herumschnellen. »Ich wollte damit nicht unterstellen, dass Sie das nicht wären.«

»Das habe ich auch nicht so aufgefasst. Vermutlich habe ich damit sagen wollen, dass Sie nicht alles selbst machen müssen.

Ich kann mir vorstellen, dass Sie sehr beschäftigt sind, wenn man die Tatsache bedenkt, dass Sie den heutigen Vormittag im Cottage Ihres Bruders verbracht haben. Sie werden sich die Zeit nehmen wollen, um sich auf das Vorhaben des heutigen Abends vorzubereiten, einen Ehemann zu finden.«

Lachend antwortete sie: »Ich bin mir nicht sicher, ob mir gefällt, wie das klingt.«

»Es ist allerdings richtig.«

»Ich würde es lieber als Jagd nach dem Glück betrachten. Einen Ehemann zu finden, genügt nicht.«

Law starrte sie an, als sie voranschritten, und war erstaunt, wie tief sie ihn berührt hatte. Die Jagd nach dem Glück war etwas, das ihm niemals auch nur in den Sinn gekommen war, und wenn er auf seine eigene Suche nach einer Frau zurückblickte, erkannte er jetzt, warum er nie geheiratet hatte. Bislang hatte er noch keine Frau getroffen, die ihm das Gefühl gab, ... glücklich zu sein. »Das ist ein wundervoller Gedanke.«

Sie fielen für einen Moment in Schweigen und Law entschied, dass dies ein guter Zeitpunkt war, sie zu bitten, Yates in einen anderen Raum umzuquartieren. »Ich lade Ihnen nur ungern noch weitere Bürden auf, aber ich frage mich, ob Yates vielleicht in einen anderen Raum umquartiert werden könnte. Er kann ... nervtötend sein und Holden braucht seine Ruhe.«

»Tatsächlich quartiert Mavis ihn bereits um. ›Nervtötend‹ war vielleicht nicht der Ausdruck, den sie benutzt hatte, aber sie sagte, es wäre für Holdens Geisteszustand unerlässlich, dass sie getrennt würden.«

Law zog eine Grimasse. »Es tut mir leid, Ihnen Umstände zu machen.«

»Das sind für mich keine Umstände – Mavis kümmert sich darum und das tut sie gern. Ich denke, sie hat eine Zuneigung zu Ihrem Kutscher entwickelt.«

»Tatsächlich?« Law fragte sich, ob das Fest zur Partnerfindung alle in seinem Umkreis in seinen Bann zog. Fühlte er sich deshalb zu Miss Campion hingezogener als je zuvor zu einer anderen Frau?

Sie blickte zu seinem Gesicht auf und runzelte ihre Nase dabei ein wenig. »Sind Sie sicher, dass es nicht wehtut?«

Er berührte seine Wange. »Ja. Aber ich bin überzeugt, dass ich damit lächerlich aussehe, also ist mein Stolz vielleicht ein bisschen in Mitleidenschaft gezogen.«

»Sie sehen ganz und gar nicht lächerlich aus«, entgegnete sie schnell.

»Wenn Sie die Absicht haben, zu lügen, dann tun sie das bitte glaubwürdig«, entgegnete er mit einem Lächeln.

Sie schmunzelte. »Das klingt wie ein Ratschlag, den Sie erhalten haben. Also gut, vielleicht wirken Sie *ein kleines bisschen* lächerlich.«

»Mein Vater war ein Quell der guten Ratschläge.« Allerdings hatte er sie in der Regel mehr als Direktive mitgeteilt anstatt als etwas, das Law annehmen oder unterlassen könnte.

»Wie hilfreich.«

Law lachte. Laut.

»Warum ist das amüsant?«

»Weil seine Ratschläge normalerweise nicht gefragt gewesen waren. Und der Großteil darunter hatte sich auch nicht einmal als sehr hilfreich erwiesen.«

»Aha«, brachte sie hervor als sie verstand. »Gott sei Dank muss ich mich nicht viel mit so etwas auseinandersetzen. Meist werde ich mir selbst überlassen.«

»Ist das gut?«

»Normalerweise ja.« Die Brise blies lose Strähnen von ihrem Haar in die Luft und es juckte Law in den Fingern, eine davon hinter ihr Ohr zu schieben. Dann würde er seine Fingerspitze bis zum äußeren Rand ziehen. Und weiter tiefer bis zu ihrem Hals und dann den ganzen Weg bis zur Bordüre ihres Mieders.

Was um alles in der Welt dachte er da?

Dass sie wunderschön war und auch klug. Und dass sie jemanden brauchte, der sie zum Mittelpunkt seiner Welt machen würde.

Er musste sich von solchen unsinnigen Gedanken ablenken. Sein Ziel war es, einen Ehemann für sie zu finden, der sie glücklich machen sollte, und dieser Mann war nicht er. Und das hing nicht nur mit der Tatsache zusammen, dass er wahrscheinlich Lady Frederica heiraten musste. Warum sollte eine kompetente, kluge Frau wie Miss Campion, die einfach nur ihren eigenen Haushalt führen wollte, sich die Komplikationen eines Lebens als Herzogin aufbürden?

Sie näherten sich der Haustür, und Miss Campion nahm ihre Hand von seinem Arm. »Ich habe die Leiter aus dem Weg geräumt. Lassen Sie mich sie holen.«

Als sie auf eine Reihe von Bäumen zuging, holte er sie ein. »Ich werde sie tragen«, stellte er klar. »Warum haben Sie die Leiter weggebracht, wenn Sie noch nicht fertig waren?«

»Sie sah schrecklich aus und ich konnte sie nicht einfach so stehen lassen, wenn Sie auf das Fest ein und aus gehen. Und ich habe den Besen erst auf die Veranda gestellt, bevor ich zu den Ställen gegangen bin, um nach Ihrer Kutsche zu sehen.«

Sie erreichten die Bäume, und er nahm die Leiter in die Hand. »Sie haben sich Sorgen gemacht, wie das für mich aussehen würde?« *Und* sie war gegangen, um nach seiner Kutsche zu sehen.

Sie zog eine Schulter hoch, als sie zur Tür zurückgingen. »Mir ist klar, dass Fieldstone weit unter dem Niveau Ihrer typischen Unterkunft oder Ihrem Domizil ist. Ich kann nicht umhin, mich deshalb ein wenig verlegen zu fühlen.« Ihre

Wangen bekamen etwas Farbe und es ärgerte ihn, dass sie sich schämte.

»Fieldstone ist reizend, und ich bin ungemein beeindruckt, wie gut es mit so wenigen Bediensteten geführt wird. Sie müssen gelobt werden. Den ganzen Tag, jeden Tag.«

»Sie machen mir sehr viele Komplimente. Ich würde Sie ja bitten, damit aufzuhören, aber ich gestehe, dass es schön ist, sie zu hören.« Sie schenkte ihm ein verlegenes Lächeln, das ihre Züge auf eine entzückende Weise verformte. Er wollte sie nur anschauen, denn er konnte einfach nicht genug von ihr bekommen.

Sie schnappte sich den Besen neben der Tür, als er die Leiter anstellte. »Wie wollen Sie mir helfen?«

Er nahm ihr den Besen ab und begegnete ihrem Blick. »Ich werde dort hinaufsteigen und die Arbeit zu Ende bringen, während Sie gemütlich vom Boden aus zu sehen. Oder Sie können Ihren anderen Pflichten nachgehen, wenn Ihnen das lieber ist.«

»Und Sie ganz allein lassen, ohne Hilfe oder Aufsicht?« Entschlossen schüttelte sie den Kopf, während ein Lächeln auf ihren äußerst küssbaren Lippen tanzte. »Auf gar keinen Fall, Euer Gnaden.«

»Law«, sagte er. »Ich denke, in Anbetracht unseres Bündnisses bei Ihrer Jagd nach dem Glück, müssen Sie mich Law nennen.«

»Das könnte ich nicht. Zumindest nicht, wenn andere dabei sind.«

Er zuckte mit den Schultern. »Halten Sie das, wie Sie wollen, aber es würde mich freuen, meinen Namen von Ihren Lippen zu hören.« Seine Wortwahl war unbeabsichtigt provokant. Zumindest klang es so für ihn. War es das auch für sie?

Das konnte er nur hoffen.

Und warum war dem so? Was um alles in aller Welt sollte

er mit einer gegenseitigen Anziehung zu Miss Campion anfangen? Der Gedanke versetzte ihm einen Stich der Begierde. Miss Campion war schön, intelligent, und Law genoss ihre Gesellschaft mehr als die jeder anderen Frau, der er bislang begegnet war.

Als eine Welle der Hitze seinen Körper erfasste war er dankbar, dass sein Gesicht bereits rot war. Sonst hätte sie die Röte gesehen, die ihn bei dem Versuch überkam, seine plötzliche, unbezähmbare Lust zu unterdrücken.

»Also schön, Law. Sie dürfen mich Sadie nennen, wenn wir allein sind.«

Er würde sie auch in seinen Träumen Sadie nennen, denn er würde zweifellos von ihr träumen. »Ich gehe jetzt die Leiter hoch.«

Als er die Leiter hinaufkletterte, fragte sie: »Haben Sie schon einmal Spinnweben abgebürstet?«

»Noch nie. Ich habe einmal versucht, einen Drachen von einem Baum zu stoßen, aber ich bezweifle, dass das hier dasselbe ist.«

Sadie lachte. »Dies ist wahrscheinlich einfacher. Waren Sie erfolgreich? Mit dem Drachen, meine ich.«

»Letztendlich schon. Am Ende musste ich aber höher in den Baum klettern, um ihn loszulösen, und dann hatte ich zu viel Angst, um wieder herunterzukommen. Einer der Pferdeknechte musste mich runterholen. Danach ließ mich mein Vater jeden Tag üben, auf Bäume zu klettern, bis ich flink wie eine Katze war.«

»Ich kann mich nicht entscheiden, ob das schrecklich ist.«

Law schlug nach den Spinnweben. »Damals dachte ich, es sei grausam, weil ich so viel Angst hatte. Dann, nach dem ersten Tag, kam aber meine Mutter zum Zuschauen. Sie sagte mir, wie gut es sei die Angst zu überwinden. Von da an war es leichter.«

»Ihre Mutter klingt sehr nett.«

»Das war sie. Manchmal vermisse ich sie.« Er vermisste auch den Mann, der sein Vater vor ihrem Tod gewesen war. Fast alle Spinnweben waren verschwunden, aber es gab eine Ecke, die er nicht ganz erreichen konnte. Er stützte sich mit der Hand auf den Stein vor ihm und streckte den anderen Arm so weit wie möglich aus, bis der Schmerz in sein Handgelenk schoss.

»Vorsichtig!«, rief Sadie, als ob sie merkte, dass er sich schon fast zu weit streckte. »Wir können die Leiter verschieben.«

Wahrscheinlich sollten sie das tun, aber er hörte die Stimme seines Vaters, die ihm sagte, er solle kein Feigling sein, und er könne es schaffen, wenn er sich nur ein bisschen mehr anstrengte …

Law entspannte seinen Arm und zog den Besen zurück, bevor er hinunterkletterte. »Ja, verschieben wir sie.«

Als er von der letzten Sprosse stieg, drehte er sich um und war überrascht, dass sie ganz nah stand. So nahe, dass er kleine goldene Ringe in ihren Augen sehen konnte, die die Pupillen von der Iris trennten. Sein Herzschlag beschleunigte sich, und seine Lungen mussten plötzlich härter arbeiten.

»Ich hatte nicht gedacht, dass Sie herunterkommen«, sagte sie leise. »Einen Moment lang habe ich mir Sorgen gemacht.«

»Ich wollte Sie nicht beunruhigen. Ich gebe zu, ich musste einen innerlichen Kampf austragen, aber letztlich hat die Sicherheit den Sieg davongetragen.«

Ihre Lippen, diese absolut köstlichen, küssenswerten Lippen, bogen sich nach oben. »Ich bin froh.«

Law war so auf ihren Mund konzentriert, dass er beinahe vergessen hätte, wo er war und was er tat. »Ich werde die Leiter einfach verschieben und dann den Rest erledigen.« Er musste sich zwingen, sich wieder zur Leiter zu drehen und sie zu verschieben.

Dann stieg er hinauf und säuberte die restlichen Spinnweben, während in seinem Körper ein beinahe verzweifeltes Verlangen tobte. Bestand überhaupt eine Chance, dass sie das Gleiche empfand?

Jetzt war nicht die Zeit, das zu fragen. Zum Teufel, es würde nie eine Zeit dafür geben. Er musste seine sieben Sinne beisammen halten, ehe er etwas tun würde, was er später bedauerte.

Allerdings war er recht sicher, dass er nichts bedauern würde, was zwischen ihm und Sadie passieren würde.

Er kletterte nach unten und gab ihr den Besen. »Alles sauber.«

»Zu dumm, dass wir Sie nicht einstellen können«, meinte sie und ihre Augen blitzten dabei vor Heiterkeit. »Sobald ich verheiratet bin, wird Fieldstone mehr Hilfe brauchen.«

»Ich bin nicht sicher, ob ich hier ohne Sie arbeiten möchte.«

»Ach. Nun. Ich kann mir nicht vorstellen, dass Sie überhaupt hier arbeiten möchten.« Sie lachte, aber es klang irgendwie nervös und unsicher.

Er fürchtete, dass er es übertrieben hatte. »Wo gehört die Leiter hin?«, fragte er und nahm dabei einem geschäftsmäßigen Tonfall an.

»In den Stall.«

Gestern hatte sie sie von dort hierher getragen? Oder hatte das jemand für sie getan? Er war nicht sicher, was schlimmer war, aber er entschied sich für Letzteres, denn wer immer sie transportiert hatte, war über das Risiko im Bilde, dem sie allein ausgesetzt gewesen war und hatte es geduldet.

Je eher er Sadie half, einen Ehemann zu finden, umso eher konnte sie ein neues Leben weit entfernt von Fieldstone anfangen. Er würde sich vergewissern, dass der Gentleman besonnen und vernünftig war, und dass er Sadies außergewöhnlichen Charakter verstand.

Als er die Leiter hochhob und im Umdrehen begriffen war, legte sie eine Hand auf seinen Arm. Die Berührung war sanft und kurz, doch ihre Folgen zogen sich durch seinen gesamten Körper.

»Danke, Law. Ich hätte mir nie vorstellen können, dass ein Herzog so hilfsbereit und freundlich sein kann.«

»Es ist mir ein Vergnügen, Ihnen behilflich zu sein.« Er beugte den Kopf und dann verließ er sie und war froh um den Abstand, den er zwischen sie brachte.

Wenn er nicht vorsichtig war, würde er vergessen, dass er ihr helfen wollte, einen Mann zu finden der nicht er selbst war.

KAPITEL 6

*A*ls Sadie an diesem Abend den botanischen Garten an Laws Arm betrat, schaute sie zu seinem Gesicht hinüber. Es hatte noch nicht seine normale Farbe zurück, aber der Ton war zumindest zu einem Blassrosa verblasst. Sie hatte gesagt, er müsste sie nicht begleiten, doch er hatte darauf bestanden – es sei denn sie würde es bevorzugen, nicht mit ihm gesehen zu werden. Sadie hatte zur Antwort die Augen verdreht und gemeint, sie wäre auch mit ihm gegangen, wenn sein Gesicht immer noch gerötet wäre.

»Guten Abend, Euer Gnaden, Miss Campion!« Mrs. Sneed eilte auf sie beide zu, und eine ihrer engsten Freundinnen, Mrs. Whimple, war ihr auf den Fersen. Mrs. Sneeds Blick schweifte über Sadie hinweg und sie zog die Nase ein wenig kraus, als ob sie an Sadies eher schlichtem Ballkleid etwas auszusetzen hätte. Oder vielleicht lag es auch an dem dicken Umhangtuch, das Sadie sich um die Schultern geschlungen hatte, weil es heute Abend recht kalt war.

»Sie sind wieder zusammen angekommen!«, bemerkte Mrs. Sneed. »Aber das ist vermutlich zu erwarten, da Seine Gnaden auf Fieldstone zu Gast ist.« Sie lenkte ihren erwartungsvollen Blick auf den Herzog. »Wenn Sie lieber in der Stadt wohnen würden, können Sie jederzeit bei uns unterkommen.« Sie lächelte breit und enthüllte damit ihre größtenteils geraden Zähne.

»Oh, ja.« Mrs. Whimple, eine Frau in ihren Fünfzigern mit weitstehenden braunen Augen und weißem Haar, nickte.

»Das ist sehr großzügig von Ihnen, Mrs. Sneed, aber ich fühle mich auf Fieldstone sehr wohl. Abgesehen davon wird meine Kutsche dort repariert.«

Sadie war sich ziemlich sicher, dass ihre Brüder absichtlich trödelten, wahrscheinlich auf Betreiben ihres Vaters, um sicherzustellen, dass der Herzog auf Fieldstone blieb. Sie sollte persönlich mit Jarvis reden und ihn bitten, dafür zu sorgen, dass die Kutsche mit aller gebotenen Eile – fachmännisch – instandgesetzt wurde. Obwohl es ihr nicht im Geringsten behagte, ihn in seinem Ruhestand zu stören, wusste sie auch, dass er alles tun würde, worum sie ihn bat. Tatsächlich war es so, dass er, wenn er später erfahren würde, dass sie mit ihren Sorgen *nicht* zu ihm gekommen war, dies als Beleidigung auffassen könnte. Morgen früh müsste sie als Allererstes mit ihm sprechen.

Mrs. Sneed schürzte ihre Lippen zu einem Schmollmund. »Nun, wenn Sie Ihre Meinung ändern, lassen Sie es mich wissen. Ich hoffe doch, dass die Campions sich gut um Sie kümmern.« Die Betonung ihrer Worte unterstellte, dass sie das nicht taten.

»Ich habe nichts auszusetzen«, entgegnete der Herzog fröhlich.

»Sollten wir Platz nehmen?«, fragte Sadie, obwohl es wahrscheinlich noch eine Viertelstunde dauerte, bis die Vorstellung beginnen sollte. Sie schaute zum Herzog auf und hoffte, er verstand ihren Hinweis.

»Gehen wir.« Law lächelte die Ladys rasch und ohne große Begeisterung an. »Genießen Sie ihren Abend.« Er nickte den beiden zu und dann setzten Sadie und er ihren Weg fort.

Sadie bemerkte, dass er recht schnell ausschritt. Sie musste sich anstrengen, mit ihm und seinen langen Beinen Schritt zu halten. »Wir müssen uns nicht beeilen. Wir haben jede Menge Zeit.«

»Das ist mir bewusst. Ich wollte nur ein wenig Abstand zwischen uns und Mrs. Sneed bringen. Ich glaube nicht, dass ich sie mag.«

»Sie ist harmlos. Während des Festes legt sie gegenüber Leuten, die nicht von Marrywell sind, eine nonchalante Haltung an den Tag. Je höher Ihr Stand, desto hochmütiger ist sie.«

»Wie sehr sie damit London mimt.«

Sadie lachte. »Ist das in der *Hautevolé* – der feinen Gesell-schaft - auch so?« Sie brachte das Wort mit ihrem besten französischen Akzent hervor. Obwohl sie die Sprache gelernt hatte, beherrschte sie sie nicht.

»Ganz gewiss.« Sein Blick schweifte zur Seite, wo sich ihr Weg gleich mit einem anderen kreuzen würde. »Da kommt Ihr Vater und einer Ihrer Brüder.«

Tatsächlich hielten ihr Vater und Adam direkt auf sie zu, als wären sie auf einer Mission. »Sadie! Euer Gnaden!«

»Wie schön du heute Abend aussiehst«, lobte ihr Vater mit einem liebevollen Lächeln. Das Leben mit ihm konnte schwierig sein, aber Sadie zweifelte nie an seiner Liebe zu ihr. »Du trägst die Citrin Halskette deiner Mutter, wie ich sehe. Sie funkelt sehr schön an dir.«

»Danke, Papa.« Sie verspürte eine Woge der Liebe, die ihm, aber auch ihrer Mutter galt. Sadie wünschte, dass sie jetzt hier sein könnte.

Ihr Vater richtete das Wort an den Herzog. »Wie gefällt Ihnen unser Fest, Euer Gnaden?«

»Es ist schon etwas Originelles. Ehrlich gesagt, könnte

dieses Fest es mit Londoner Veranstaltungen aufnehmen. Ich freue mich schon auf die Aufführungen heute Abend. Ich mag Hauskonzerte und das Theater.«

»Ich war noch nie im Theater«, bekannte Sadie etwas wehmütig. Sie hatte sich nie vorstellen können, London zu besuchen, aber je mehr der Herzog davon erzählte, umso größer wurde ihre Neugier. Ein frischer Wind wehte ihnen entgegen, und Sadie drückte sich fröstelnd an die Seite des Herzogs.

»Das ist nicht das beste Wetter«, befand Adam und blickte zum dunklen Himmel hinauf. Eine dichte Wolkendecke verbarg die Sterne und den Mond vollständig.

Sadie folgte seinem Blick und wurde mit einem Regentropfen auf ihrer Wange belohnt. »O je, das ist Regen.«

»Nur ein oder zwei Tropfen«, wiegelte ihr Vater mit einer wegwerfenden Handbewegung ab.

Dann begann der Regen, stetig in großen, nässenden Tropfen zu fallen. Die Menschen hasteten zu den Toren, die aus dem Park führten.

Sadie zog das Umschlagtuch über ihren unbedeckten Kopf und schaute den Herzog an. »Wenn wir versuchen nach draußen zu gelangen, werden wir im Gedränge gefangen sein. Diesen Weg hinunter gibt es einen Zierbau.« Sie gestikulierte in die Richtung, aus der ihr Vater und ihr Bruder gekommen waren. »Dort können wir in Deckung gehen.«

»Eine prächtige Idee, Sadie.« Ihr Vater wie auch Adam schlugen bereits diese Richtung ein.

»Nein, nein, lassen Sie Ihre Tochter ja nicht vorausgehen«, murmelte der Herzog mit sarkastischer Empörung.

»Sie meinen das nicht böse«, entgegnete Sadie, die das Gefühl hatte, ihre Familie in Schutz nehmen zu müssen.

»Aber sie sind auch nicht sehr hilfsbereit. Kommen Sie, ich bringe Sie zum Zierbau.« Law hob sie in seine Arme.

Sie keuchte, als er anfing, sehr schnell hinter ihrem Vater

und ihrem Bruder herzulaufen. »Sie können mich nicht tragen.«

»Es hat den Anschein, als könnte ich das.« Er eilte an ihnen vorbei, aber so schnell, dass sie die Reaktionen ihres Vaters und Bruders nicht hörte oder sah. »Ich sehe den Zierbau.« Es war unfasslich, aber er begann zu rennen.

Sadie klammerte sich an seinen Frack und drückte sich an ihn, als ob das helfen könnte. Nicht, dass er irgendwelche Hilfe gebraucht hätte.

Sie erreichten den Zierbau, ein achteckiges Gebäude, das zum Glück ein Dach hatte. Einige der Zierbauten in den Gärten waren künstliche Ruinen, doch dieser gehörte nicht dazu.

Law setzte sie ab und lockerte seine Schultern. »Alles in Ordnung?«

Wieder zitterte Sadie und zog sich den inzwischen sehr feuchten Schal wieder um die Schultern. »Soweit schon. Hoffentlich hört es auf zu regnen.«

Obwohl viele Menschen direkt zu den Toren gestürmt waren, hatte auch eine sehr große Anzahl den Weg zu diesem Zierbau genommen. Als immer mehr eintraten, zogen Law und sie sich immer weiter in das Gebäude zurück. Es waren so viele Menschen, dass Sadie nicht erkennen konnte, ob ihr Vater und ihr Bruder hereingekommen waren. Sie versuchte, sie ausfindig zu machen und wurde in diesem Moment von Law getrennt.

Als sie sich suchend umblickte, konnte sie ihn in der Menge nicht entdecken. Sie stellte sich auf die Zehenspitzen. Doch es war vergeblich.

»Miss Campion, wie erfreulich, Sie hier zu finden.« Die männliche Stimme kam von ihrer Linken.

Sadie drehte sich um und erkannte dort einen Mann, den sie gestern Abend kennengelernt und mit dem sie getanzt hatte, Mr. Percival Finch. »Guten Abend, Mr. Finch. Oder vielleicht auch nicht, denn ich glaube, das Konzert ist gründlich ins Wasser gefallen«, fügte sie mit einem Lächeln hinzu. »Ich frage mich, ob die Vorstellung nicht einfach auf morgen verschoben wird.«

»Aber gibt es morgen nicht noch andere Veranstaltungen?«, fragte Mr. Finch.

Sie erinnerte sich daran, dass er zum ersten Mal auf dem Festival war. »Ja, aber es wird einfach genügen, das Tanzvergnügen bis nach Beendigung der Aufführungen zu verschieben. Ich fände es bedauerlich, wenn die Sänger, Tänzer und Musiker nicht auftreten könnten.«

»Nun ja, das wäre wirklich ein Jammer.« Sein Blick wanderte über sie und blieb kurz an ihrem Oberkörper hängen. »Ihr Umschlagtuch ist nass. Soll ich es für Sie ausschütteln?«

Sadie überlegte, dass es wahrscheinlich nützlicher wäre, wenn es nicht so nass wäre. »Danke, das wäre sehr nett.«

Vorsichtig streifte sie es von ihren Schultern und reichte es ihm. Wieder blieb sein Blick auf ihrem Mieder haften, während er ihr Tuch halbherzig ausschüttelte.

»Vorsicht!«, sagte jemand, und Sadie erkannte, dass Mr. Finch das Wasser von ihrem Umschlagtuch auf die Umstehenden spritzte. Während er immer noch auf ihre übermäßig üppige Brust schaute.

Als sie an sich hinunterblickte, sah sie, dass auch ihr Kleid feucht war und der Stoff auf unzüchtige Weise an ihr klebte, als ob ihre Brüste Unterstützung brauchten. Als sie erkannte, worauf Mr. Finch aus war, verschränkte sie die Arme vor der Brust.

Plötzlich war Law da und riss Mr. Finch Sadies Umschlagtuch aus den Fingern. Der Herzog baute sich über dem Mann auf, während seine Augen schmal wurden und er die Lippen schürzte. »Wenn Sie nicht aufhören, die Lady anzustarren, werde ich dafür sorgen, dass jede unverheira-

tete Lady auf dem Fest erfährt, was für ein verabscheuungs-
würdiger Schwerenöter Sie sind.« Diese Worte presste er in
einem harschen, eisigen Ton hervor. »Und dass, nachdem ich
meine Faust in Ihr Gesicht geschmettert habe.«

Mr. Finch öffnete und schloss seinen Mund wie ein Fisch,
der am Ufer eines Flusses zappelte. Ohne ein weiteres Wort
stürmte er durch die Menschenmenge, als stünde der
Zierbau in Flammen.

Sadie bemerkte mehrere Umstehende, die Laws Worte
mitbekommen hatten. Sie beobachteten Sadie und ihn mit
lebhaftem Interesse.

»Es tut mir leid, dass wir getrennt wurden.« Laws
Verhalten war nun vollkommen verändert und er war sanfter, als er ihr das Umschlagtuch wieder um die Schultern
legte, wobei er darauf achtete, dass die trockenere Seite auf
ihrer Haut lag. Trotzdem war das Kleidungsstück in seinem
derzeitigen Zustand keine große Hilfe.

Sadie begann vor Kälte zu zittern. »Danke, dass Sie sich
eingemischt haben. Ich hatte gedacht, er wollte mir helfen.«

»Er hat lediglich *sich selbst* geholfen.«« Der Herzog
runzelte die Stirn. »Verflixt. Ihnen ist viel zu kalt. Hier.« Er
zog seinen Frack aus und ersetzte das Umschlagtuch durch
ihn. Sofort wurde Sadie von seinem Sandelholzduft einge-
hüllt, der sie daran erinnerte, wie er sie am Vortag in seinen
Armen aufgefangen hatte. War das erst gestern gewesen?

»Er ist außen nass, aber der Stoff ist dicker als Ihr
Umschlagtuch und wird Sie warm halten«, meinte er. »Ich
muss Sie heimbringen.«

Als Sadie auf die Gärten blickte, war sie überrascht, dass
sie beinahe leer waren. Die Leute hatten den Ausgang
gefunden oder den Weg in diesen Zierbau oder vielleicht
auch einen der anderen gefunden. Der Regen fiel jedoch
immer noch unaufhörlich. »Wenn wir jetzt losgehen, werden
wir durchnässt. Ich denke, wir müssen warten, bis der Regen

zumindest abflaut.« Dankbar für seinen Frack drehte sie sich zu ihm, aber sie war auch besorgt, dass er ihn nicht trug. »Ihnen wird kalt werden. Wenn es das nicht schon ist.«

»Das ist in Ordnung. Ich habe dieses schöne Umhängetuch, das mich warm hält.« Mit einem koketten Lächeln legte er es sich um die Schultern. »Und außerdem riecht es nach Ihnen.«

Fand er ihren Duft etwa so betörend, wie sie den seinen? Moment, *betörend*?

Ja. Sie wurde an die gestohlenen Küsse erinnert, die sie auf ihrem ersten Fest geteilt hatte, als sie dumm genug gewesen war zu glauben, der erste Mann, der Interesse an ihr zeigte, würde sie auch heiraten. Dann hatte sie erfahren, dass das Küssen im Labyrinth ein Initiationsritus in Marrywell war. Alle Mädchen taten das.

Aber nicht alle Mädchen besuchten das Fest mit einem Herzog, der ihr Herz zum Rasen brachte und Dinge zu ihr sagte, die ihr das Gefühl gaben, einzigartig zu sein ... wunderbar.

Allerdings war nichts davon real. Er tat nur so, als würde er sich für sie interessieren, um die Aufmerksamkeit auf sie zu lenken. Das war heute Abend sicherlich gelungen. Obwohl, Mr. Finchs Verhalten war freilich nicht die Art von Aufmerksamkeit, die sie sich wünschte.

Sie wünschte sich ein Benehmen wie das des Herzogs. Er war freundlich, fürsorglich und flirtete sogar. Diese vorgetäuschte Brautwerbung fühlte sich allmählich sehr echt an.

Sie durfte nur nicht vergessen, dass dem nicht so war.

～

*A*m Tag nach dem Regen verbrachte Law den späten Vormittag mit Holden, der weiterhin unter den Folgen des Unfalls litt, aber weitaus glücklicher war, da er nicht mehr zusammen mit Yates untergebracht war. Er war sicher, es am Nachmittag zu den Stallungen zu schaffen, nachdem er sich ausgeruht hatte.

Law hatte sich dann auf den Weg gemacht, um zu sehen, was Yates so unternahm, doch sein Kammerdiener war irgendwohin verschwunden.

Am frühen Nachmittag hatte Law einen Gang über das Anwesen gemacht, wo er Mr. Rowell, dem Verwalter, begegnet war. Er war ein wortkarger Zeitgenosse, der aber aufgetaut war, als Law ihn über die Fruchtfolge und Viehhaltung ausgefragt hatte – so wie Sadie es ihm gesagt hatte. Law hatte einige Dinge erfahren, die er gerne in die Tat umsetzen würde.

Als er nun zum Haus zurückkehrte, sah er Richard, der von dem Weg kam, der zu den Stallungen führte. Law wartete, bis der junge Mann bei ihm angenommen war. »Guten Tag, Richard.«

»Guten Tag, Euer Gnaden.«

»Wie macht sich meine Kutsche?«

»Es geht gut voran mit ihr.«

Law erkannte die Gelegenheit, die Wahrheit zu erfahren. Von allen Campion Brüdern schien Richard der am leichtesten durchschaubare zu sein. »Ich habe mich gefragt, ob Sie alles haben, was Sie brauchen? Fühlen Sie sich sicher, dass Sie die Reparatur ordnungsgemäß durchführen können? Mir ist bewusst, dass dies nicht Ihre normale Tätigkeit ist.«

Richard richtete den Blick kurz zu Boden und strich sich mit der Hand durch sein blondes Haar. »Ich gebe zu, dass wir ohne Jarvis etwas verloren waren.« Er hob den Blick zu Law. »Er kam heute Morgen in die Scheune und sorgte dafür, dass alles richtig gemacht wird. Es kann gut sein, dass sie bis heute Abend fertig ist. Wenn nicht, spätestens morgen früh.«

»Das ist überraschend.« Vielleicht würde Holden doch

nicht die Oberaufsicht führen müssen. »Das freut mich zu hören.«

»Ich denke, Sadie muss mit Jarvis gesprochen haben. Er war nicht glücklich über unseren mangelnden Fortschritt, als er heute Morgen auftauchte. Er ist immer noch da und gibt Anleitungen, aber nun ja, er tut einfach alles, worum sie ihn bittet.«

»Jarvis war der Kutscher, ehe er sich zur Ruhe gesetzt hat?« Law war sich über Jarvis' Position einigermaßen im Klaren, aber er wollte sichergehen.

»Kutscher, Pferdepfleger, Stallmeister – alles, was mit Pferden zu tun hat. Er kümmert sich noch immer um zwei von ihnen, die bei seinem eigenen Cottage untergebracht sind, weil sie wie er im Ruhestand sind. Er tut gerne so, als sei er ruppig, aber insbesondere für Pferde hat er ein butterweiches Herz. Und für Sadie.«

»Deshalb sagt er auch nicht nein zu ihr.« Law wollte diesen Mann kennenlernen. »Stehen sie sich also nahe?«

Richard nickte. »Er hat ihr das Reiten und Kutschieren beigebracht.«

»Hat er Sie alle unterrichtet?«

»Ja, aber bei Sadie war es anders. Unser Vater hatte verlangt, dass wir Jungen all diese Dinge lernen, aber bei Sadie war sie selbst diejenige, die dies verlangte. Also hat Jarvis dafür gesorgt, dass sie es lernte.«

Was sie anbetraf, schien ihr Vater verdammt ineffizient. »Ich habe keine Schwierigkeiten, mir vorzustellen, wie Ihre Schwester ihre eigene Ausbildung organisiert. Hat sie die Dinge immer schon selbst in die Hand genommen?«

Richard lachte, und seine Augenwinkel kräuselten sich. »*Immer*. Besonders in meiner Erinnerung, da ich mich nicht an unsere Mutter erinnern kann. Sadie war die einzige Mutterfigur, die ich je kannte.«

»Das muss eine große Belastung für sie gewesen sein,

denn sie war erst acht Jahre alt, als Ihrer beider Mutter starb«, bemerkte Law leise.

»Das wissen Sie?« Richard klang überrascht, nickte aber schnell. »Na ja, ich nehme an, das würden Sie wissen.«

Law ignorierte die Implikationen dieser Aussage. »Was ich nicht weiß, ist, warum es hier keine Haushälterin gibt, die Sadie die Last abnimmt. Wie ich weiß, hatten Sie eine, die ebenfalls gestorben ist, doch das ist über ein Jahrzehnt her.«

Richard zog eine Schulter hoch. »Sadie würde keine Haushälterin wollen.«

»Sind Sie sich da so sicher?«

»Vater und Esmond behaupten das.« Richard riss kurz die Augen auf. »Da wir gerade von meinem Vater sprechen, sagen Sie ihm bitte nicht, Sie wüssten, dass die Kutsche fast repariert ist. Er will nicht, dass Sie vor dem Ende des Fests abreisen.«

»Ach ja? Und ich hätte gedacht, er möchte nicht, dass ich abreise, solange ich nicht Ihre Schwester geheiratet habe.« Law verbarg seinen Sarkasmus nicht.

Richard lachte wieder, doch diesmal war es ein unbehagliches Lachen. »Das erhofft sich mein Vater, ja. Sie dürfen sich aber nicht davon nicht beeinflussen lassen«, fügte er ernsthaft hinzu.

Law unterdrückte ein Lächeln. »Ich werde mich bemühen.«

Richard blickte zum Haus und fragte nervös: »Versprechen Sie mir, ihm nichts von der Kutsche zu erzählen? Er wird wütend sein, wenn er erfährt, dass ich Ihnen das verraten habe.«

»Ich verspreche es. Das wird unser Geheimnis bleiben. Außerdem kann ich nicht weg, weil mein Kutscher nicht fahren kann, bis das Fest vorüber ist.«

Richard schaute ihn an. »Ein Mann von Ihrer Wichtigkcit

und mit Ihrem Rang kann doch sicher eine Kutsche fahren. Sie haben den Einspänner in die Stadt gefahren.«

»Natürlich kann ich das, aber jetzt verrate ich Ihnen ein Geheimnis. Ich will eigentlich gar nicht abreisen, bevor das Fest zu Ende ist.«

»Wegen Sadie.« Richard grinste. »Sie mögen sie *doch*. Mein Vater wird sich sehr freuen, das zu hören.«

Law sah den Jungen aus schmalen Augen an. »Ich habe gerade gesagt, es ist ein Geheimnis. Und ich habe Ihre Schwester überhaupt nicht erwähnt.«

Richards Gesicht verlor eine Nuance an Farbe, und er richtete sich auf, als ob er zurechtgewiesen worden wäre. »Ich bitte um Verzeihung, Euer Gnaden. Ich verspreche, niemandem ein Sterbenswort davon zu sagen.«

»Ich danke Ihnen. Ich weiß Ihre Diskretion zu schätzen. Das ist eine wichtige Eigenschaft für einen Gentleman.« Law sah, wie der junge Mann sich aufplusterte. Das würde sein Vater vielleicht gesagt haben, jedoch auf eine anspruchsvollere Weise. Law hoffte hiermit, den Jungen zum Schweigen gebracht zu haben, ohne ihn zu ermutigen, sich stark und unnachgiebig zu geben.

»Aber Sie mögen Sadie, nicht wahr?« Richards Gesicht war so erwartungsvoll, so hoffnungsvoll, dass Law ihm eine Antwort nicht verweigern konnte.

»Das tue ich tatsächlich.« Und in stärkerem Maße als er sollte. Auf jeden Fall mehr, als nötig war jemanden zu mögen, mit dem er ein Interesse an einer Beziehung nur vortäuschte.

»Ich war mir sicher, dass Sie das tun.« Richard straffte seine Züge und wurde nüchtern. »Aber ich werde kein Wort verraten.« Er fing an, auf das Haus zuzugehen, doch anstatt ihn zu begleiten, sah Law ihm einfach nur nach.

Der Junge durchquerte den Gemüsegarten, und dann kam Sadie aus dem Haus, die sich kurz mit ihm unterhielt, ehe er ins Haus trat. Sie schnitt ein paar Kräuter und schnupperte an dem Grün, bevor sie sich umdrehte und ins Haus zurückkehrte.

Es war ein schlichter Akt. Sie war eine schlichte Frau – im Vergleich zu ihm und den Anforderungen, die er zu erfüllen hatte. Er beneidete sie.

Doch das stand ihm nicht zu. Er trug Verantwortung und hatte eine Verpflichtung, auf die seit Generationen hingearbeitet worden war. Das schloss die Heirat einer »angemessenen« Frau wie Lady Frederica mit ein. Sein Vater wäre entrüstet, wenn er wüsste, dass Law hier mit Sadie herumtändelte, während er doch eigentlich das Versprechen einlösen sollte, dass er am Sterbebett geleistet hatte.

Dieser Aufenthalt in Fieldstone veranlasste Law, seine Pläne noch einmal zu überdenken. Sein Vater war nicht hier. Warum konnte Law sein Leben nicht selbst in die Hand nehmen und tun, was er wollte, anstatt das zu tun, was von ihm erwartet wurde? Erst in dieser Woche war ihm zu Bewusstsein gekommen, wie sehr sein Vater ihn immer noch beeinflusste, als er sich hin – und hergerissen gefühlt hatte, zwischen der Erfüllung der Forderungen seines Vaters und der Verfolgung seiner eigenen Wünsche zu wählen.

Doch was hatte das in Bezug auf Sadie zu bedeuten? Sie verdiente einen einfachen, freundlichen, hart arbeitenden Gentleman vom Lande, der sie ergänzen und ihr das Leben bieten konnte, das *sie* sich wünschte – das Leben, das sie verdiente. Und Law würde ihr behilflich sein, das zu erreichen. Er konnte noch einige weitere Tage unerfüllter Sehnsucht aushalten.

Was würde dann mit ihm geschehen? Würde er Lady Frederica heiraten und Sadie vollkommen vergessen?

In diesem Moment wusste er es. Ganz gleich was passierte, würde er das niemals tun.

KAPITEL 7

»*J*ch habe Sie den ganzen Tag nicht gesehen«, bemerkte Sadie zum Herzog, als er mit ihr zu dem verschobenen Konzert nach Marrywell fuhr. Obwohl sich das Wetter gebessert hatte, würden die Aufführungen vorsichtshalber in den Versammlungsräumen stattfinden.

»Ich habe vorhin Holden besucht.«

»War Mavis dort?«, fragte Sadie kichernd, denn sie wusste, dass ihr Dienstmädchen viel Zeit mit dem Kutscher verbrachte.

Lawford schenkte ihr ein kurzes Lächeln. »Sie kam gerade herein, als ich im Gehen begriffen war. Muss ich mir Sorgen machen, dass ich meinen Kutscher an Fieldstone verlieren könnte?«

Lachend schüttelte Sadie den Kopf. »Ich glaube, ich bin diejenige, die sich Sorgen machen muss. Es ist viel wahrscheinlicher, dass sie mit Holden geht – es ist ja nicht so, dass wir ihn einstellen würden, und ich denke, Sie könnten einen Platz für Mavis finden.« Sie nuckelte kurz an ihrer Unterlippe. »Verzeihen Sie, das war schrecklich anmaßend.«

»Das ist es eigentlich nicht. Ich kann verstehen, dass Sie

das denken, da ich ja drei Häuser besitze.« Grinsend
verdrehte er die Augen und Sadie war für seinen manchmal
selbstironischen Humor dankbar.

»Mavis sagte, er würde morgen mit ihr zum großen Picknick gehen, obwohl er anscheinend enttäuscht ist, dass er
wegen seines Arms nicht mit einem Boot auf dem See rudern
kann.«

»Es gibt einen See?«

»Ja. Vielleicht hätten Sie nichts dagegen, mich zu
rudern?« Sie nahm wahr, wie er blitzschnell eine leichte
Grimasse zog, doch es war so schnell vorüber, dass sie sich
fragte, ob sie sich das das Ganze nur eingebildet hatte.

»Ich, ah, ich mag Boote nicht besonders. Als ich zehn
Jahre alt war, bin ich gekentert, und das war furchtbar. Wie
bei dem Baum hatte mein Vater darauf bestanden, dass ich
keine Angst vor Booten haben durfte, also habe ich auch
keine. Aber ich hatte genug von Booten, also wenn Sie
jemanden suchen, der Sie morgen über den See rudert,
empfehle ich Ihnen, einen Ihrer Verehrer zu bitten.«

Sadie lachte. »Ich bin mir nicht sicher, ob ich überhaupt
welche habe. Ich weigere mich, den anzüglichen Mr. Finch
von gestern Abend dazuzuzählen.«

»Ganz bestimmt nicht.« Der Herzog schenkte ihr ein
ermutigendes Lächeln. »Sie werden heute Abend reichlich
davon haben. Dessen bin ich mir sicher.«

»Ihre Zuversicht ist bezaubernd, aber ich bin nicht überzeugt, dass Ihre List funktioniert. Es ist bereits der dritte Tag
des Festes.«

»Der Regen gestern Abend hat alles durcheinander
gebracht, wozu auch unsere Pläne gehören. Der heutige
Abend wird erfolgreicher sein. Vergessen Sie nicht, dass ich
ein Herzog bin und das letzte Jahrzehnt damit verbracht
habe, den Ton in der Londoner Gesellschaft anzugeben.«

»Sie werden also einfach anordnen, dass dieser Abend

besser wird als die letzten beiden? Sie werden demnach alle unverheirateten Männer Ihrem Willen unterordnen?«

»Wenn mir keine Wahl bleibt.«

»Da ist er wieder, der arrogante Herzog, den ich da kennengelernt habe«, meinte Sadie lachend. »Meine Güte, ist das erst zwei Tage her?«

Der Herzog grinste, und ihr Herz vollführte diesen kleinen Aussetzer, der ihr den Atem nahm. »Es fühlt sich länger an, nicht wahr?«

Nachdem er den Einspänner in der Garden Street abgestellt hatte, half der Herzog ihr beim Absteigen. Die Berührung seiner Hand löste den bereits erwarteten Schauer der Erregung aus, der sich ihren Arm hinaufzog und dann seinen Weg durch ihren Körper suchte, sodass sie vor Erwartungsfreude regelrecht pulsierte. Nicht auf den kommenden Abend, sondern auf den nächsten Moment, wenn sie ihn wieder berühren konnte, indem sie seinen Arm ergriff. Mittlerweile freute sie sich darauf, sich an ihn zu schmiegen.

Er führte sie über die Straße zu den Versammlungsräumen, und sobald sie eintraten, erregten sie große Aufmerksamkeit. Die Gespräche wurden langsamer oder verstummten ganz, und die Leute drehten sich um, um sie beide anzuschauen. Sadie wünschte, sie hätte mehr Kleider in ihrem Schrank oder zumindest etwas, um ihre Ballkleider aussehen zu lassen, als würde sie ihre einzigen beiden nicht wieder und wieder tragen. Vielleicht sollte sie mit Mavis über einige Änderungen sprechen.

Zu welchem Zweck? Sie hatten keine Mittel für zusätzliche Ergänzungen ihrer Garderobe übrig, die sie einmal im Jahr auf dem Fest trug, wenn sie für den Kauf des angrenzenden Landes sparten. Und sie würde Mavis nicht bitten, extra Zeit damit zu verbringen, ihre Garderobe mitten während des Festes zu ändern.

Sadie erkannte, dass die Maikönigin, Mrs. Martinscroft,

direkt auf sie zukam. Sie war zierlich mit schwarzem Haar und strahlend blauen Augen. Mrs. Martinscroft war die Tochter eines der wohlhabendsten Landbesitzer in Hampshire und im letzten Jahr eine leichte Wahl als Ehrenjungfrau gewesen. Dann hatte sie den begehrtesten Junggesellen des Festes geheiratet – den Sohn von Baron Tippenworth.

Mrs. Martinscroft knickste vor dem Herzog. »Guten Abend, Euer Gnaden, Miss Campion.« Die Krone auf ihrem Kopf geriet bei ihren Bewegungen nicht einmal in Schieflage. Sadie erinnerte sich, dass diese Frau, die wahrscheinlich nur wenige Jahre jünger war als sie, während des Festes im letzten Jahr bereits ungemein elegant gewesen war. Ab dem dritten Tag hatte dann jeder vermutet, dass sie Maikönigin würde. Manchmal war das eben der Lauf der Dinge.

Dieses Jahr gab es bis jetzt nicht einmal eine Favoritin.

Der Herzog vollführte eine vollendete Verbeugung vor der Königin. »Guten Abend, Eure Hoheit.«

Sadie stellte sich vor, wie er das für Königin Charlotte selbst tat, und für einen Moment versank ihre Umgebung in einem tristen Grau. Wie war sie nur in die Gesellschaft dieses Mannes geraten? Nicht nur in seine Gesellschaft, sondern als seine Freundin? Zumindest *glaubte* sie, dass sie Freunde waren, berücksichtigte man die Art und Weise, wie er ihr half, und die Gespräche, die sie geführt hatten.

»Miss Campion?« Die tiefe Stimme des Herzogs riss sie aus ihrer Versunkenheit.

Sie blinzelte und zwang sich zu einem Lächeln. »Guten Abend, Eure Hoheit.« Zwar nannte jeder die Maikönigin »Eure Hoheit«, aber niemand verbeugte sich oder knickste. Bis auf den Herzog. Sadie überlegte, ob sie einen Knicks machen sollte.

Glücklicherweise schien Mrs. Martinscroft das nicht zu bemerken oder zu stören. »Ich hatte gehofft, dass Sie beide heute Abend bei Mr. Martinscroft und mir sitzen würden.«

Sie würden mitten in der ersten Reihe sitzen, mit den Ehrenjungfrauen um sie herum. Sadie gehörte *nicht* zu den Ehrenjungfrauen. Sollte sie ablehnen, weil sie nicht qualifiziert war? War das nicht ihr Wunsch? Selbst wenn sie keine Ehrenjungfrau war, würde die Gunst der Königin und die Aufmerksamkeit des Herzogs mit großer Wahrscheinlichkeit zumindest für jeden unverheirateten Gentleman auf dem Fest unübersehbar sein. Wenn sie in diesem Umfeld keinen Ehemann finden sollte, würde ihr das wohl nie gelingen.

»Es ist sehr nett, dass Sie das sagen«, meinte Sadie und fühlte sich auf eine Weise besonders, wie noch nie zuvor. In Marrywell hatte sie nie enge Freunde gehabt. Die jungen Frauen, die in und in der Nähe der Stadt wohnten, nahmen an den vierteljährlichen Bällen teil und verbrachten die Monate April bis Oktober mit Spaziergängen im botanischen Garten – Dinge, die Sadie nicht tat. Immer war sie zu beschäftigt gewesen, und es gab wirklich anderes, das sie diesen Dingen vorzog. »Danke. Ich muss nur meinen Umhang in die ...«

Bevor sie ihren Satz beenden konnte, hatte Mrs. Martinscroft bereits ein Handzeichen gegeben, und ein Junge von etwa zehn Jahren trat vor. »Jeremy, bitte nimm den Umhang von Miss Campion.«

»Sofort, Eure Hoheit.« Jeremy nahm Sadies Mantel, den der Herzog ihr abgenommen hatte, und eilte davon, um ihn in einer Garderobe in der Nähe der Eingangshalle zu deponieren.

»Wer war das?«, fragte Lawford.

»Ich habe vergessen zu erwähnen, dass die Königin Pagen hat. Das sind Jungen zwischen acht und zehn Jahren, welche während der ganzen Woche für die Königin da sind. Es ist eine große Ehre, dieses Amt angeboten zu bekommen. Adam und Richard waren Pagen. Adam hat allerdings nur ein einziges Fest durchgehalten. Er hatte zu viel geredet.«

Mrs. Martinscroft lachte. »Das klingt wie mein jüngerer Bruder. Kommen Sie, gehen wir zu unseren Plätzen. Mr. Martinscroft wartet dort auf uns.« Sie drehte sich um und führte sie in den Ballsaal, in dem ein Podium für die Darsteller und Stuhlreihen für die Zuschauer aufgestellt waren, die allerdings nicht annähernd für alle Anwesenden ausreichten. Viele Menschen würden stehen müssen.

Der Herzog neigte seinen Kopf zu ihr, während sie gingen. »Das ist gut, nicht wahr?«

»Ja.« Sie drückte seinen Arm, den sie wieder ergriffen hatte, nachdem er ihr den Umhang abgenommen hatte. All das wäre nicht passiert, wenn Law nicht darauf bestanden hätte, ihr zu helfen. Außerdem hatte sie ihn nicht einmal um seine Hilfe bitten müssen – voller Begeisterung hatte er sie von selbst angeboten. Sie konnte nicht anders, als ihn mit einer Mischung aus Verwunderung und Dankbarkeit zu betrachten. »Ich danke Ihnen dafür.«

Sie setzten sich, und Mrs. Martinscroft bedeutete Sadie, sich neben sie zu setzen. *Neben sie.* Sadie befand sich in einer erstklassigen Position, *und sie war noch nicht einmal eine Ehrenjungfrau.* Wie sollte sie Law jemals danken? Ihm eine Unterkunft zu geben und seine beschädigte Kutsche zu reparieren, schien bei weitem nicht genug.

Sie plauderten einige Minuten, ehe der Bürgermeister vom Podium aus eine Rede hielt und alle aufforderte, sich für die Vorstellung zu setzen. Als sich der Saal beruhigt hatte, stellte er die ersten Darsteller vor, ein Quartett aus Marrywell, das im Sommer an zwei Abenden in der Woche im Botanischen Garten spielte.

Nach dem Quartett folgten Tänzer, dann eine Opernsängerin und eine weitere Gruppe von Musikern. Am Ende brandete der Applaus im Ballsaal auf und der Bürgermeister kehrte auf das Podium zurück.

»Vielen Dank an alle. Gewähren Sie uns bitte einige

Minuten, um die Stühle von der Tanzfläche zu schaffen. Kurz danach wird das Tanzvergnügen beginnen!«

Sie standen auf und Mrs. Martinscroft drehte sich sofort zu Sadie und Lawford. »Wie kommt Ihre Brautwerbung voran?«

Sadie erstarrte. Sie hatte diesbezüglich nicht mit einer Frage gerechnet, die so ... explizit war. Sie drehte den Kopf ein wenig und tauschte einen Blick mit dem Herzog aus. »Wir halten keine formelle Brautwerbung«, entgegnete er freundlich. »Wir lernen einander gerade kennen.«

Mr. Martinscroft, ein rothaariger Gentleman Ende zwanzig mit einigen blassen Sommersprossen auf seinem Gesicht, warf ihnen ein wissendes Lächeln zu, und sein Blick verband sich mit dem des Herzogs. »Ich stelle mir vor, dass das nicht allzu schwer ist, da Sie unter dem gleichen Dach schlafen.«

Unterstellte er etwa etwas ... Skandalöses? Nein, das konnte nicht sein.

Jeremy, der Page, unterbrach sie. »Ich bitte um Verzeihung, Eure Hoheit. Ihr werdet Euch erheben müssen, während wir die Stühle wegräumen.«

»Natürlich«, murmelte Mrs. Martinscroft. Sie nahm Sadie beim Arm und führte sie vom Sitzbereich fort, der gleichzeitig auch die Tanzfläche war. »Ich denke, Sie und der Herzog müssen den Tanz heute Abend eröffnen.«

Fast wäre Sadie gestolpert. »Aber ich bin keine Ehrenjungfrau. Immer eröffnen sie den Tanz.«

»Gelegentlich kann es zu Abweichungen von der Tradition kommen. Ich erinnere mich an eine Begebenheit vor einigen Jahren, als Mr. und Mrs. Armstrong den Tanz eröffnet hatten.«

Das war, weil es ihr vierzigster Hochzeitstag gewesen war, aber Sadie hatte nicht vor, darauf hinzuweisen. Wer war sie schon, die Maikönigin in Zweifel zu ziehen?

»Ich würde sagen, dass die Anwesenheit eines Herzogs eine leichte Abweichung des üblichen Verfahrens rechtfertigt. Es scheint angemessen, dass er zumindest an einem Abend den Tanz eröffnet, und obwohl er eine der sieben Ehrenjungfrauen bitten könnte, würde er wohl lieber Sie fragen.« Sie wandte den Kopf und richtete den Blick auf Lawford, der mit Mr. Martinscroft hinter ihnen herging. »Ist dem nicht so, Euer Gnaden?«

»Es ist mir eine Ehre, alles zu tun, was Sie verlangen, Hoheit.«

Sadie kaute auf der Innenseite ihrer Lippe, um nicht die Stirn zu runzeln. Hieß das etwa, er wollte nicht mit ihr tanzen? Sie schalt sich sofort für diesen Gedanken. Er hatte ihr seine Hilfe bei der Suche nach einem Ehemann angeboten und er leistete hervorragende Arbeit, um ihren Status zu heben. Natürlich würde er mit ihr tanzen. Er hatte auch viele andere Dinge gesagt, die sie glauben ließen, er würde mit *ihr* tanzen wollen. Allerdings konnte sie es immer noch nicht so recht glauben.

An der Seite des Raumes waren die Throne der Krönungszeremonie in einer Reihe aufgestellt worden. Einige der Ehrenjungfrauen hatten sich bereits dort versammelt.

Als sie stehen blieben, löste Sadie ihren Arm von Mrs. Martinscroft und wandte sich dem Herzog zu, was sie insbesondere deshalb tat, um die Ehrenjungfrauen nicht ansehen zu müssen. Gerade wollte sie ihn fragen, ob er tanzen wollte, was aber seine Aufgabe war und nicht ihre.

»Miss Campion, es wäre mir eine Ehre, wenn Sie mit mir tanzen würden.« Er reichte ihr die Hand.

»Es wäre mir ebenfalls eine Ehre.« Sie knickste und begierig, das Knistern zwischen ihnen zu spüren, das sie bereits kannte und erwartete, legte sie ihre Hand in seine.

Er bettete ihre Hand auf seinem Arm und schlenderte auf

die Tanzfläche zu, die irgendwie bereits von den Stühlen befreit worden war. »Sie hätten keinen Knicks machen müssen«, sagte er.

»Warum nicht? Sie mussten sich doch auch nicht vor der Königin verbeugen.«

»Wird das nicht gemacht?«

»Üblicherweise nicht. Ich fürchte aber, dass Sie damit jetzt eine neue Tradition ins Leben gerufen haben. Ohne jeden Zweifel werden jetzt alle das Beispiel des Herzogs übernehmen.«

»Erkennen Sie, welche Bürde ich zu tragen habe?«, fragte er trocken, was sie zum Lachen animierte. »Stellen Sie sich vor, was hätte passieren können, wenn ich im falschen Moment geniest hätte.«

»Sie Ärmster.« Mit ihrer freien Hand tätschelte sie seinen Arm, als sie sich zur Tanzfläche begaben.

Die Musiker, die als Letztes aufgetreten waren, würden die Musik zum Tanz aufspielen, und offenbar waren sie schon bereit, anzufangen. Die Ehrenjungfrauen und ihre Partner schlossen sich ihnen an, und sie bildeten mit Sadie und Law an der Spitze zwei Reihen.

Als die Musik einsetzte, trafen Sadie und Law zusammen und tanzten zwischen den anderen, während sie sich auf das andere Ende zubewegten. Wenn man so tanzte, war eine Unterhaltung beinahe unmöglich, aber Sadie wollte unbedingt seine Meinung über Mr. Martinscrofts Bemerkung wissen. »Haben Sie gehört, was Martinscroft gesagt hat?«

»Darüber, dass wir unter demselben Dach schlafen?« Als sie nickte, verdunkelte sich Laws Blick, bevor er durch den Raum zu den Thronen – und zu Martinscroft – wanderte. »Er hatte Glück, dass wir in einem öffentlichen Raum waren, sonst hätte ich ihn zurechtgestutzt.«

Laws Gesichtsausdruck und sein Tonfall brachten ihr den gestrigen Abend im Zierbau in Erinnerung, als er Mr. Finch vertrieben hatte. Es erinnerte sie auch an ihren Eindruck von ihm, den sie bei ihrer ersten Begegnung gewonnen hatte, wo sie ihn für hochmütig gehalten hatte.

Sie schaute zu ihm auf, als sie sich dem Ende der Reihe näherten. »Sie können sehr einschüchternd wirken.«

»Ist das ein Kompliment?« Seine Augen glitzerten unter dem funkelnden Kerzenlicht über ihnen.

Sadie konnte nicht erraten, ob die Frage ernst oder kokett gemeint war. Sie war sich auch nicht sicher, was sie darauf antworten sollte. Glücklicherweise blieb ihr das erspart, denn sie mussten sich trennen, um sich wieder in die Reihe einzugliedern.

Als die anderen an der Reihe waren, sahen sie und der Herzog sich immer wieder in die Augen. Jedes Mal verspürte sie einen Drang, sich ihm zu nähern. Dann wandte sie den Blick ab und bemerkte, wie alle sie anstarrten. Irgendwann erblickte sie ihren Vater, der sie mit einem seltsamen Lächeln beobachtete.

Plötzlich wurde ihr klar, dass sie genau *das* wollte: Sie wollte sich schön und wichtig fühlen.

Begehrenswert.

Was für ein Quatsch! Sie hatte diese Dinge nicht nötig. Was sie wollte, war ein Ehemann, ein eigens Heim und eine eigene Familie. Wieder traf ihr Blick mit Laws zusammen. Sie wünschte sich so sehr, dass er kein Herzog wäre. Warum konnte er nicht jemand sein, mit dem sie wirklich für immer zusammenleben konnte?

Der Tanz endete, und der Herzog verbeugte sich, während sie in einen Knicks sank. Er führte sie von der Tanzfläche, und sofort kamen eine ganze Handvoll Gentlemen auf sie zu, die sie zum nächsten Tanz aufforderten, unter denen sich einige von gestern Abend befanden und andere Neulinge waren.

Sie blickte zu Law, der ihr ein kleines Lächeln schenkte,

ehe er sich zu ihr beugte. »Ich sehe Sie später. Viel Spaß heute Abend.«

Seine Wange war so nah an ihrer, dass sie die Wärme seiner Haut fühlen konnte. Hätte sie sich einige paar Zentimeter bewegt, hätte sie ihre Lippen auf seine drücken können.

Aber nein. Nicht hier. Und nicht mit ihm.

Sie verabredete sich mit allen fünf Gentlemen zum Tanz und kehrte umgehend mit dem ersten auf die Tanzfläche zurück. Genau das *brauchte* sie – eine Chance, gesehen zu werden, damit sie heiraten könnte.

Ehe es zu spät wäre.

~

Gestern Abend waren Law und Sadie unter den Letzten gewesen, die die Versammlungsräume verlassen hatten. Auf der Heimfahrt war sie eingenickt und hatte ihren Kopf an Laws Schulter gebettet. Ihre Wärme an seiner Seite zu spüren hatte ihn überraschenderweise mit einem Gefühl der Zufriedenheit erfüllt. Um ehrlich zu sein, konnte er sich nicht an ein solches Gefühl erinnern.

Als sie in Fieldstone ankamen, hatte er sie sanft geweckt, und sie war auf bezaubernde Weise aufgeschreckt, insbesondere als sie merkte, dass sie *an ihn gelehnt* geschlafen hatte. Sie hatte sich in aller Ausführlichkeit entschuldigt und war rasch nach oben gegangen. Er hoffte, dass sie sich deshalb nicht schlecht fühlte und hatte vor, es heute ihr gegenüber zu erwähnen.

Er hatte länger als gewöhnlich geschlafen und das Frühstück in seinem Zimmer eingenommen. Nachdem er gebadet und weitere Experimente zur Hautpflege von Yates abgelehnt hatte, war Law nun angekleidet und für das große

Picknick, das heute Nachmittag stattfinden sollte, vorbereitet.

Er verließ sein Zimmer und konnte es kaum erwarten, Sadie unten zu treffen. Stattdessen stieß er direkt mit ihrem Vater zusammen, der – zur Abwechslung – einen missmutigen Ausdruck aufgesetzt hatte.

»Ich bitte Sie um ein paar Minuten Ihrer Zeit, Euer Gnaden«, meinte er ernst.

Der Groll des Mannes versetzte Law nicht im Geringsten in Alarmbereitschaft. Nachdem er seines Vaters veränderliche Stimmungen ertragen hatte, die seit dem Tod seiner Mutter immer häufiger geworden waren, brauchte es schon eine ganze Menge, um ihn aus der Fassung zu bringen.

»Ich freue mich immer, meinen Gastgeber zu unterhalten«, entgegnete er mit einem freundlichen Lächeln.

»Das ist nicht unterhaltend für mich. Ich fürchte, ich muss Sie fragen, welche Absichten Sie gegenüber meiner Tochter haben.«

Law musste auf der Hut sein. Er musste zwischen der Verpflichtung einer Brautwerbung, und der Unverbindlichkeit schwanken, um ihre List aufrechtzuerhalten, damit er nicht unversehens an eine Frau gebunden wäre, die er nicht heiraten sollte. »Wir lernen uns kennen, während ich sie zu diesen Veranstaltungen zur Partnerfindung begleite.«

Campion runzelte die Stirn, sodass sich tiefe Hohlräume in seinen Wangen bildeten. »Werden Sie Sadie nun heiraten oder nicht? Es gibt nämlich eine ganze Reihe von Gentlemen, die um ihre Aufmerksamkeit buhlen. Zwei von ihnen haben heute Morgen vorgesprochen und Blumen abgebeben.«

Tatsächlich? Law wollte ihn nach Sadies Meinung darüber fragen, doch das ging ihn nichts an. Sie erreichten das gewünschte Ergebnis, und nur darauf kam es an, auch wenn es seine Eifersucht auslöste. »Ich freue mich für sie.«

»Es wäre noch schöner, wenn *Sie* ihr Blumen schenken würden«, brummte Campion.

»Ich dachte, Sie würden sich freuen, dass sie wahrgenommen und verehrt wird.«

»Ja, ja, das freut mich schon, aber sie hat die Möglichkeit, Herzogin zu werden. Welcher Vater würde sich das nicht für seine Tochter wünschen?«

Zwei Dinge kamen Law in den Sinn. Erstens: Jemand der davon ausging, dass ein Herzog, dem vor seinem Haus ein Unfall widerfuhr und der auf Hilfe angewiesen war, eine *Möglichkeit* bot, die Tochter zu verheiraten, stand nicht mit beiden Beinen auf dem Boden der Realität. Zweitens: War es möglich, dass Campion endlich ein kleines bisschen von einem schlechten Gewissen hatte, weil er die Heiratsaussichten seiner Tochter ignoriert hatte, während er sie unermüdlich für ihn und seinen Haushalt arbeiten ließ, und sie immer mehr zu einem Mauerblümchen wurde?

Für Law war es schwierig, seine Reaktion aufzuspalten. Er hatte Schwierigkeiten, die Lehren seines Vaters zu ignorieren, welche besagten, dass ein Herzog niemals in Erwägung ziehen würde, jemanden zu heiraten, der so weit unter seinem Rang stand. Allerdings konnte er auch nicht leugnen, Verständnis für Campions Wunsch zu haben, seine Tochter mit jemandem zu verheiraten, der so weit über ihrem Rang stand. Das Potenzial für sie war insbesondere deshalb so groß, weil sie so klug und selbstbewusst war. Hinzu kam die einfache Tatsache, dass Law sie ungeachtet ihres Ranges oder ihrer Akzeptanz mochte und verehrte. Und am allerwenigsten war vielleicht der Umstand zu widerlegen, dass er sie zutiefst begehrte.

»Das kann ich verstehen«, antwortete Law schließlich. »Aber keiner von uns beiden hat bislang entschieden, ob wir miteinander harmonieren werden.«

»Das Fest ist nach dem heutigen Picknick mehr als zur

Hälfte vorbei. Viele Gentlemen werden anfangen, sich fest-
zulegen. Sie wollen am Ende doch nicht mit leeren Händen
dastehen.«

Law musste sein Lachen verschlucken. Als ob ein Herzog
nicht nach Belieben heiraten könnte. Himmel, das klang
ganz wie sein Vater. Jedenfalls ging darum, dass Law nicht
etwa eine eventuelle Ehefrau verlieren würde, sondern Sadie.
Und ja, das weckte eine glühende Eifersucht in ihm, die er
allerdings zu ignorieren suchte.

Letztendlich ging es hier aber nicht um ihn. Es ging
darum, Sadie zu helfen. Law verschränkte die Arme vor der
Brust und starrte Campion mit einem intensiven Blick an.
»Wäre es schlimm, wenn sie einen anderen als mich heiraten
würde? Was, wenn sie sich hoffnungslos in einen der Gentlemen verliebt hat, mit denen sie gestern Abend getanzt hat?
Sie würden sich doch sicher für sie freuen, auch wenn er
keinen hohen Titel trägt. Oder zählt nur das für Sie?«

»Natürlich nicht«, brachte Campion stotternd hervor.

Jetzt hatte Law ihn in die Defensive gedrängt. Das war
gut. Vielleicht würde der Mann seine Beweggründe noch
einmal überdenken. Oder vielleicht würde er die gesamte
Beziehung zu seiner wundervollen, unterschätzten Tochter
überdenken. »Was wäre, wenn meine Kutsche nicht ausge-
rechnet vor Ihrem Haus ein Rad verloren hätte? Würden Sie
Sadie dennoch ermutigen, alle Veranstaltungen des Fests zu
besuchen? Würden Sie darauf hoffen, dass sie Liebe findet,
damit sie eine sichere Zukunft hat?«

Grinsend klatschte Campion die Hände zusammen. »Sie
haben Sie Sadie genannt.«

Hatte er das? Law starrte ihn an. »Haben Sie noch etwas
anderes gehört?«

»Ah, ja, natürlich. Ich freue mich, dass Sie Ihre Zeit mit
meiner Tochter verbringen, und ich bin sicher, dass Sie
finden, sie würde eine ausgezeichnete Herzogin abgeben.«

Er klopfte Law auf den Arm und drehte sich um, und ging die Treppe hinunter.

Als Law ihn gehen sah, fragte er sich, wie dieser Mann eine so kompetente und spektakuläre Tochter erzogen hatte. Er ging die Treppe hinunter und wartete im Wohnzimmer auf Sadie. Ihr Vater war dort, ebenso wie Adam und Richard.

»Ach, da ist sie ja«, erklärte Campion, während sein Blick an Law vorbeischweifte.

Law drehte sich um und sah Sadie im Türrahmen stehen. Sie trug das vermutlich geflickte rosafarbene Kleid, das sie am ersten Tag zerrissen hatte, und raubte ihm den Atem. Das Mieder war mit einem schmucken elfenbeinfarbenen Band verziert, und auf der Vorderseite waren Blumen in der gleichen Farbe aufgestickt. Dazu trug sie einen raffinierten Strohhut, der mit Seidenrosen dekoriert war.

»Wie schön Sie heute aussehen, Miss Campion.« Law achtete darauf, sie nicht wieder Sadie zu nennen. »Sie werden beim großen Picknick alle Blicke auf sich ziehen.«

»Es sieht so aus, als hätte sie den Ihren bereits«, sagte Campion mit einem herzhaften Lachen.

Law biss den Kiefer zusammen, ehe er Sadie anlächelte und ihr seinen Arm darbot. »Sollen wir uns auf den Weg machen?«

»Ja, vielen Dank.«

Ohne einen Blick zurück zu ihrem Vater geleitete er sie aus dem Haus.

KAPITEL 8

Der Tag des großen Picknicks war bislang der schönste des Festes, was ein Glück war, denn diese Veranstaltung wurde natürlich im Freien, in den botanischen Gärten, abgehalten. Decken waren beim See arrangiert, der sich beinahe mitten in den Gärten befand. Eine Straße umrundete den Park, von der einige Wege abzweigten, unter denen einer zum See führte. Nachdem Law den Einspänner abgestellt hatte, gab er dem Jungen eine Münze, der herbeigekommen war, und auf das Pferd aufpassen wollte.

Sadie fasste ihn am Arm. »Ich habe Sie jetzt einige Male dabei beobachtet – entweder wenn wir gingen oder ankamen.«

Law zuckte mit den Schultern. »Die Jungen arbeiten hart. Es scheint, als hätten sie eine kleine Belohnung verdient.«

»Sie sind sehr freundlich. Und großzügig. Ich kann mir vorstellen, dass Ihre Eltern sehr stolz auf Sie gewesen wären.«

»Ich hatte immer gehofft, dass sie es wären.« Die Antwort war ein bisschen merkwürdig, als ob er nicht sicher wäre, ob das stimmte. Oben auf dem Hügel, der zum See führte, hielt er inne. »Schauen Sie sich all die Decken an.«

Versuchte er, das Thema zu wechseln? Wahrscheinlich war er aufrichtig überrascht. »Das ist die meistbesuchte Veranstaltung des gesamten Fests«, erklärte sie. »Wenn heute jemand in Marrywell zuhause ist, dann nur weil er krank ist.«

»Ich verstehe. Abgesehen von den Ruderbooten auf dem See kann ich sehen, dass es auch ein Federballturnier gibt.«

Sadie nickte, als sie den sanft abfallenden Hügel hinuntergingen. »Es gibt auch andere Spiele. Für die Kinder ist ein ganzer Bereich reserviert. Als ich jung war, haben wir uns das ganze Jahr über auf diesen Tag gefreut.«

Lächelnd sah Law auf sie herab. »Ich muss zugeben, dass dies ein unglaublich charmantes Festival ist. Und eine bezaubernde Stadt.«

»Sadie! Komm, setzt euch zu uns!« Esmonds Ehefrau, Annabelle, winkte sie zu der Decke hinüber, auf der sie mit Esmond und Philip samt seiner Frau, Janet, saß.

»Das sollten wir tun«, meinte Sadie zu Law. »Es kann schwierig werden, eine Decke zu finden, und wir müssen uns eine mit jemandem teilen.«

»Das ist schade.«

Sie drehte den Kopf zu ihm herum. »Warum?«

»Ich meine das nicht als Beleidigung gegenüber Ihrer Familie. Ich hatte nur gedacht, es wäre schön, wenn wir beide unsere eigene Decke hätten.«

Dachte er das wirklich? Warum?

»Ich gestehe, ich bin nicht gewohnt zu teilen«, fügte er hinzu. »Aber der Hauptgrund ist, dass ich einfach Ihre Gesellschaft genieße.«

Lächelnd bemühte sich Sadie, bei ihren Schritten nicht zu sehr zu hüpfen, als sie auf die Decke zugingen, auf der sie dann mit Sadies Brüdern und deren Frauen Höflichkeitsfloskeln austauschten.

Bevor Sadie und Law sich setzen konnten, kam Mr. Jacob Atkins, ein Gentleman, mit dem sie gestern Abend getanzt hatte, auf sie zu. Er war nicht viel älter als Sadie und wirkte nervös. Er war groß und schlank mit langen Armen und einem dichten Schopf dunklen Haares unter seinem Hut. Sein Blick huschte zum Herzog, bevor er auf Sadie ruhte. »Ich frage mich, ob Sie nicht Lust hätten, mit mir in einem Ruderboot hinauszufahren, Miss Campion?«

Sadie sah den Herzog an, da sie wusste, wie wenig er Boote mochte. Er nickte leicht und reckte das Kinn in Richtung See, als wollte er ihr stillschweigend sagen, sie solle mitfahren.

Verspätet fragte sie sich, warum sie ihn überhaupt angeschaut hatte. Er war nicht ihr Anstandswauwau, und ihr Ziel war es, einen Ehemann zu finden, der nicht er war. Vielleicht war ihre Reaktion damit zu begründen, dass er ihr gesagt hatte, er wollte eine Decke für sie beide. Noch immer machte es sie stutzig, dass er sich das gewünscht hatte.

Sie wandte ihre Aufmerksamkeit wieder dem jungen Mann zu und lächelte. »Danke, das wäre sehr nett.«

Im Laufe der nächsten Stunde – oder etwas länger – unternahm Sadie drei Bootsfahrten mit drei verschiedenen Gentlemen. Ein vierter bat sie um ihre Begleitung zu einer weiteren Fahrt, aber sie lehnte höflich ab und entgegnete stattdessen, er könnte sie zu ihrer Decke zurückbegleiten, um eine Pause zu machen. Sie machten einen Abstecher zu den Erfrischungstischen, wo er ihr ein Glas Limonade holte. Als sie die Decke erreichten, drückte er seine Hoffnung aus, sie später zu sehen.

Sadie setzte sich und trank die Limonade in einem großen Schluck aus. »Meine Güte, ich brauche eine Pause.«

»Wie kann es dich erschöpfen, in einem Boot herumgerudert zu werden?«, fragte Annabelle. »Du bist der energetischste Mensch, den ich kenne.«

Sadie ignorierte Annabelles Bemerkung und fragte, wo der Herzog und ihre Brüder abgeblieben waren.

»Sie sind auf dem Brauereigelände und probieren das Ale.« Annabelle winkte mit der Hand in eine vage Richtung. »Es ist drüben in der Nähe des Kinderbereichs. Zum Glück haben meine Eltern die Jungen zum Spielen mitgenommen. *Die* sind erschöpfend.«

Sadie wollte einen weiteren Schluck Limonade trinken, musste jedoch feststellen, dass ihr Glas ausgetrunken war. *Verflixt.* Eigentlich hatte sie nicht die geringste Lust aufzustehen, um sich mehr zu holen.

Annabelle warf ihr einen erwartungsvollen Blick zu. »Warum ruderst du mit anderen Gentlemen als dem Herzog auf dem See herum? Wenn ich du wäre, würde ich an seiner Seite kleben.«

Um die Frage nicht zu beantworten, griff Sadie nach einem Körbchen mit Keksen auf der Decke. »Sind die von Mrs. Rowell?«

»Ja, und ein paar andere. Die Jungen haben sich viel zu viele vom Kekstisch genommen. Iss, so viele du willst.« Annabelle setzte sich auf der Decke zurecht und fächelte ihren Rock hübsch auf.

Janet beugte sich zu Sadie vor. »Ich verstehe nicht, warum du dich mit anderen Gentlemen abgibst, wenn der Herzog um dich wirbt.«

»Er macht mir nicht den Hof. Es hat keine offizielle Erklärung gegeben. Er ist nur so nett und begleitet mich zum Fest. Ich denke, er glaubt, das sollte er als Gegenleistung für unsere Gastfreundschaft tun.«

Annabelle wölbte eine blonde Augenbraue. »Inwiefern bist du denn *gastfreundlich?*«

Sadie widerstand dem Drang, zu stöhnen. »Bitte stell

keine Vermutungen an. Er ist unser Gast – notwendigerweise. Wenn es in einem Gasthaus in der Stadt ein Zimmer
gäbe, würde er es nehmen.«

»Ich könnte dir einen Rat erteilen«, bot Annabelle an.
»Um sicherzustellen, dass ein Angebot kommt.« Ihr Blick
senkte sich auf Sadies Brust. »Wir könnten dein Korsett
enger schnallen und das Mieder ein wenig herunterziehen.«

Sadie sprang auf. Vielleicht könnte sie den vierten Gent-
leman finden und noch eine Runde mit dem Boot drehen.
Oder einfach in den See springen. Irgendetwas, solange sie
nicht hier sitzen und ihren Schwägerinnen zuhören musste.
»Ich glaube, ich brauche mehr Limonade.« Sie hielt ihr leeres
Glas hoch, drehte sich dann um und ging in Richtung der
Erfrischungen davon.

Nachdem sie sich mehr Limonade eingeschenkt und in
wenigen Schlucken gierig getrunken hatte, stellte sie das Glas
auf einem Tablett ab. Als sie sich umdrehte, war sie überrascht die Maikönigin dort stehen zu sehen.

»Guten Tag, Miss Campion. Genießen Sie das große
Picknick?«

»Ja, danke, Eure Hoheit. Und Sie?«

»Ich bin so froh, dass das Wetter mitgespielt hat.« Sie
lächelte. »Es ist, als hätte der Himmel gewusst, dass ich ein
unvergessliches Picknick veranstalten wollte.«

Sadie konnte sich an keine Aktivität der Königin im
Rahmen des großen Picknicks erinnern, außer herumzu-
laufen und gesehen zu werden und auf der auffälligsten
Decke oben auf dem Hügel zu sitzen. »Ach?«

Mrs. Martinscroft gab Sadie ein Zeichen, mit ihr vom
Tisch wegzugehen. Von hier aus hatte man einen guten Blick
auf die vielen Picknickdecken und den glitzernden See zu
ihrer Rechten. »Ich werde etwas ankündigen, und das betrifft
Sie.« Ihre Augen funkelten vor Vorfreude.

Sadie bekam keine Gelegenheit sich zu erkundigen,

worum es ging, ehe Mrs. Martinscroft sich mit überraschend lauter Stimme an die Picknickgesellschaft wandte. »Guten Tag, meine lieben Marrywellers und Gäste! Was für ein prächtiger Tag für unser Großes Picknick!« Dies wurde mit lautem Beifall begrüßt, und es dauerte einen Moment, bis die Königin fortfahren konnte. »Ich freue mich sehr, die allererste zusätzliche *achte* Ehrenjungfrau anzukündigen. Bitte schließen Sie sich mir an und gratulieren Sie der schönen Miss Sadie Campion!« Sie drehte sich zu Sadie um und klatschte.

Einen Wimpernschlag lang herrschte Stille. Sadie hielt den Atem an. Passierte dies wirklich gerade?

Dann gab es mehr Jubel und Sadie wurde endlich bewusst, dass es wahr war. »Ich … ich weiß nicht, was ich sagen soll«, brachte sie hervor, aber nur laut genug, dass Mrs. Martinscroft sie verstehen konnte.

»Ein Dankeschön reicht«, gab die Königin leise zur Antwort, um dann hell zu Lachen.

»Danke.«

»Es tut mir leid, dass ich keinen Blumenkranz für Sie habe, aber ehe der Tag vorüber ist, werden Sie einen haben. Die Frau, die sie herstellt, war gerade mit ihren Enkelkindern im Kinderbereich beschäftigt. Ich bin allerdings nicht ganz sicher, ob sich ein achter Thron finden lässt. Zumindest keiner, der den anderen gleicht.«

»Das macht nichts. Danke. Das ist … unerwartet.«

Mrs. Martinscroft schaute sich um. »Wo ist Ihr Herzog? Ich war sicher, dass er herbeikommen würde, um sich zu Ihnen zu gesellen. Erlauben Sie mir, ihn ausfindig zu machen.«

»Das wird nicht nötig sein. Ich weiß, wo er ist.« Hatte er die Ankündigung gehört? Wahrscheinlich nicht. Von hier aus konnte Sadie noch nicht einmal den Brauereibereich ausmachen, und Mrs. Martinscroft hatte nicht *so laut* gesprochen.

Sadie fühlte sich unsäglich enttäuscht, dass er nicht hier war. »Und er ist nicht *mein* Herzog«, meinte sie.

Warum glaubte jeder, dass ihre Verlobung bereits beschlossene Sache wäre? Sie war die Tochter eines Gutsbesitzers und er war ein *Herzog*, verdammt noch mal.

»Vielleicht noch nicht. Stellen Sie sich vor, dass Sie nächstes Jahr vielleicht Königin werden, wenn Sie sich verloben. O mein Gott. Es sieht so aus, als ob einige Leute Ihnen gratulieren wollen.«

Sadie beobachtete, wie etwa zwei Dutzend Menschen auf sie zukamen. Panik stieg in ihrer Brust auf. Hatte sie sich das nicht immer gewünscht? Wo war Law? Seine Anwesenheit gab ihr ein Gefühl der Sicherheit.

Des Beschütztseins.

Abgesehen davon wollte sie dies mit ihm teilen. Ohne seine Mithilfe wäre nichts davon passiert.

Alle um sie herum schienen zu erstarren, als ob die Welt zum Stillstand käme. Ohne den Herzog war sie einfach nur Miss Sadie Campion, die wahrscheinlich nie eine Chance hätte, Ehrenjungfrau zu werden. Ohne ihn und seine Aufmerksamkeit war sie … nichts.

»Entschuldigen Sie mich«, murmelte sie, bevor sie vor den herannahenden Horden davonstürmte. Sie ging schnell, doch dann rannte sie und bog vom Weg ab auf eine Baumgruppe zu.

Das Unterholz war sehr dicht, also kam sie nicht sehr weit. Trotzdem war es dämmrig und still und sie hatte einen Augenblick Zeit zum Nachdenken.

Sie holte tief Luft, um wieder zu Atem zu kommen und blickte auf den Baum vor sich. Dachte sie wirklich, sie wäre nichts? Natürlich nicht, aber sie musste sich fragen, wie begehrenswert sie ohne Lawford an ihrer Seite war.

Sie gestattete sich, an ihr erstes Fest als junge Lady zurückzudenken, als sie für die Partnerwahl in Frage gekommen war. Das war vor vier Jahren gewesen. Sie hatte Walter Osborne kennengelernt, einen schneidigen Gentleman aus Bath. Mit dunklen Locken und umwerfend blauen Augen schien er direkt bis in Sadies Seele blicken zu können, und hatte ihr vorgemacht, dass ihm etwas an ihr lag. Sie dachte, er würde sie hofieren, denn sie tanzten mehrere Male zusammen und dann hatten sie sich im Irrgarten geküsst und berührt. Als er sich mehr Freiheiten herausnehmen wollte, als sie ihm einzuräumen bereit war, hatte er scheinbar Verständnis für ihre Wahl gezeigt, zu warten bis sie verheiratet waren. Allerdings hatte er sie für die verbleibenden zwei Tage des Fests ignoriert und ihr ganz bestimmt nicht den Heiratsantrag gemacht, den sie erwartet hatte.

Verwirrt und verzweifelt hatte sie ihn am letzten Tag zur Rede gestellt, und er hatte ihr ins Gesicht gelacht. Dann hatte sie ein paar der anderen Mädchen gefragt, ob es falsch gewesen sei, einen Antrag zu erwarten. Sie hatten auch gelacht und sie gefragt, wieso sie nicht erkannt hätte, dass es Walter nicht ernst gewesen war, und er das Fest nur besuchte, um Spaß zu haben. Immerhin war Sadie nicht die einzige junge Frau gewesen, die er geküsst hatte …

Sadie kniff die Augen zusammen, ballte die Fäuste und zählte bis zehn. Sie atmete ein und aus, bis ihre alte Wut abgeflaut war.

Dies war nicht wie vor vier Jahren. Und der Herzog war ganz und gar *nicht* Walter Osborne.

Einige Minuten zuvor hatte sie den Höhepunkt ihres Lebens erlebt. Ganz Marrywell und viele Gäste von anderswo hatten ihre Ernennung zur ersten achten Ehrenjungfrau bejubelt. Sie. Sadie Campion. Eine Ehrenjungfrau! Aber wäre das ohne den Herzog auch geschehen? Das glaubte sie nicht, und jetzt fühlte sie sich schlechter, als wenn sie nie ausgewählt worden wäre.

Insbesondere deshalb, weil jeder ihr Scheitern mitbekommen würde, wenn sie in diesem Jahr trotz ihrer Ernennung zur Ehrenjungfrau nicht heiratete. Allerdings hatte Law ihr versprochen, dass sie genau das tun *würde*. Garantieren konnte er das nicht, es sei denn, er wollte sie selbst heiraten. Und *das* war natürlich nie zur Sprache gekommen, was sie auch nicht erwartete.

Sie war sich nicht sicher, wie lange sie in dem kleinen Wald stand, aber es war tatsächlich ziemlich kühl, und sie begann zu frösteln. Nur widerwillig kehrte sie um und lenkte ihre Schritte auf den Weg zurück.

»Sadie?«

Laws Stimme erreichte sie, bevor sie ihn entdeckte, da sie noch einige Meter vom Weg entfernt war. Sie tauchte aus den Bäumen auf, als er vor sie trat, und dann entspannten sich seine Züge vor Erleichterung. »Da sind Sie ja«, sagte er. »Mrs. Martinscroft sagte, Sie seien in diese Richtung gegangen, aber ich konnte Sie nicht finden. Warum sind Sie fortgelaufen? Ich wollte Ihnen zu Ihrer Ernennung zur Ehrenjungfrau gratulieren. Tatsächlich wollen das viele tun. Ich versprach, Sie zu suchen und zurückzubringen.«

»Ich wünschte, das hätten Sie nicht getan.« Sie klang mürrisch, doch das war ihr einerlei.

Er runzelte die Stirn. »Was stimmt nicht? Ich dachte, Sie wären überglücklich.«

»Das war ich auch. Für einen Moment. Dann habe ich die Wahrheit erkannt – dass ich ohne Sie keinerlei Wert habe. Niemand würde mir Aufmerksamkeit schenken, und ich wäre ganz sicher keine Ehrenjungfrau.«

»Das stimmt doch gar nicht.«

»Beweisen Sie es.«

Sein Blick hielt sie gefangen, was ihr das Gefühl gab, sich nicht rühren zu können. Und das wollte sie auch nicht.

Er trat näher, bis kaum noch Raum zwischen ihnen war. »Sie haben mehr Wert als die meisten Menschen in meinem

Bekanntenkreis. Sie sind intelligent, fürsorglich, selbstlos und auch unvergleichlich schön.« Er hob eine Hand zu ihrem Gesicht und streichelte sanft über ihre Wange.

Sadie wurden die Knie weich. Sie musste sich wappnen, indem sie die Hände auf seine Brust legte. »Werden Sie mich küssen?«

Er schaute auf ihren Mund. »Wenn Sie es gestatten?«

»Darf ich darum bitten?«

Er legte ihr eine Hand in den Nacken, beugte den Kopf und drückte seine Lippen auf die ihren. Sie legte die Hände um sein Revers und hielt sich an ihm fest, als würde sie von der plötzlichen Woge des Verlangens, die über sie herein-brach, mitgerissen werden.

Seine andere Hand legte er um ihre Taille und zog sie zu sich. Sie wollte ihre Hände nicht zwischen ihnen haben, also schob sie sie nach oben und klammerte sich an seine Schul-tern. Da er so groß war, musste sie sich auf die Zehenspitzen stellen.

Er nahm ihren Kopf zwischen seine Hände, während er seinen Mund über ihren schob. Dann leckte er mit der Zunge über ihre Unterlippe, und sie öffnete den Mund, denn sie war begierig, ihn zu schmecken.

Sie grub ihre Finger in seinen Frack, während er mit seiner Zunge über ihre strich. Ihr Kuss brach zahllosen Empfindungen Bahn, die sich allesamt um ein beharrliches Pulsieren zwischen ihren Beinen zu drehen schienen.

Sie bewegten sich im Einklang und erforschten sich mit ihren Händen und Mündern, bis Sadie sich unruhig und verzweifelt fühlte. Sie begehrte mehr.

Er küsste eine Spur an ihrem Kiefer und ihrem Hals entlang, was sie vor Sehnsucht aufstöhnen ließ. »Du kannst mir nicht erzählen, niemand wäre auf dich aufmerksam geworden, ehe ich gekommen bin.« Er sprach zwischen den Küssen.

Sadie umklammerte seinen Kopf, als er die Lippen an der Bordüre ihres Mieders entlang wandern ließ. »Nicht in der Art wie diese Woche«, brachte sie ganz außer Atem hervor. Weil sie sich auf Fieldstone versteckt hatte.

Er hob den Kopf, und sein dunkler Blick versengte sie mit einer sinnlichen Hitze. »Das ist in meinen Augen ein Verbrechen.«

Wieder wollte sie ihn küssen und sich in dem köstlichen Dunst verlieren, der sich über sie gelegt hatte. Doch aus dem Augenwinkel nahm sie eine Bewegung wahr und erkannte, dass sie entdeckt worden waren. »Da kommen Leute.«

Rasch trat er zurück. »Ich bezweifle, dass sie etwas gesehen haben. Ich stand mit dem Rücken zu ihnen. Nimm einfach meinen Arm, und wir gehen weiter, als wäre nichts passiert.«

Aber es war etwas passiert, und dieses Etwas hatte ihr Leben verändert. Es war zwar nicht Sadies erster Kuss, aber sie wäre froh gewesen, wenn es ihr letzter gewesen wäre. Doch das wollte sie auch nicht. Sie wollte mehr Küsse – von ihm.

Obwohl sie sich ein wenig zittrig fühlte, nahm Sadie seinen Arm. Sie schlenderten den Weg entlang, in Richtung der Leute, die ihnen entgegen kamen. Unter ihnen waren auch ihre jüngeren Brüder, jedoch nicht ihr Vater. Sie konnte ihn zumindest nicht sehen.

Dann schaute sie wieder zu Law hinüber und fragte sich, ob er ebenso erschüttert war wie sie. Würde er sie noch einmal küssen wollen? Leider war jetzt nicht der richtige Moment, um das herauszufinden.

～

*N*ach dem großen Picknick war Law nach Fieldstone zurückgekehrt, um zu baden und sich dann am Abend mit Sadie in den Gärten zu treffen. Sie war mit den anderen Ehrenjungfrauen in der Stadt geblieben, um sich auf den Abend vorzubereiten. Es war Tradition, dass sie sich im New Inn, dem größten und ältesten Gasthaus Marry-wells, das inoffiziell auch als das Hauptquartier des Hofstaats beim Maifest diente, trafen, um sich zwischen den Veranstaltungen vorzubereiten. Nachdem er sich jedoch nach seinem Bad ein Tablett mit Tee und einer Stärkung genehmigt hatte, fühlte sich Law unwohl und war ins Bett gesunken. Er hatte sich bis heute Morgen nicht mehr gerührt. Würde er es nicht besser gewusst haben, hätte er gedacht, er hätte Laudanum eingenommen.

An diesem Morgen fühlte er sich vollkommen erholt, und ungeduldig wollte er sich auf die Suche nach Sadie machen, um seine Abwesenheit zu erklären. Er wollte auch herausfinden, wie ihr Abend verlaufen war. Vor allem aber wollte er mit ihr über den Kuss reden, den sie gestern Nachmittag ausgetauscht hatten. Beim Aufwachen hatte er an diese reizvolle Begegnung gedacht und sein Körper war von Sehnsucht nach ihr erfüllt gewesen.

Ein beunruhigendes Gefühl des Verrats lauerte in seinem Hinterkopf – der Grund war das bevorstehende Treffen mit dem Earl of Gillingham und dessen Tochter. Mit jedem weiteren Tag, den Law in Fieldstone verbrachte, verlor er in immer stärkerem Maße das Interesse daran, den letzten Wunsch seines Vaters zu erfüllen. Und jetzt, da er Sadie geküsst hatte, lagen die Dinge eindeutig anders. Er konnte ja nicht mit ihr zusammen sein – oder sich nach ihr sehnen –, wenn diese potenzielle Verlobung drohend über seinem Kopf schwebte.

In genau diesem Moment wusste er, dass er Lady Frede-

rica gar nicht kennenlernen wollte. Er wollte hier in Fieldstone bleiben und Sadie besser kennenlernen. Wenn er einen
Boten finden könnte, würde er Gillingham eine Nachricht
schicken, dass er seine Tochter am Ende doch nicht kennenlernen würde.

Das Finale des Festes brachte seine eigenen Sorgen mit
sich. Wenn alles nach Plan verlief, würde Sadie sich verloben
– aber nicht mit ihm. Beim Gedanken an diesen Ausgang
wurde ihm immer unbehaglicher. Wenn Law schon
Probleme hatte, sie mit anderen Gentlemen tanzen zu sehen,
wie konnte er sie dann mit einem von ihnen verheiratet
wissen?

Es schien, als müsse er einige Entscheidungen hinsicht-
lich der Brautwerbung und eventuell einer Heirat treffen.
Der Gedanke daran war sowohl schwindelerregend aufregend als auch irgendwie beängstigend. Gerade erst hatte er
Sadies Bekanntschaft gemacht und schon überlegte er ernsthaft, ob sie seine Herzogin werden wollte. Würde sie das?
War er sicher, dass dies auch seinem Wunsch entsprach?

Auf dem Weg zur Treppe wäre er beinahe an einem
schmalen, offenen Wandschrank vorbeigelaufen, doch dann
entdeckte er Sadie, die darin Wäsche sortierte. Er trat in den
Türrahmen. »Guten Morgen.«

Erschrocken fuhr sie zusammen und zuckte mit den
Schultern, als sie sich mit leicht geweiteten Augen zu ihm
umdrehte. »Law, ich habe dich nicht gehört. Guten
Morgen.« Sie lächelte liebevoll, während sie einige Wäsche-
stücke in ein Regal legte. Dann wandte sie sich ihm zu und
fragte: »Wie geht es dir? Papa sagte, du seist gestern Abend
nicht gekommen, weil du dich unwohl gefühlt hast. Ich hoffe,
es war nichts Schlimmes. Beim Picknick schien es dir gut zu
gehen.«

Ihm fiel auf, dass er den Lichtschein vom Korridor aus
blockierte, und trat im Wandschrank auf die linke Seite. Im

Schrank wurde es recht eng, als sie beide den kleinen Raum vereinnahmten. »Das Unwohlsein war ganz schnell über mich gekommen. Ich hatte Tee getrunken und einige von Mrs. Rowells leckeren Kuchen gegessen, und dann habe ich mich unverzüglich sehr unwohl gefühlt. Ich entschuldige mich für mein Fehlen gestern Abend. Ich habe mich schrecklich gefühlt, weil ich nicht da war, um dir beizustehen.«

Sie hatte sich umgedreht, als er in den Schrank gekommen war. Jetzt standen sie sich gegenüber, und es war nicht viel mehr als eine Handspanne Abstand zwischen ihnen. »Das ist schon in Ordnung. Ich verstehe das vollkommen.« Schnell huschte ihr Blick zu seinem Mund. Es ging so schnell vonstatten, dass er sich fragte, ob er sich das Ganze nur eingebildet hatte.

Es gelang ihm, nicht auf *ihren* Mund zu starren, was schwierig war, da der gestrige Kuss auf der Liste seiner Gedanken ganz oben stand. »Trotzdem, ich hatte versprochen, dir zu helfen, und es nicht gekonnt.« Er fühlte sich mehr als nur schrecklich – er war auf sich selbst wütend. »Wie war dein Abend?« Er zögerte, zwang sich dann aber, nach ihren Fortschritten zu fragen. »In Wahrheit meine ich, wie es mit deiner Jagd nach dem Glück läuft?«

»Sehr gut, danke. Aber ich habe dich vermisst.« Da! Sie tat es schon wieder. Ihr Blick schnellte zu seinem Mund und verweilte dort für einen winzigen Moment. Dieses Mal war es nicht zu übersehen.

Er musste sich anstrengen, um nicht auf den Gedanken zu verfallen, sie in seine Arme zu nehmen und zu küssen. Tief sog er die Luft ein, doch es war nicht tief genug, und fragte: »Hat ein bestimmter Gentleman dein Interesse geweckt?«

Es dauerte einen Moment, bis sie antwortete, und in dieser Zeitspanne wurde die Luft im Schrank immer stickiger und heißer. »Ich glaube ja, möglicherweise.«

Wieder schaute sie ihm auf den Mund, und Law hielt es nicht länger aus.

Er lehnte sich zu ihr. »Ich muss immer wieder an gestern im Wald denken. Wir hätten das nicht tun sollen.«

»Warum?«, fragte sie, wobei ihr Blick den seinen festhielt. »Ich bereue nichts, und ich würde mich besser fühlen, wenn du das auch nicht tust.« Sie streifte seine Hand mit der ihren.

Er verschränkte die Finger mit ihren, und sie rückten dichter aneinander. »Dann werde ich das nicht tun.«

»Ich denke auch ständig daran«, gab sie leise zu. »Heute Nachmittag muss ich in den Gärten erscheinen.«

Hatte sie ihm eine Frage gestellt? »Ich reite mit Rowell aus«, meinte er und wünschte nun, dies nicht arrangiert zu haben.

Ein Schatten trübte ihren Blick, der aber rasch wieder verschwunden war. War sie enttäuscht? Vielleicht sollte er seine Pläne ändern. »Wirst du heute Abend zum Fest kommen?«, wollte sie wissen.

»Möchtest du das denn?« Wenn sie einen Gentleman getroffen hatte, sollte er ihr aus dem Weg gehen. Aber ... sie hielt seine Hand und sah ihn an, als wollte sie das Küssen von gestern wiederholen.

»Ich habe deine Gesellschaft gestern Abend vermisst.« Sie streichelte seine Hand mit ihrem Daumen.

Law drängte es, seinen Arm um sie zu legen, und sie an sich zu ziehen. Er wollte seine Lippen auf ihre Wange, ihren Hals, ihren köstlichen Mund drücken. »Dann werde ich dort sein. Vielleicht kannst du mir dann endlich den Irrgarten zeigen.«

Ein zweiter Schatten verdüsterte ihre Züge, der sich allerdings nicht so schnell verflüchtigte.

Er zupfte an ihrer Hand, rückte näher und neigte den Kopf. »Habe ich etwas Falsches gesagt?«

Kopfschüttelnd verneinte sie seine Frage. Dann stellte sie sich auf die Zehenspitzen und hob ihren Mund zu seinem.

»Sadie«, flüsterte er.

»Verzeihung.«

Law und Sadie sprangen blitzartig auseinander und blickten zur Tür. Mavis stand mit zart geröteten Wangen draußen – es war kein Raum mehr für sie, um einzutreten. Ihr Blick war irgendwo hinter Sadie und Law in die Tiefen des Schranks gerichtet.

Law trat aus dem Schrank und ging an Mavis vorbei, die ihm dem Weg frei machte. »Wir sehen uns später«, sagte er zu Sadie, bevor er in sein Zimmer zurückeilte.

Yates war dort und räumte nach Laws Morgentoilette auf. »So schnell zurück?«

»Ähm, ja, ich habe etwas vergessen.«

Yates zog eine graue Augenbraue hoch und betrachtete Laws Erscheinung. »Was wäre das?«

»Meinen Hut«, konterte er schnell. »Ich gehe ein wenig spazieren.« Er brauchte Luft und wollte mit seinen Gedanken allein sein, um darüber nachzudenken, was sich um alles in der Welt zwischen ihm und Sadie entspann.

Yates reichte ihm seinen Hut und kniff die Augen zusammen. »Geht es Euch gut, Euer Gnaden? Ihr scheint nicht ganz auf der Höhe zu sein.«

»Es geht mir gut.« Law musste die Worte hervorpressen.

»Dieser Ort muss einen schlechten Einfluss auf Euch haben.« Yates gab ihm ein wissendes Nicken. »Ich kann unsere Abreise kaum erwarten. Ich bin sicher, es ergeht Ihnen ebenso. Ich habe nicht den geringsten Zweifel, dass Euer Vater einen Weg gefunden hätte, seine Reise unverzüglich fortzusetzen. Er hätte gewollt, dass Ihr dasselbe leistet – und Ihr Eure Pflicht erfüllt.«

Law machte auf dem Absatz kehrt und ging, ohne Antwort zu geben, davon.

Nein, er war nicht erpicht darauf, von hier aufzubrechen. Fieldstone gefiel ihm und Marrywell und ihr überraschend charmantes Fest, und allem voran mochte er Sadie. Der Gedanke an seine Abreise und seine Rückkehr in sein – wie es ihm jetzt schien – leeres Leben, erfüllte ihn mit Grauen.

Mehr und mehr hatte es den Anschein, dass Sadie die Frau sein könnte, der er bislang noch nicht begegnet war – die Frau, in die er sich verlieben könnte. Wenn das nicht schon passiert war.

Law war sich noch nicht ganz sicher, aber er wollte es unbedingt herausfinden.

KAPITEL 9

*E*s war noch hell, als Sadie und die anderen Ehrenjungfrauen an diesem Abend in einer Prozession in die Gärten einzogen. Die Menschen säumten den Weg, als die Ehrenjungfrauen auf das Podium zuschritten, auf dem ihre Throne aufgestellt waren. Es waren sieben schmiedeeiserne, blumengeschmückte Stühle, zusätzlich zu den Thronen aus Messing, die dem König und der Königin gehörten. Sadies kleiner Holzstuhl nahm sich ein wenig ... traurig aus. Heute Abend war er zumindest mit Blumen geschmückt.

Der Bürgermeister stellte sie von der Bühne aus vor und kündigte dann an, dass um acht Uhr zum Tanz aufgespielt würde. Bis dahin würden die Gäste flanieren und sich unterhalten. Sie würden auch vom Bier und Wein kosten und vielleicht etwas essen, wenn sie Lust dazu hätten. Sadie wollte nichts essen, da sie fürchtete, ihr neues Kleid zu ruinieren.

Mavis hatte sie mit einem Ballkleid überrascht, das Sadies Vater bei der einzigen Modistin der Stadt erstanden hatte. Das in Dunkelgelb und Gold gehaltene Kleid war mit karmesinroten Bändern verziert, und Mavis hatte passende Bänder

in Sadies Haar geflochten. Ihre Blumenkrone war aus gelben
und roten Blumen gefertigt. Sadie fühlte sich wirklich wie
eine Ehrenjungfrau. Sie war von der schockierenden Extra-
vaganz ihres Vaters überwältigt und Mavis für ihre harte
Arbeit, alles zu koordinieren, dankbar.

Als Sadie nach der Vorstellung das Podium verließ, traf
sie auf einen Gentleman, dessen Bekanntschaft sie gestern
Abend gemacht hatte. Mr. Marmaduke Stackhouse war
mittelgroß, besaß dichtes braunes Haar, strahlende sherry-
farbene Augen und ein ungezwungenes Lächeln.

Er verbeugte sich vor ihr und erkundigte sich, ob sie mit
ihm spazieren gehen wollte.

Sadie hatte Law noch nicht ankommen sehen. Hätte sie
die Einladung von Mr. Stackhouse dann abgelehnt?

Das konnte sie sich nicht leisten. Mr. Stackhouse war
freundlich, charmant und besaß eine große, rentable Landwirtschaft, die etwa dreißig Meilen von Marrywell entfernt
lag.

Lächelnd legte Sadie ihre Hand auf seinen Arm. »Es wäre
mir ein Vergnügen.« Ihn zu berühren vermittelte ihr nichts
von der schwindelmachenden Vorfreude, welche die bloße
Nähe zu Law auslöste, doch sie durfte die beiden nicht
vergleichen.

»Ich habe unseren Ausflug mit dem Ruderboot heute auf
dem See genossen«, meinte Mr. Stackhouse und bezog sich
dabei auf den Nachmittag, an dem er mit ihr in einem Boot
unterwegs gewesen war.

»Wir hatten Glück, denn in der Regel sind die Boote nur
am Tag des großen Picknicks verfügbar. Aber ich habe
gehört, dass man sie heute zur Verfügung stellen wollte, um
den Ausfall durch den Regen wieder wettzumachen, der die
Aktivitäten neulich Abend ruiniert hat.«

»Dann bin ich vielleicht froh über mein verspätetes
Erscheinen zum Fest«, befand er, als sie den Weg entlang-

schlenderten. Die Pagen zündeten Fackeln und Laternen an, um die Gartenanlage auf die herannahende Dunkelheit vorzubereiten. »Ich habe gehört, es soll sehr stark geregnet haben.«

»Das hat es wirklich.« Sadie erinnerte sich an das, was er ihr über den Grund seiner Verspätung erzählt hatte – eine seiner Kühe hatte ein Kalb geboren, und die Geburt war kompliziert gewesen. Er hatte sich nicht auf den Weg machen wollen, ehe er nicht sicher war, dass alles seine Ordnung hatte. »Haben Sie sich denn schon einen Namen für Ihr neues Kalb überlegt?«, fragte sie. Er hatte erwähnt, dass er noch darüber nachdachte, wie es heißen sollte.

»Es sollte wohl Lucky oder Fortune heißen«, entgegnete er lachend. »Aber ich habe auch an May oder Marrywell gedacht, zu Ehren Ihrer schönen Stadt und Ihres Festes.«

»Wenn Sie sich für einen dieser Namen entscheiden, müssen Sie das dem Bürgermeister sagen, Mr. Armstrong. Er wird begeistert sein.«

»Das werde ich mir merken.« Er schenkte ihr ein strahlendes Lächeln. »Und jetzt verraten Sie mir bitte: Habe ich meine Chancen ruiniert, eine Braut zu finden, weil ich das halbe Fest versäumt habe?«

»Ganz und gar nicht. Das können allerdings nur Sie entscheiden. Ehrlich gesagt, ist eine Woche für eine Brautwerbung sehr überstürzt«, gab sie mit einem leichten Lachen zurück.

»Wollen Sie damit sagen, dass ein dreieinhalbtägiges – und das ist großzügig ausgedrückt – Werben nicht klug ist? Ich kann nicht sagen, da anderer Meinung zu sein.«

»Meiner Vermutung nach ist die Zeitdauer nicht so bedeutsam wie die Verbindung. Wenn sie stimmt und aufrichtig ist, und sie von beiden Parteien anerkannt wird, was macht es dann für einen Unterschied, ob sie einen Tag oder ein Jahr anhält?«

Er hielt inne und betrachtete sie mit einem bewundernden Funkeln in seinem Blick. »Ich stimme Ihnen voll und ganz zu, Miss Campion. Wenn der Tanz beginnt, würden Sie mir dann die Ehre erweisen, Ihr erster Partner zu sein?«

Sadie zögerte. Er war der angenehmste und ... authentischste Mann, dem sie bisher begegnet war. Aber er war nicht Law. Nachdem sie sich gestern mit Law geküsst hatte und heute Morgen beinahe schon wieder, fiel es ihr schwer, an einen anderen Mann außer ihn zu denken.

Das konnte sie sich aber nicht leisten. Er hatte versprochen, ihr auf der Suche nach einem Ehemann behilflich zu sein und vielleicht war Mr. Stackhouse dieser Mann.

Anstatt sich glücklich zu fühlen, erfüllte der Gedanke sie mit Enttäuschung.

O liebe Güte, er erwartete ihre Antwort. »Es wäre mir ein Vergnügen, mit Ihnen zu tanzen.«

Sie setzten ihren Spaziergang fort, bis der Bürgermeister verkündete, dass es Zeit sei, den Tanz zu eröffnen. Als Mr. Stackhouse sie auf die Tanzfläche führte, sah sie Law am Rande stehen. Sein Blick folgte ihr, und sie war sich seiner Anwesenheit genauso bewusst wie heute Morgen im Schrank.

Nach dem Tanz bedankte sie sich bei Mr. Stackhouse, der seiner Hoffnung Ausdruck verlieh, sie später wiederzusehen. Sadie stimmte ihm zu, aber hauptsächlich, weil sie es eilig hatte, zu Law zu gelangen und sie dafür alles gesagt hätte.

Als Sadie sich Law näherte, ließ er seinen Blick langsam über sie gleiten, sodass sie das Gefühl hatte, als würde er jeden einzelnen Teil von ihr wahrnehmen. »Guten Abend, Miss Campion. Oder soll ich Sie Lady Ehrenjungfrau nennen?«

»Sie können mich nennen, wie Sie wollen. Gefällt Ihnen

mein neues Kleid?« Sie drehte sich von einer Seite zur anderen, wobei der Rock mitschwang.

»Ich wollte gerade fragen, ob es neu ist, aber das hätte darauf hingedeutet, dass ich mit Ihrer Garderobe viel zu vertraut bin.«

Sie legte den Kopf schief. »Ist das schlimm?«

Er warf ihr einen verschmitzten Blick zu. »Sagen Sie es mir.«

»Nein.« Das bescherte ihr das Gefühl, etwas Besonderes zu sein. Sie merkte, dass sie beide flirteten, und sie das noch nie richtig getan hatte. Es war nicht so, als wüsste sie nicht, wie es war, ihn zu küssen, und sie hoffte, es würde wieder geschehen.

»Euer Gnaden! Miss Campion!« Mr. Armstrong schritt auf sie zu und seine Frau hing an seinem Arm. »Ich hoffe, Sie genießen diesen schönen Abend. Wir hatten in den letzten zwei Tagen bemerkenswertes Glück mit dem Wetter. Hoffen wir, dass es für den Rest des Festes so bleibt.« Mr. Armstrong drehte sich zu Lawford um und verengte dabei seine dunklen Augen ein wenig, was ein Zeichen für seine eifrige Absicht war. »Da wir gerade davon sprechen. Euer Gnaden, ich habe mich gefragt, ob Sie uns die Ehre erweisen würden, als Richter für den morgigen Puddingwettbewerb mitzuwirken.«

Ein kurzes Lächeln umspielte Lawfords Lippen. »Es wäre mir eine Freude. Ich hatte sogar gehofft, dass Sie mich fragen würden. Ich weiß einen guten Pudding zu genießen.«

»Prächtig!« Der Bürgermeister schaute zu seiner Frau hinüber. »Hast du das gehört, Schatz?«

»Das habe ich.« Mrs. Armstrong, eine sehr schlanke Frau in den Fünfzigern mit warmen haselnussbraunem Blick und hellblondem Haar, schenkte Lawford ein dankbares Lächeln. »Das wissen wir sehr zu schätzen. Es war uns ein ausgesprochenes Vergnügen, Sie diese Woche bei uns auf dem Fest zu haben. Wie ich höre, hatten Sie Ihren Aufenthalt hier nicht geplant und Sie sind nur anwesend, weil Ihre Kutsche einen Unfall hatte. Doch vielleicht war es ja eine ergiebige Woche?« Nun richtete sie ihren hoffnungsvollen Blick auf Sadie.

Sadie fragte sich, welche Reaktion er darauf zeigen würde. Dies schien offensichtlich ein Versuch zu sein, in Erfahrung zu bringen, ob der Herzog eine Heiratskandidatin gefunden hatte.

»Ich habe mich sehr gut amüsiert«, entgegnete er eher vage und obwohl Sadie bewusst war, dass er etwas in dieser Richtung antworten musste, litt sie dennoch unter einem Stich der Enttäuschung.

Fing sie wirklich an zu glauben, sie könnte einen Herzog heiraten? Sie musste aufhören, Luftschlösser zu bauen.

»Seien Sie morgen Nachmittag um eins in den Versammlungsräumen«, bat Mrs. Armstrong. »Und nochmals vielen Dank!«

Sadie sah ihnen hinterher und murmelte: »Sie sind ihrer Frage geschickt ausgewichen.«

»Was hätte ich denn antworten sollen?«

»Genau das, was Sie gesagt haben.« Das sagte sie ebenso zu sich selbst wie zu ihm.

Er warf den Armstrongs einen düsteren Blick hinterher. »Ich kann übertrieben neugierige Leute nicht ausstehen. Meist sind sie nur auf Informationen aus, die sie weiterreichen können.«

»Bereuen Sie, dass Sie sich als Richter für den Puddingwettbewerb zur Verfügung gestellt haben?«, wollte sie wissen.

»Nein, ganz und gar nicht. Ich habe meine Worte ernst gemeint. Ich freue mich, Teil dieses Fests und seiner Traditionen zu sein. Das ist eine große Abweichung von allem, was ich sonst gewohnt bin«, meinte er mit einem Augenzwinkern. »Das Ausmaß des Ganzen ist erstaunlich. Ihre Stadt sollte ein Lob bekommen.«

Obwohl Sadie so gut wie nichts mit dem Fest oder seinem Erfolg zu tun hatte, freute sie sich über das Kompliment, das er ihrer Heimat machte. »Es ist schwer, sich nicht in Marrywell zu verlieben. Es ist auch wunderschön hier, wenn es nicht gerade die Woche des Maifestes ist.«

»Ich habe mich wohl verliebt, würde ich sagen«, meinte er und zog dabei eine Augenbraue hoch. »Allerdings muss ich erst noch alles in Augenschein nehmen, um mir ein endgültiges Urteil zu bilden. Ich freue mich schon darauf, den Irrgarten mit Ihnen zu besichtigen.«

Verflixt. Sadie hatte gehofft, er hätte das vergessen.

Er schaute sie an, seine Augen verengten sich leicht. »Da. Sie haben es schon wieder getan.«

»Was getan?«

»Ihre Stirn hat sich zusammengezogen, und ein Schatten ist über Ihre Züge gehuscht, als ob sich direkt über Ihrem Kopf eine dunkle Wolke befinden würde. Warum mögen Sie das Labyrinth nicht?«

»Es ist nicht so, dass ich es nicht mag.«

»Meinen Sie das etwa so, wie ich keine Boote mag? Ist dort etwas vorgefallen?« Plötzlich wirkte er beunruhigt.

Sadie stieß die Luft aus und beschloss, dass sie ihm ebenso gut die Wahrheit anvertrauen konnte. »Vor vier Jahren lernte ich auf meinem ersten Fest als Heiratskandidatin einen charmanten Gentleman kennen. Sein Name war Walter Osborne, und er war auf der Suche nach einer Frau aus Bath gekommen. Er war charmant und umsichtig, und wir tanzten in der zweiten und dritten Nacht. Am vierten Abend gingen wir dann zusammen in den Irrgarten.« Sie nahm Lawford am Arm und setzte sich in Bewegung, wobei sie ihm keine andere Wahl ließ, als ihr zu folgen. Sie musste sich ablenken, anstatt ihn anzuschauen, um den nächsten Teil zu enthüllen.

»Warum glaube ich, dass ich über den Ausgang der Geschichte wütend sein werde?«

»Das werden Sie hoffentlich nicht, obwohl ich erwarte, dass Ihre Meinung über mich sinken wird.« Sie wünschte, sie hätte gar nicht erst mit ihrer Erzählung angefangen. Was hatte sie sich nur dabei gedacht?

Er blieb stehen, wandte sich ihr zu und schaute ihr in die Augen. »Nichts, was Sie sagen, würde das bewirken. *Nichts.* Ich werde Sie nicht verurteilen. Wenn Sie Ihre Meinung darüber geändert haben, es mir zu erzählen, ist das in Ordnung, aber ich würde gerne wissen, was Sie an dem Irrgarten stört.«

Sadie hätte unter seinem Blick dahinschmelzen können. Er war so gütig, so verständnisvoll, so hilfsbereit. Natürlich konnte sie es ihm sagen. Wieder setzte sie sich in Bewegung, denn sie wollte ihm immer noch nicht gegenüber stehen, wenn sie dies laut aussprach. »Ich wusste, dass Mädchen – junge Ladys –, die ins Labyrinth gingen, oft junge Gentlemen küssten. Vielleicht sogar ältere Gentlemen.« Sie zuckte mit den Schultern. »Beim ersten Fest ist man überschwänglich und leichtsinnig. Zumindest war ich das. Das führte zu einem völlig törichten Verhalten.«

»Sie haben ihm erlaubt, Sie zu küssen?«

Sie nickte. »Und ... mich zu berühren. Er wollte mir unter die Röcke greifen, aber ich habe ihn nicht so weit gehen lassen. Ich sagte, er müsse warten, bis wir verheiratet sind. Er entgegnete, dafür Verständnis zu haben, aber am nächsten Tag ignorierte er mich vollkommen.«

Lawford brummte etwas in sich hinein und Sadie hätte schwören können, dass es ein Fluch gewesen war. »Wo ist dieser Schuft, damit ich ihn mit meiner Faust bekannt machen kann?«

Abermals blieb sie stehen und sah zu ihm hinüber. »Warum haben Sie das Bedürfnis bei jedem Mann zu Gewalt zu greifen, der sich bei mir zu viel herausnimmt?«

»Ich fürchte, so bin ich erzogen worden. Sei stets der Beschützer der Frauen und erlaube niemandem, mit schlechtem Benehmen davonzukommen. Und noch wichtiger: Verpasse nie eine Gelegenheit, deine Überlegenheit unter Beweis zu stellen.« Er schnitt eine Grimasse. »Der letzte Punkt ist mir einerlei, aber er wurde mir eingebläut.«

»Sie sind ein Herzog. Ihre Überlegenheit ist fortwährend unübersehbar, würde ich sagen.«

Er fuhr sich mit der Handfläche über die Wange, worauf er nochmals eine Grimasse zog. »Sie haben recht und das weiß ich. Aus irgendeinem Grund fühle ich mich Ihnen gegenüber besonders beschützend. Mein Wunsch, diesen Finch neulich auf seinen Hintern zu stoßen und hoffentlich eines Tages die Gelegenheit zu haben, Osborne den Tag sauer zu machen, liegt einzig und allein daran, dass ich Sie rächen will.«

Wie könnte sie sich bei seinen Worten nicht geschmeichelt fühlen? Und schwindlig, aber hoffentlich nicht auf eine Weise, die sie, wie es ihr in der Vergangenheit passiert war, zu einer Dummheit verleiten würde. »Ich sollte noch hinzufügen, dass Sie eine überragende Person sind, da Sie große Güte und Mitgefühl gezeigt haben – und das hat nichts mit Ihrem Stand als Herzog zu tun. Ich denke, das sind einfach Sie selbst.«

Er starrte sie an. »Das ist eines der liebenswürdigsten Dinge, die je jemand zu mir gesagt hat.« Seine Stimme war sanft und klang nahezu ungläubig. Offenbar fühlte auch er sich geschmeichelt.

Sadie freute sich, die Bewunderung zu erwidern, die er ihr entgegenbrachte. Das verleitete sie, ihm vollkommen zu vertrauen. »Ich habe Ihnen noch nicht einmal das Schlimmste davon erzählt, was mit Osborne passiert ist.«

Er riss die Augen auf. »Es kommt noch schlimmer?«

»Ich habe ihn zur Rede gestellt. Ich habe ihn gefragt, warum er mich ignoriert und ob der Grund dafür meine Weigerung sei, ihm weitere Freiheiten zu gewähren.«

Lawford lächelte sie mit offener Bewunderung an. »Natürlich haben Sie das getan. Was hatte der Schurke zu seiner Verteidigung vorgebracht?«

Die Erinnerung blitzte in ihrem Kopf auf - sie ließ ihr nicht viel Raum, und es war Jahre her, dass sie sich sein Gesicht auch nur vorgestellt hatte, geschweige denn dieses furchtbare Zusammentreffen. »Er hat mich ausgelacht. Ich war so schockiert, dass ich einfach dastand, während er sich umdrehte und davonging. Dann habe ich einige andere Mädchen gefragt, die auch zum ersten Mal auf dem Fest waren, und sie ...« Sadies Lunge war wie zugeschnürt. Das hatte sie noch nie jemandem erzählt. Sie hatte ihre Gefühle längst begraben geglaubt. Tief Luft holend sammelte sie sich. »Sie haben auch gelacht. Sie meinten, ich solle nicht so dünnhäutig sein und einfach Spaß haben und das alles nicht so ernst nehmen. Ich kam mir so albern und naiv vor.« Sie ließ den Kopf hängen, da ihre Kehle brannte. Sie würde nicht weinen. Nicht vier Jahre später. Nicht vor Law.

»Kommen Sie mit mir.« Wieder setzte er sich in Bewegung und zog sie mit sich, sodass sie sich sehr beeilen musste, um Schritt zu halten. »Wir gehen jetzt zum Irrgarten und werden diese Erinnerung aus Ihrem Gedächtnis verbannen. Wir werden sie durch etwas viel Besseres ersetzen.«

Es gab zwei Möglichkeiten, den Irrgarten zu betreten, in anderen Worten, existierten zwei unterschiedliche Wege zur Mitte, die aus einem Ententeich und einer Brücke bestand, welche in den anderen Weg mündete, sodass man einen anderen Ausweg nehmen konnte. Beide Irrwege waren mit zahlreichen Nischen versehen, die perfekte Stellen auf der Suche nach Privatsphäre waren. Sadies Herz klopfte an ihre Rippen, als sie sich dem südlichen Zugang näherten. Womit wollte er ihre schreckliche Erinnerung ersetzen?

»Ist das der Weg, den Sie mit diesem Schurken gegangen sind?«, wollte Lawford wissen.

»Ja, aber das ist eigentlich unnötig. Daran denke ich nur noch selten.«

Er begleitete sie in den Irrgarten. Der Weg war breit genug, dass zwei Paare aneinander vorbeigehen konnten.

Einen Moment später erreichten sie die erste Nische. Das waren schmale Öffnungen, die in engen Zwischenräumen endeten, die ursprünglich als Versteck für eine Person gedacht waren, um dort Einsamkeit zu finden. Häufiger wurden sie jedoch als heimliche Treffpunkte genutzt.

»Das hier?«, fragte er.

Sadie zog an ihm, bis er stehen blieb. Sie schaute ihm in die Augen. »Das ist doch nicht notwendig.«

»Ich denke schon. Sie denken vielleicht selten daran, aber es wühlt Sie offensichtlich auf. Sie verdienen nichts anderes als Glück und eine neue Erinnerung, die Sie in Ehren halten können, anstatt sie zu verabscheuen.«

»Dann suchen Sie eine andere Nische.«

Wenige Augenblicke später gab es links eine weitere Nische. Lawford ging darauf zu, wandte sich dann aber sofort wieder ab. »Da ist jemand drin«, flüsterte er. Er wackelte mit den Augenbrauen. »Ich möchte nicht stören.«

Sadie hielt sich die Hand vor den Mund, um nicht zu kichern, und grinste. Bei der dritten Nische näherte er sich ganz langsam, und spähte über den Rand. Dann zog er sie mit sich hinein.

»Hier ist es wirklich lauschig«, meinte er und drehte sich mit dem Rücken zur Öffnung. »Noch mehr sogar als heute

Morgen im Wandschrank«, setzte er mit heiserem Gemurmel hinzu.

Ihre Körper waren aneinandergepresst, sodass sie seine Wärme spüren und seinen Duft einatmen konnte. Warum hatte sie sich nur gefragt, womit er ihre Erinnerung ersetzen würde? Es schien offensichtlich zu sein. Trotzdem wollte sie sich vergewissern.

»Was wollen Sie denn hier machen?«

Mit dem Daumen streichelte er ihr über das Kinn und den Kiefer. »Ich hatte überlegt, dich zu küssen, aber jetzt frage ich mich, ob das die böse Erinnerung wieder aufleben lassen würde.«

Sie schob ihre Hände an seinem Frack empor und schlang sie um seinen Hals. »Ich glaube, du hast recht – das wird mir eine neue Erinnerung schenken. Sie ist schon viel besser als vor vier Jahren.«

Er lachte leise. »Das hoffe ich.« Er schaute ihr in die Augen, und seine Lippen waren leicht geteilt. Sie sehnte sich nach seinem Mund, den er auf ihren drücken sollte.

»Küss mich Law. Jetzt.«

Er legte die Hände um ihre Taille und drückte sie, bevor er seine Lippen auf ihre senkte. Sie war nicht sicher, was sie erwartet hatte, aber ihre Leidenschaft und ihre Erregung verzehrten sie sofort.

So hatte sie sich einen Kuss nie vorgestellt. Er überwältigte sie vollkommen, aber auf die bestmögliche Weise. Und er rührte eine tiefe, dunkle Leidenschaft in ihr auf, von deren Existenz sie nichts gewusst hatte. Sie klammerte sich an ihn und ihre Lippen umspielten die seinen. Er führte seine Hände um ihre Taille zu ihrem Rücken und ließ sie dann zu ihrer Kehrseite hinunterwandern, um sie dann fest an seine Hüften zu ziehen.

Die in ihr pulsierende Begierde weckte ein Verlangen nach etwas in ihr, das für sie nicht greifbar war. Sie wusste genug darüber, wie Körper und Geschlechtsverkehr funktioniert, um zu verstehen, wie sie gelegentlich dieses Lustvolle Ziehen lindern konnte, aber Laws Berührung katapultierte sie zu neuen Höhen und einem Bedürfnis, das sie verrückt nach mehr machte.

Seine Lippen verließen die ihren und er küsste sie von der Wange bis zum Ohr. »Ist das besser?«, flüsterte er.

»Oh ja.« Sie sog die Luft ein, als er an ihrem Nacken direkt unter ihrem Ohr saugte und nuckelte. »Aber ... ich will mehr.«

»Willst du das?«, murmelte er an ihrem Hals. Er hob eine Hand und durch ihr Kleid hindurch liebkoste er ihre Brust. »Ich gebe zu, das will ich auch. Die Dinge, die ich gern mit dir tun möchte ...«

»Erzähl es mir«, bettelte sie und spreizte ihre Hand in sein dichtes Haar.

Er küsste sie am Ansatz ihres Halses und zwischen Lecken und Saugen antwortete er ihr: »Ich würde dein Haar lösen, damit ich mein Gesicht darin vergraben kann.«

Ihr Haar war dicht und fiel in großen Locken herab. »Es ist sehr ungebärdig.«

Er hob den Kopf, um ihr in die Augen zu schauen. In dem Licht, das von den Laternen in den Gang des Irrgartens schien, konnte sie kaum seine Züge ausmachen. In seinem Blick war allerdings unmissverständlich dieses sinnliche Glimmen zu erkennen. »Ich mag ungebärdig.«

Er legte eine Hand um ihren Nacken und hielt ihr dann seinen Daumen an die Lippen. »Ich würde dir die Kleider ausziehen und deine Brüste berühren. Ich würde eine Reihe von Dingen tun, um dich zu erregen. Hmm. Ich frage mich, welche dir am besten gefallen würden.« Er bewegte seine Hand von ihrem Nacken zu ihrem Mieder und versuchte, eine Hand darunter gleiten zu lassen. »Dies Mieder passt unglaublich gut. Ich fürchte, ich kann dich nicht so berühren,

wie ich gern möchte. Naja, dann vielleicht ein anderes Mal.«
Wieder küsste er sie und ließ die Gedanken in ihrem Kopf in
einem köstlichen sinnlichen Nebel durcheinanderpurzeln.

Ihre Brüste kribbelten und sie sehnte sich danach, von
ihm berührt zu werden, wie er es beschrieben hatte. Aber er
hatte es nicht beschrieben. »Wie würdest du mich gern
berühren«, fragte sie ihn zwischen den Küssen.

»Ich würde gern deine Brüste mit einer Extraportion
Aufmerksamkeit auf deine Burstwarzen liebkosen. Sie sind
am empfindlichsten. Ich würde gern an ihnen lecken und
saugen und sie zwischen meinen Fingern rollen, ehe ich sanft
daran ziehe.«

Sadie grub die Finger in seine Kopfhaut. »Das wünsche
ich mir.«

»Das würde allerdings bedeuten, deine Garderobe auf
eine Art und Weise in Unordnung zu bringen, die unsere
derzeitige Situation nicht zulässt.«

»Was kannst du dann tun?« Sie küsste ihn lang und innig,
wobei sie ihre Zunge über seine gleiten ließ, wie sie es
während ihrer kurzen, aber wundervollen Bekanntschaft
gelernt hatte.

Er hob den Kopf und blickte sie ernst an. »Willst du das
wirklich wissen?«

Sie nickte. »Bitte.«

»Ich könnte … dein Kleid anheben, damit ich dein
Geschlecht berühren kann. Möchtest du das?«

»Ja.« Sie hatte dem Schurken – an dessen Namen sie
nicht einmal mehr denken konnte, was sie sehr erfreute –
genau diesen Akt verweigert. Aber mit Law … wollte sie das.
Sie wollte *ihn*. »Ich möchte, dass du mich berührst. Ich
möchte, dass du mir das Gefühl gibst, mich … vollständig zu
fühlen.«

Er grinste, ehe er sie wieder küsste und mit seinen
Zähnen an ihrer Unterlippe zupfte, ehe er sich ihrem Hals

widmete. »Willst du einen Orgasmus?«, fragte er. »Um ganz aus den Fugen zu geraten?«

Ihr Körper bebte zur Antwort. »Ja. Bitte.«

Er zog den Handschuh von seiner rechten Hand und steckte ihn in seine Tasche. »Du musst leise sein, egal, was du empfindest. Kannst du das?«

»Ja. Alles.« Sie sehnte sich danach, dass er sie von dieser Folter erlöste, während sie gleichzeitig jeden Augenblick genoss.

Law beugte sich vor und legte seine Hand unter ihrem Kleid auf ihre Wade. Langsam schob er seine Hand an ihrem inneren Bein hoch und löste damit ein Schaudern des Verlangens aus, das sich in ihrem gesamten Körper ausbreitete. Unter seiner Hand hob sich der Rock, als er ihren Nacken küsste.

Sadie warf den Kopf nach hinten in die Hecke, ohne sich Gedanken darum zu machen, dass sie vielleicht an ihrem Haar zerren könnte. Die losen Strähnen konnte sie leicht erklären – denn bei ihr war die Frage, wann und nicht ob sie entstanden.

Er legte seine Hand um ihr Geschlecht und beinahe wäre sie bei dem Gefühl zusammengebrochen, das sie in Wellen überkam. Er streichelte sie zunächst langsam und legte seinen Mund abermals zu einem feurigen Kuss auf ihren.

Ihre Hüften hoben sich, als er über die empfindlichste Stelle ihres Geschlechts streichelte. Es war der Teil, den sie rieb, wenn sie versuchte, sich zu befriedigen. Irgendwie war er viel besser darin und löste eine fortdauernde Anspannung aus Wonne und Begierde aus. Sie wollte mehr. Sie wollte alles.

»Bitte, Law«, stöhnte sie an seinem Mund.

Er glitt mit einem Finger in sie und sie hätte aufgeschrien, wenn er sie nicht geküsst hätte. Das Eindringen fühlte sich anders, aber einfach so richtig an. Ihr Körper nahm ihn begierig in sich auf und ihr Becken wölbte sich ihm entgegen. Seine Bewegungen waren langsam und bedacht und nach und nach gewann er an Geschwindigkeit und Reibung. Abwechselnd stieß er mit dem Finger in sie und streichelte ihre Klitoris. Bald war alles in fieberhafter Bewegung, wie in einem Rausch, als ihre Beine zu zittern begannen.

Sie spürte den Sturm herannahen, und das Versprechen auf eine absolute Ekstase. Immer schneller bewegter er die Hand und trieb sie zum Höhepunkt, bis sie sich um ihn krampfte, und ihre Muskeln wie von selbst arbeiteten, um sie zum Höhepunkt zu bringen.

Keuchend klammerte sie sich an ihn. Es war zu viel. Seine Hand schloss sich um ihren Mund, als er neben ihrem Ohr »Schhh« flüsterte. »Beiß mir in die Hand, wenn du musst.«

Das wollte sie nicht. Das konnte sie nicht. Doch dann stöhnte sie, als eine Welle nach der anderen der Lust über sie hereinbrach. Er hörte nicht auf, sie zu streicheln, bis der letzte Schauer ihren Körper durchlief.

Nachdem er ein letztes Mal mit der Handfläche über ihr Geschlecht gestreichelt hatte, zog er die Hand fort. Ihr Kleid sank wieder herab und alles, was noch von ihr übrig war, bebte von einer grandiosen Befriedigung.

»Danke«, murmelte sie leise und schloss die Augen, während sie sich mit dem Rücken an die Hecke lehnte. Sie hatte nicht geahnt, dass sie sich so wunderbar, so vollkommen fühlen würde.

Als sie die Augen erneut aufschlug, sah sie ihn, wie er sie mit angespanntem Kiefer beobachtete, und dabei die Augen zu schmalen Schlitzen verengte. »Geht es dir gut?«

Er atmete durch die Nase aus und nickte. »Ja.« Dann formte er die Lippen zu einem bezaubernden Lächeln. »Dass es dir gut geht ist das Einzige, worauf es ankommt.«

»Mehr als das«, entgegnete sie mit einem leichten Glucksen. »Ich fühle mich ziemlich skandalös, und sogar das ist irgendwie schön.«

»Du verdienst es, dich skandalös *und* schön zu fühlen.« Er küsste sie, dann zog er den Handschuh wieder über seine Hand. Es war die Hand, die ihr noch vor wenigen Augenblicken eine derartige, unvergleichliche Wonne bereitet hatte. »Sollen wir uns jetzt in die Mitte des Irrgartens vorwagen, damit du in deiner neuen Erinnerung schwelgen kannst?«

Sadie hatte noch nie eine derartige Dankbarkeit und Wärme für einen anderen Menschen empfunden. Wie war dieser Herzog in weniger als einer Woche zu solch einem eminent wichtigen Teil ihres Lebens geworden? »Ja, gehen wir. Es gibt auch zwei Zierbauten in der Mitte – ein Tempel in seiner vollen Pracht und noch einmal der gleiche Tempel, aber als Ruine.«

Law schüttelte den Kopf. »Ich kann mir die Vorstellungen und die Kosten gar nicht ausmalen, die in diesen Gärten stecken.«

»Morgen kannst du Phineas Radford selbst danach fragen. Seine Familie besitzt und pflegt die Gärten – ihr Anwesen grenzt an den Besitz. Jemand aus seiner Familie sitzt immer in der Jury des Puddingwettbewerbs, und in den letzten Jahren hat er das übernommen.«

Sie verließen ihre Nische, und Sadie fragte sich, ob ihre Wangen in Flammen standen. Ihr war während ihrer ... Begegnung ziemlich heiß geworden. Wie konnte sie das Labyrinth durchqueren, als hätte ihr Leben nicht erst vor wenigen Augenblicken einen vollkommen anderen Kurs genommen?

Hatte es das wirklich getan? Noch immer war sie Sadie Campion, die unwahrscheinlichste aller Ehrenjungfrauen. In Wahrheit hatte sie sich sogar noch schlechter benommen als vier Jahre zuvor. Sie hatte Law, einem Mann, mit dem sie nicht einmal verlobt war und das auch sein würde, gestattet, sie an intimer Stelle zu berühren.

Trotzdem konnte sie sich nicht überwinden, sich deshalb miserabel zu fühlen. Sie freute sich über das diesjährige Fest, welchen Ausgang auch immer es nahm. Jetzt wusste sie, was sie wollte. Es war mehr als nur die Sehnsucht nach einem eigenen Haushalt und einer eigenen Familie. Sie sehnte sich nach Liebe und Partnerschaft, und mit weniger würde sie sich nicht zufriedengeben.

Er unterbrach sie in ihren Gedanken. »Ich möchte mich noch einmal für meine Haltung entschuldigen, die Gentlemen verprügeln zu wollen, die dir Unrecht tun. Das ist brutal und unangemessen.«

»Doch das hat dir wohl dein Vater so beigebracht.« Sie wusste, wie es war, auf eine bestimmte Art und Weise erzogen zu werden, und Verhaltensweisen zu entwickeln, die untrennbar mit einem selbst verbunden zu sein schienen. Wenn ihre Mutter nicht gestorben wäre und Sadie nicht schon in jungen Jahren Verantwortung hätte übernehmen müssen, wie anders wäre sie dann wohl geworden?

»Ja.« Law schwieg einen Augenblick, als sie an einem anderen Paar auf dem Weg zur Mitte des Irrgartens vorbeikamen. »In den Monaten, die seit seinem Tod vergangen sind, ist mir klar geworden, nicht wie er werden zu wollen. Und da er mich nun nicht mehr auf Schritt und Tritt kontrolliert, muss ich das auch nicht.«

»Es klingt, als sei er anspruchsvoll gewesen.«

»Sehr. Das heißt nicht, dass er grausam oder übertrieben streng war. Die ganze Zeit über lachte er. Aber er war weder freundlich noch großzügig. Immer musste er im Mittelpunkt stehen – und sich verehren und bewundern lassen.«

»Strebst du das an?« Sie spürte, wie er daraufhin erschauderte.

»Gott bewahre, nein. In seinem Schatten stehend hatte

ich immer verschwinden wollen. Die Vergleiche, die zwischen uns gezogen wurden, waren unvermeidlich, und ich wurde immer als mangelhaft erachtet.«

»Was ist mit deiner Mutter?«

»Ich glaube, ich habe dir erzählt, dass sie starb, als ich vierzehn war. Sie hatte ihr achtes Kind zur Welt gebracht, und ihr Körper spielte nicht mehr mit.«

Sadie drehte ihm den Kopf zu, während sie seinen Arm fester umklammerte. »Aber du hast doch nur zwei jüngere Schwestern.«

»Die anderen Kinder haben nicht überlebt. Einige hat sie bereits verloren, bevor sie auf die Welt gekommen waren. Die anderen starben kurz nach der Geburt. Mein Vater war am Boden zerstört, weil sie ihm keinen Ersatz für mich als Erben schenken konnte. Nach ihrem Tod hatte er aber trotzdem nicht wieder geheiratet. Ich glaube, er hat sie wirklich geliebt.«

»Das ist schon etwas, nehme ich an.«

»Ich weiß es nicht genau, denn er hat es mir nie gesagt.« Er schenkte ihr ein schwaches Lächeln. »Vielleicht ist es einfach tröstlicher mir das so vorzustellen.«

Seine Worte gingen ihr direkt ins Herz. Sadie wusste, wie es war, sich für einen Elternteil zu entschuldigen, das nicht immer so hilfreich oder aufmerksam war, wie es sein sollte. »Standest du deinen Schwestern nahe?«

»So gut das eben möglich ist. Sie sind fünf und sieben Jahre jünger als ich. Sie verbindet eine starke schwesterliche Beziehung, die sich sehr von meiner Beziehung zu ihnen unterscheidet. Das stimmt mich glücklich. Ich habe auf sie achtgegeben, und es war mir wichtig, dass beide gute Ehen eingingen.« Er schmunzelte. »Das ist der Name deiner Stadt.«

Sie lächelte. »Ja, und ich habe mir nie richtig Gedanken darüber gemacht, was das eigentlich bedeutet.«

Sie bogen um eine Ecke und näherten sich der Mitte. »Gut zu heiraten, meine ich.«

»Dass sie beide jemanden heirateten, der zu ihnen passt, aber allem voran, dass sie glücklich sind. Meine jüngste Schwester hat einen meiner Freunde aus Oxford geheiratet. Er hat keinen Titel – er ist der Enkel eines Earls. Mein Vater war mit der Heirat nicht einverstanden, aber ich habe ihn überzeugt, meiner Schwester diesen Wunsch zu gewähren. Ich wusste, die beiden würden zusammen glücklich werden, und das sind sie auch.«

Sie konnte die Liebe in seiner Stimme heraushören und dachte, dass seinen Schwestern unglaubliches Glück beschieden war, ihn zum Bruder zu haben. Aber sie fühlte sich auch ein bisschen ... schlecht wegen ihrer eigenen Brüder. Würden ihre Brüder sich dasselbe für sie wünschen? Bestimmt waren sie von einer möglichen Verbindung mit Law begeistert, aber das war schon so, bevor ihre Brüder – oder sie selbst – ihn überhaupt kennengelernt hatten.

»Ich freue mich so für deine Schwester«, meinte Sadie. »Aber es tut mir leid, dass dein Vater die Wahl deiner Schwester nicht akzeptieren wollte. Lag es daran, dass er ohne Titel war?«

»Ja, und nach Meinung meines Vaters mangelt es ihm an der Fähigkeit, so energisch und ... dominant zu sein, wie es von ihm erwartet wird. Er stellte hohe Anforderungen an meine Schwestern und mich. Damit hatte er nicht ganz unrecht. Ein Herzog zu sein, bedeutet ein gewisses Maß an Verantwortung und Pflichtgefühl. Ich nehme meine Rolle im House of Lords überaus ernst, und wahrscheinlich sogar ernster, als mein Vater es tat. Er liebte es, Macht auszuüben. Ich ebenfalls, aber mit dem Ziel, Veränderungen herbeizuführen.«

All das, was er sagte, brachte ihm noch größere Bewunderung von ihr ein. Wenn sie nicht aufpasste, könnte sie sich in ihn verlieben. Falls das nicht schon passiert war.

Nein, nein. Das durfte sie nicht zulassen. Die Kluft zwischen ihnen war unüberwindbar. Wenn sie ihm zuhörte, wie er über seine Pflichten sprach, musste sie einsehen, dass sie keine gemeinsame Zukunft hatten, ganz gleich wie sehr sie die Gesellschaft des anderen genossen. Er führte ein kompliziertes Leben im Mittelpunkt der Gesellschaft, und sie sorgte für eine gefüllte Speisekammer und saubere Wäsche für alle. Sie hatte keine Vorstellung, wie sie ihn in London unterstützen sollte, und befürchtete, aufgrund ihrer Naivität Demütigungen und Misserfolgen erleiden zu müssen.

Dann waren sie in der Mitte des Irrgartens angekommen, eine weite Fläche, die einige Morgen umfasste. Dutzende von Menschen waren hier versammelt, und gleich darauf kam ein Paar auf sie zu.

Law hatte zweifellos Erfolg mit seinem Vorhaben. Der Irrgarten war nicht länger ein Ort, der ihr Angst machte und an dem sie sich albern vorkam. Stattdessen war es ein Ort des Zaubers und des Staunens, an dem sie sich auf die intimste Weise – sowohl körperlich als auch emotional – mit Law verbunden hatte. Vielleicht war es der Ort, an dem sie sich verliebt hatte.

Es war auch der Ort, an dem sie erkannt hatte, dass diese Liebe nicht gedeihen konnte. Es sei denn ... es gäbe wirklich so etwas wie Magie. Denn das war die einzige Möglichkeit, wie sie jemals Herzogin werden könnte.

KAPITEL 10

Nach Verlassen des Irrgartens hatte Law Sadie beim Tanzen mit ein paar Gentlemen zugesehen. Der Gentleman, mit dem sie früher am Abend getanzt hatte, war einer darunter. Von all den Gentlemen, mit denen sie sich abgab, schien sie bei ihm am meisten zu lächeln und zu lachen. Vielleicht böte er sich für sie an.

Dieser Gedanke löste eine starke Eifersucht in Law aus.

Sie hatten vereinbart, sich um Mitternacht am Tor zu treffen, um nach Fieldstone zurückzukehren. Als Law jetzt mit ihr auf der Rückfahrt zu ihrem Haus war, hoffte er, dass sie vielleicht wieder an seiner Schulter einschlief. Alles, um sie in seiner Nähe zu fühlen.

Seine Gedanken kreisten um ihre Begegnung im Labyrinth. Dass sie ihm an solch einem Ort solch ein Vertrauen entgegengebracht hatte, an dem ein anderer Mann sie so gründlich im Stich gelassen hatte, erfüllte ihn mit ehrfürchtigem Staunen und einer Freude, wie er sie noch nie erlebt hatte. Sie ließ ihn Dinge empfinden, die er sich nie hätte vorstellen können, und allmählich war die Aussicht, das wieder zu verlieren, mehr, als er ertragen konnte.

Neben ihm gähnte Sadie. »Verzeihung«, meinte sie, nachdem sie die Hand von ihrem Mund genommen hatte. »Ich bin mir nicht sicher, was schwieriger ist – Fieldstone zu organisieren oder eine Ehrenjungfrau zu sein.«

Law schmunzelte. »Was macht dir denn größeren Spaß?«

»Fieldstone zu führen«, antwortete sie ohne Zaudern. »Zufällig bin ich im Grunde meines Herzens eine einfache Frau.«

Das hatte er über sie gewusst, was ihm zu erkennen erlaubte, dass das von ihr gesuchte Glück, sich auch auf all das erstrecken musste, was ihr einen Sinn gab und ihren Selbstwert definierte: harte Arbeit, Loyalität, anderen zu helfen und so viele Dinge mehr. Dies war nur eine der zahlreichen Facetten, die er so faszinierend an ihr fand.

»Sadie, mir liegt daran, dass du weißt, dass ich das, was im Labyrinth passiert ist, nicht auf die leichte Schulter nehme. Du bist mir sehr ans Herz gewachsen.« Er ließ den Blick zu ihr schweifen und nahm wahr, wie sie ihn ansah.

Ihr Lächeln war herzlich und schon so vertraut – Law konnte nicht müde werden, es zu betrachten, insbesondere wenn es ihm galt. »Das ist schön zu hören. Ich habe dich auch gern. Und ich bedaure nicht, was passiert ist.«

»Da bin ich aber sehr froh.« Law musste ihr gegenüber vollkommen offen sein. Er konnte seine Mission nicht länger verheimlichen, die er verfolgt hatte, als das Schicksal ihn zu Sadies Türschwelle geführt hatte. »Ich hoffe, du wirst mir weiterhin wohlgesonnen sein, nachdem ich dir etwas gebeichtet habe, was ich dir von Anfang an hätte mitteilen sollen.«

Ihr Lächeln verblasste. »Und das wäre?«

Nach einem tiefen Atemzug setzte Law seine Rede fort. »Ich war auf dem Weg nach Dorset, als sich das Rad von meiner Kutsche löste. Ehe mein Vater das Zeitliche segnete, erbat er sich von mir – nein, er verlangte, die Tochter eines

Freundes zu ehelichen. Ich versprach, es zu erwägen, doch er schrieb vor seinem Tod an Lord Gillingham und informierte ihn über das bevorstehende Verlöbnis zwischen mir und seiner Tochter. Ich vertröstete Gillingham sechs Monate lang, doch dann machte ich mich endlich auf den Weg, seine Tochter kennenzulernen. Wenn wir zusammenpassten, würden wir einen Heiratsvertrag unterschreiben.«

Law warf ihr einen Blick zu. Sie konzentrierte sich auf die Straße vor ihnen, wobei ihre Miene ausdruckslos blieb. Es dauerte lange, ehe sie endlich das Wort ergriff.

Den Kopf zu ihm gedreht fragte sie: »Warum hast du all das nicht einfach bei deiner Ankunft erzählt?«

»Ich hatte nicht daran denken wollen, ganz zu schweigen davon, darüber zu sprechen. Ich hatte bereits meine Zweifel. Den Unfall betrachtete ich als Verschnaufpause vor einer Zukunft, von der ich nicht sicher war, ob ich sie wollte.« Das sollte er ihr nicht erzählen, während er die Kutsche lenkte. Er wollte ihre Hände nehmen, um sie zu halten, während er ihr in die Augen blickte. »Jede Stunde und jeden Tag, den ich hier mit dir verbringe, ist eine Bestätigung dessen – ich möchte Lady Frederica nicht heiraten. Ich will sie nicht einmal kennenlernen. Sie repräsentiert die Erwartungen meines Vaters, die ich zu meinem eigenen Missvergnügen lange zu erfüllen versucht habe. Ich habe erkannt, dass ich selbst für mich einstehen will, um meine eigenen Entscheidungen zu treffen. Ich will keinen Gedanken daran verschwenden, was mein Vater wollte oder denken würde.«

»Ich habe gespürt, dass es mit deiner Beziehung zu deinem Vater nicht zum Besten gestanden hat, doch nun erkenne ich, dass es komplizierter ist.«

»Das möchte ich nicht. Nicht mehr. Ich will frei von ihm sein. Ich bin nicht daran interessiert, der am meisten Bewunderte oder Gefürchtete in einem Raum zu sein, und ich muss auch nicht jedermanns Aufmerksamkeit mit Arroganz und

Hochmut einfordern. Du hast gesagt, du seist eine einfache Frau, aber vermutlich habe ich gelernt, dass ich gern ein noch einfacherer Mann sein möchte.«

»Ist das für einen Herzog möglich?«

Law lachte. »Das werde ich dich wissen lassen.«

Wieder verfielen sie in Schweigen und er musste sich anstrengen, den Mund zu halten, damit sie ihre Antwort in aller Ruhe überdenken könnte.

Als sie sich der Auffahrt von Fieldstone näherten, meinte sie: »Gibt es noch irgendetwas anderes, das du vor mir geheim hältst?«

Der Anflug von Misstrauen in ihrer Stimme zerrte an ihm. »Nein, sonst gibt es nichts. Ich würde Lord Gillingham sehr gern eine Nachricht senden, um ihm mitzuteilen, dass ich nicht kommen werde, aber ich werde damit bis nach dem Fest warten müssen, um jemanden zu finden, der eine Nachricht nach Dorset bringen könnte.«

»Ja, obwohl du, wenn du wirklich gleich jetzt jemanden auf den Weg schicken möchtest, um diese Aufgabe zu erledigen – für eine exorbitante Summe fündig würdest.«

»Ehrlich gesagt möchte ich lieber nicht der Grund dafür sein, dass jemand das Fest verpasst. Ich bin jetzt mit Haut und Haar dabei.« Er bog in die Auffahrt zum Haus ein.

Sie lächelte ihn an. »Marrywell hat eine Art, Menschen für sich einzunehmen.«

»Marrywell hat sicherlich dazu beigetragen, aber du bist der Grund, warum ich hier gefesselt bin, der Grund, warum ich nicht weg will, der Grund, warum ich weder Lady Frederica noch irgendeine andere heiraten werde.« Er hörte sie Luft holen und verfluchte im Stillen den Umstand, sie nicht in die Arme nehmen zu können.

Glücklicherweise hatten sie einen Moment später das Haus erreicht, und er brachte den Einspänner vor dem Haus zum Stehen. Bryan erwartete sie und nahm die Zügel entgegen, als Law abstieg. »Danke, Bryan«, murmelte er, bevor er zu Sadies Seite herumging.

Sie nahm seine Hand, und er grinste vor Freude, sie zu berühren. Dann half er ihr hinunter, und einen Moment lang standen sie da und sahen sich in die Augen.

»Dann gute Nacht«, wünschte Bryan, bevor er zu den Stallungen fuhr.

»Wir sollten ins Haus gehen«, schlug Sadie leise vor.

»Nur noch einen Augenblick«, flüsterte Law. Er zog den Handschuh von seiner rechten Hand und streichelte ihr über das Gesicht. »Es tut mir so leid, dir den Zweck meiner Reise vorenthalten zu haben. Ich wollte nichts vor dir verbergen. *Ich* habe mich davor versteckt.«

»Ich weiß, wie es ist, sich zu verstecken. Das habe ich während der letzten vier Jahre getan, seit Osborne mich so bloßgestellt hatte. Es war weitaus leichter, mich in meine Arbeit hier in Fieldstone zu vertiefen, wo ich mich kompetent und wertvoll fühle.«

Mit seinem Daumen streichelte er ihr über den Kiefer. »Mir missfällt zutiefst, dass du jemals das Gefühl hattest, das nicht zu sein, und wenn auch nur für einen Moment. Ich möchte nicht, dass du dich weiter versteckst. Du verdienst die Zukunft, die du dir wünschst – ein Haus und eine Familie.« Er zauderte, aber nur einen winzigen Moment. »Sind drei Häuser zu viel?«

Sie machte große Augen. »Du schlägst doch nicht etwa vor ...«

»Ich frage.« Law lächelte, und noch nie war er sich einer Sache so sicher gewesen wie jetzt. »Könntest du es als möglich erachten, meine Herzogin zu werden? Mein Leben zu teilen, mein Zuhause – meine Häuser – und meine Familie zu sein?«

Sie blinzelte ein paarmal. »Law, nie hätte ich mir vorstellen können ...« Sie presste die Finger auf ihren Mund, während ihre Augen im Licht der Laterne glänzten, die neben der Tür hing. Dann ließ sie die Hand sinken und holte tief Luft. »Ich bin die Tochter eines Gutsbesitzers. Du bist ein Herzog. Ich weiß nicht, wie das funktionieren soll.«

»Ich weiß, es wird eine Umstellung sein. Ich werde bei jedem Schritt an deiner Seite sein. Es ist viel verlangt, das zu erbitten – Marrywell zu verlassen, aber wir würden es so oft besuchen, wie du willst. Mir gefällt es ausnehmend gut.«

Sie legte die Stirn in Falten und ihre Zerrissenheit war offensichtlich. »Ich weiß es nicht. Ich muss nachdenken.«

Law beugte sich vor und küsste sie auf die Stirn, dann auf die Wange. Dann drückte er seine Lippen sanft auf ihre. »Nimm dir so viel Zeit, wie du brauchst. Ich werde nirgends hingehen. Es sei denn, es ist dein ausdrücklicher Wunsch.« Er spürte, wie sie zitterte. »Lass uns nach drinnen gehen.«

Er legte eine Hand auf ihren unteren Rücken und führte sie ins Haus. »Soll ich die Laterne löschen?«, fragte Law.

»Nein, Bryan wird zurückkommen und sich darum kümmern, wenn er sicher ist, dass alle daheim angekommen sind.«

Gemeinsam schritten sie die Treppe hinauf. Immer wieder lenkte Law den Blick zu ihr. Ihr Kiefer war angespannt, die Gesichtszüge verkrampft. Er befürchtete, sie könnte wütend auf ihn sein, weil er ihr nichts von seiner eventuellen Verlobung erzählt hatte.

Draußen vor ihren Zimmern drehte sie sich zu ihm um. Law wurde bewusst, dass er seit Erklimmen der Treppe den Atem angehalten hatte.

»Ich möchte Ja sagen«, gestand sie.

Obwohl er das Zaudern in ihrer Stimme hörte, konnte Law die Freude nicht zurückhalten, die in ihm aufstieg. »Dann sag ja.«

Sie lachte leise. »Ich wünschte, das wäre so einfach. Und

doch ... vielleicht ist es das. Ich habe dich gern. Es wäre nur ... eine sehr große Umstellung für mich.«

»Das verstehe ich. Nimm dir ein wenig Zeit, um darüber nachzudenken. Bitte.« Er sollte ihr sagen, dass er sie liebte – denn das tat er. Aber er hatte sie – und sich selbst – mit seinem Heiratsantrag bereits schockiert. Er würde bis morgen warten, um ihr dies zu sagen. »Darf ich dich küssen?«

Sie ließ ihre Hand zurückgleiten, um sie um seinen Hals zu legen. »Immer.«

Er schlang die Arme um sie und zog sie an sich, bis seine Lippen auf die ihren trafen. Da war eine lodernde Leidenschaft und Ehrfurcht und das dringende Bedürfnis, sie als sein Eigentum zu beanspruchen, zu spüren. Er würde sich jedoch in Geduld fassen.

Ihre Zunge traf die seine, und begierig überfiel er ihren Mund, um sich dann in ihrer wollüstigen Ergebenheit zu verlieren. Mit ihren Fingern fuhr sie durch das Haar in seinem Nacken und drängte ihn, den Kuss zu vertiefen. Law hielt den Kopf schräg und streichelte ihr über den Rücken, über ihre Taille und dann ihre Kehrseite. Sie drückte ihr Becken an seins, und Law war sich seines erregten Schaftes nur allzu bewusst, der durch ihr früheres Gebaren im Irrgarten bereits in heller Aufregung war.

Keuchend hob Law den Kopf und trat einen Schritt zurück. »Wir sollten zu Bett gehen.«

Mit dem kokettesten Ausdruck, den er je in ihrem Gesicht erblickt hatte, zog sie eine Augenbraue hoch. Er lachte. »Ich meinte getrennt.«

»Nun, das ist wahrscheinlich das Beste.« Ihre Stimme klang enttäuscht, und das weckte Hoffnung in ihm. »Ich weiß nicht, ob ich imstande bin, zu schlafen.«

»Lass mich wissen, wenn du das nicht kannst.« Er zwinkerte ihr zu. »Gute Nacht, Sadie.«

»Gute Nacht, Law.« Im Begriff, ihre Tür zu öffnen drehte sie sich um. Ehe sie eintrat, schaute sie ihn noch einmal über die Schulter an. »Ich werde versuchen, morgen früh eine Antwort für dich zu haben.«

»Ich habe gemeint, was ich gesagt habe. Nimm dir so viel Zeit, wie du brauchst.«

Sie antwortete ihm mit einem leichten Nicken und schloss dann die Tür.

Law drehte sich um, um sein Zimmer zu betreten, als Yates den Korridor entlangkam. Verflixt. Er war so in Sadie vertieft gewesen, dass er nicht einmal an den Kammerdiener gedacht hatte, der kommen würde, um ihn bettfertig zu machen. Hatte Yates sie beim Küssen beobachtet?

»Ich habe gesehen, dass Ihr angekommen seid«, sagte Yates in einem knappen Tonfall und säuerlichen Gesichtsausdruck, doch das war oft so.

Falls er sie beide in der Auffahrt beobachtet hatte, war er wahrscheinlich Zeuge ihrer innigen Umarmung geworden, wenn nicht sogar ihres Kusses vorhin. Law sah Yates mit schmalem Blick an. »Behalten Sie jeden Kommentar für sich. Ich bin nicht daran interessiert, mir dieselben anzuhören.«

»Eine Tändelei vor der Hochzeit ist vermutlich zu erwarten«, entgegnete Yates, als er Law die Tür öffnete. »Ihr Vater hätte Euch das gewiss nicht verwehrt.«

Law drehte den Kopf blitzschnell in Richtung des Kammerdieners. »Miss Campion ist keine Tändelei. Das war ein Kommentar, und wie ich Ihnen gesagt habe, will ich sie nicht hören. Darüber hinaus interessiert mich die Meinung meines Vaters nicht. Mir ist bewusst, dass Sie ihm gegenüber eine gewisse Loyalität empfinden, aber ich bin mein eigener Herr.«

»Natürlich seid Ihr das, Euer Gnaden. Ich biete Euch lediglich die Stimme Eures Vaters an, da er nicht mehr zugegen ist. Er wollte, dass ich Euch leite, und da Ihr mich als Euren Kammerdiener angenommen habt, dachte ich, es sei auch Euer Wunsch.«

Verflixt. Nun plagte Law sein schlechtes Gewissen, da er so kurz angebunden gewesen war. Er stieß die Luft aus und machte seiner Frustration Luft. »Ich weiß Ihre Bemühungen zu schätzen. Aber es ist an der Zeit, dass ich auf eigenen Füßen stehe – ohne den Rat meines Vaters. Können Sie das verstehen?«

Yates neigte den Kopf zur Antwort. »Das kann ich vermutlich.«

»Gut.« Law betrat das Zimmer. Dann drehte er sich um und verstellte ihm die Tür, bevor Yates ihm folgen konnte. »Ich benötige Ihre Hilfe heute Abend nicht. Sie können sich zurückziehen.« Law wollte lieber allein sein, um darüber nachzudenken, wie er Sadie dazu bewegen könnte, seinen Antrag anzunehmen.

Mit einer Verbeugung antwortete Yates: »Guten Abend«, bevor er die Tür schloss. Law hörte ihn davongehen.

Er vergaß den Kammerdiener, streifte seinen Frack ab und konzentrierte sich auf eine weitaus fesselndere Aussicht – Sadie als seine Herzogin. Obwohl sein Heiratsantrag spontan gewesen war, bereute er ihn nicht einen Moment lang. Er hoffte nur, sie würde Ja sagen.

～

Sadie hatte keine Vorstellung, wie lange sie schon im Bett lag und an die Decke starrte. Nicht nur Laws überraschender Heiratsantrag spukte ihr im Kopf herum, sondern auch ihr Körper sehnte sich nach seiner Berührung. Sie war so kurz davor gewesen, ihn in ihr Schlafzimmer einzuladen, damit sie beide vollenden konnten, was sich im Irrgarten zwischen ihnen entsponnen hatte.

Wenn sie überlegte, dass er sie in solche Verzückung

versetzt hatte, fragte sie sich, warum sie auf seinen Heiratsantrag nicht sofort mit Ja geantwortet hatte. Doch ging es um mehr als nur das. Er war auch so liebenswert, charmant und beschützend, dass sie das Gefühl hatte, sie sei der auserwählteste Mensch auf Erden – zumindest für ihn. Und genau darauf kam es doch an, oder?

Dass er ihr diese Woche behilflich gewesen war, bedeutete ihr mehr, als sie in Worte fassen konnte. Er hatte versprochen, sie verlobt zu wissen, und hier war sie am Ende des fünften Tages, und könnte durchaus …

Sie richtete sich auf. Hatte er ihr deshalb einen Heiratsantrag gemacht?

Sadie schlug die Bettdecke zurück und sprang aus dem Bett. Sie bemühte sich gar nicht erst, ihre Hausschuhe anzuziehen oder ihren Morgenrock, ehe sie aus ihrer Kammer hastete. Eilig schloss sie die Tür und ging zu seiner hinüber. Dann zögerte sie. Sollte sie klopfen?

Nein, sie wollte niemanden wecken.

Leise stieß sie die Tür auf und trat ein. Das einzige Licht spendete die Glut des Kamins, das jedoch ausreichte, um Laws Gestalt auf dem Bett auszumachen. Sie ging auf ihn zu und hielt abrupt inne, als sie bemerkte, dass er … unbekleidet war.

»Sadie!« Er schlüpfte unter die Decke und zog sie bis zur Taille hoch. »Ich habe dich nicht reinkommen hören.«

»Es tut mir leid. Ich …« Ihr war der Mund trocken geworden. Sie hatte nicht genau gesehen, was er getan hatte, aber sie hatte ihn atmen hören – in schnellen Stößen – und sie hatte seine Hand gesehen, die sich in der Nähe seines Beckens bewegte. »Ich muss mit dir reden. Ich hätte anklopfen sollen, aber ich hatte niemanden wecken wollen. Es war nicht meine Absicht, dich zu, ähm, stören.«

»Komm näher.« Er wartete, bis sie an die Bettkante getreten war. »Hast du gesehen, was ich getan habe?«

»Nicht richtig, aber na ja, ich kann es mir denken.«

»Weißt du, was Männer tun, um sich zu befriedigen?«

»Ich habe vier Brüder. Manchmal, wenn sie glauben, ich höre nicht zu, oder sie meine Anwesenheit im Raum nicht bemerken und nicht wissen, dass ich ihnen zuhöre– sagen sie Dinge.«

»Ich verstehe«, murmelte Law. Sein Atem war zu seinem normalen Tempo zurückgekehrt. »Ich hoffe, das war nicht schockierend. Sie reden zu hören, oder mich damit … beschäftigt zu sehen.«

»Ich habe nicht viel gesehen, aber ich gebe zu, dass ich jetzt neugierig bin.«

Er grunzte leise. »Um Gottes willen, Sadie, warum bist du hier?« Die Frage war praktisch ein Knurren. Es war kein furchterregendes Geräusch … sondern verführerisch.

»Warum fragst du mich das auf diese Weise?«

»Weil ich verzweifelt bin, mich zu erlösen, und deine Neugier darüber, wie ich mich selbst reibe, das Erotischste ist, was ich je gehört habe.«

Reiben … Ja, das war ein Wort, das sie früher schon gehört hatte. Und ganz bestimmt wusste sie, wie es sich anfühlte, sich erlösen zu wollen. »Es fühlt sich gut an?« Sie ging davon aus, dass dem so sein musste.

»Es befriedigt ein Bedürfnis. Noch viel besser würde es sich anfühlen, wenn du es machst oder … egal.« Er klang, als ob er nicht mehr atmen könnte.

»Könnte ich dir helfen, es zu vollenden?«, fragte sie. »Ich würde dir gern den Gefallen erwidern, den du mir im Irrgarten erwiesen hast.«

Law stöhnte. Das Geräusch war dunkel und verführerisch. Es regte Sadies Begierde an, die, wie sie erkannte, so bald aufgeflammt war, wie sie begriffen hatte, was er mit sich selbst tat.

»Du hast immer noch nicht geantwortet, warum du hier

bist.« Noch immer klang seine Stimme angespannt, als würde er Schmerzen leiden.

»Es ist wahrscheinlich albern. Ich frage mich, ob du mir einen Heiratsantrag gemacht hast, um dein Versprechen zu erfüllen, mich bis zum Ende des Festes verlobt zu sehen.«

»Sadie.« Er betonte ihren Namen wie eine Bitte, mit tiefer, rauer Stimme, als würde er umkommen, wenn er etwas ... Bestimmtes nicht bekäme. Er bewegte sich im Bett und schlug die Bettdecke zurück, ehe er die Hand nach ihr ausstreckte.

Er hob sie hoch und legte sie auf die Matratze, um sich dann über sie zu beugen, wobei er ein Knie zwischen ihre Beine schob. »Sadie«, wiederholte er, aber sanfter. »Das war *nicht* der Grund, warum ich dir einen Antrag gemacht habe. Ich möchte dich als meine Herzogin, weil ich dich liebe. Weil mich beim Gedanken daran, Marrywell zu verlassen und dich nie wiederzusehen, ein schrecklicher Kummer erfüllt.«

Er liebte sie? Sie hatte den Verdacht gehabt, dass sie das Gleiche empfand, ohne sich jedoch zu gestatten, diese Empfindung für wahr anzuerkennen. Als sie ihn dies jedoch sagen hörte und die Emotion in seinem Blick sah, spürte sie, wie sich das gleiche Gefühl in ihr entfaltete. »Ich liebe dich auch.« Plötzlich schien die Kluft zwischen ihnen nicht mehr so groß. Es wäre eine monumentale Veränderung und sie könnte auch gut dabei scheitern, aber er wäre an ihrer Seite. Die Liebe war ihr wie ein Luxus erschienen, doch jetzt war sie hier und blickte ihr ins Gesicht, und sie wollte sich nicht abwenden. »Ja, ich werde dich heiraten.«

Sie legte die Hände auf seine Schultern und fuhr mit den Fingern über seine Schlüsselbeine. Dann zog sie sie zu seiner Brust herab, bis sie seine Brustwarzen erreichte. Er sog die Luft ein und sie lächelte bei seiner Reaktion.

»Hast du wirklich ja gesagt?«, flüsterte er.

Sie nickte. »Das habe ich. Und jetzt möchte ich, dass du

mir erlaubst, dir zu helfen, zum Ende zu kommen. Du sagtest, ich könnte das für dich tun.« Mit einer Hand streichelte sie über seinen Bauch. Er atmete schneller und klang dabei beinahe so wie in dem Moment, als sie hereingekommen war. »Oder war da noch etwas anderes – meintest du, dass du in mir fertig werden könntest?«

Dann küsste er sie und sein Mund eroberte den ihren mit einer wilden Leidenschaft, die sie vollkommen in Flammen setzte. Seine Zunge drang in sie und schob sich mit einer Dominanz und Verzweiflung über ihre, die sie in ihrer Seele spürte. Sie packte seine Hüfte, als er ihre Brust durch den Stoff ihres Nachthemds liebkoste.

Dann riss er die Lippen von ihren los und küsste sie an ihrem Hals entlang, wobei er ihre Haut leckte. Er zog an ihrem Mieder und weitete die Bänder, sodass er das Kleidungsstück herunterziehen konnte, um ihre Brüste zu entblößen.

»Du bist wundervoll.« Er benutzte seinen Daumen, um sie in ihre Brustwarze zu kneifen, was schockartige Wellen des Verlangens auslöste, die unmittelbar bis zu ihrem Geschlecht ausstrahlten. Als er über ihr Dekolletee leckte, umfasste er sie mit einer Hand.

»Sie sind zu groß.«

»Das sind sie nicht. Sie sind prachtvoll.« Er bewegte den Mund über die Brust, die er hielt und dann schloss er seine Lippen um ihre Brustwarze. Er leckte und saugte und zog an ihr, bis sie aufschrie.

Er bewegte die andere Hand zu ihrer anderen Brust, die er liebkoste und streichelte, bis sie den Rücken wölbte und nach mehr wimmerte. Er kniff in ihre Brustwarze, während er an der anderen saugte. Sadie hatte keine Ahnung, dass daraus solch ein Vergnügen entwachsen konnte.

Sie schob ihre Finger in sein Haar und umklammerte seinen Kopf, während sie sich unter ihm wand. »Ich hatte dir eigentlich helfen sollen«, brachte sie unter Anstrengung hervor.

»Du hilfst mir. Nur davon habe ich geträumt. Fast.« Er schob den Saum ihres Nachthemds nach oben und dann hob er den Kopf, sodass er ihr das Kleidungsstück ganz ausziehen konnte.

Als sie nackt unter ihm lag, betrachtete er ihren Körper. »Du bist absolut wunderschön.« Er legte die Hand um ihre Brüste und schob sie zusammen. »Nicht zu groß. Perfekt.« Er schloss die Finger und die Daumen um ihre Brustwarzen, bis sie ihn anbettelte … ohne zu wissen, um was.

»Bitte Law. Ich brauche dich.«

Wieder nuckelte er erst an einer und dann an der anderen Brust und nahm sich lange Minuten Zeit, ihre Haut zu schmecken. Sie bebte, als ihr Körper neue Höhen der Erregung erreichte. Ihr Geschlecht fühlte sich schwer und feucht an. Wenn er sie nicht bald dort berührte, könnte sie vielleicht in Tränen ausbrechen.

Er zog eine Spur von Küssen über ihren Bauch und leckte sie weiter unten, bis er bei ihrem Geschlecht ankam. Dann schob er eine Hand unter ihre Rückseite und bat sie, die Beine weiter zu spreizen.

»Was tust du?« Sie schaute auf seinen Kopf zwischen ihren Oberschenkeln hinab.

Ihre Blicke trafen sich als er sie von der Matratze hob. »Du sagst, du bräuchtest mich. Hier bin ich.« Dann war sein Mund über ihrem Geschlecht und er leckte ihre Schamlippen und diese empfindliche Stelle an der Oberseite, die ihr vorhin so viel Vergnügen bereitet hatte.

Er klammerte sich an ihre Rückseite und hielt sie, während er sich an ihrem Mund labte. Dann stieß er mit seiner Zunge in sie und sie packte seinen Kopf, während sich ihre Finger mit seinem Haar verflochten. Auf der Suche nach mehr von ihm ließ sie ihre Hüften kreisen.

Seine Lippen und seine Zunge huschten eifrig über und in ihrem Geschlecht, wobei er sie in einen Taumel der Leidenschaft beförderte. Als er die Oberseite ihres Geschlechts streichelte, spannte sich jeder Muskel in ihrem Körper an, während sie auf ihre Ekstase zuraste. Endlich sah sie das Licht – dessen Hitze und Wunder sie in einen köstlichen Rausch hüllten. Dann versteifte sich ihr Körper, als sie zum Höhepunkt katapultiert wurde.

$\sim$

*L*aw beobachtete, wie Sadie in ihrer Ekstase schwelgte, wobei sie den Kopf in den Nacken gelegt hatte und wimmerte und stöhnte. Dann zitterten ihre Beine um ihn, als ihr Orgasmus allmählich abflaute. Er küsste ihren Oberschenkel, ehe er sich über sie erhob.

Flatternd schlug sie die Augen auf. »Das war irgendwie noch besser als im Irrgarten.«

»Das will ich wohl hoffen. Hier genießen wir den Vorzug, von ausreichend Zeit und Bequemlichkeit«, entgegnete er mit einem breiten Grinsen.

Sie nahm ihn aus ihren schmalen Augen ins Visier. »Jetzt bist du an der Reihe, zum Ende zu kommen.«

»Wenn du das erlaubst.«

»Ich werde es verlangen«, entgegnete sie und wiederholte damit die Worte vor ihrem ersten Kuss.

»Du bist eine herrische, dominante Frau«, sinniert er. »Das gefällt mir.«

»Gut. Ich möchte deinen … Schaft berühren. Das ist das beste Wort, denke ich.«

»Das Beste Wort … von allen Worten?«, fragte er mit einem Lachen.

»Von den Worten, die ich in Bezug auf dein Geschlecht gehört habe.«

»Ach ja, die Brüder.« Er nahm ihre Hand und schloss sie um seinen Schaft. Dann schloss er kurz die Augen, als er sich dem puren Vergnügen ihrer Berührung hingab. Als sie dann zupackte, fürchtete er, er könnte sich in ihre Hand erlösen. Er stöhnte und war unfähig, sich davon abzuhalten, mit den Hüften zu stoßen, um über ihre Handfläche zu gleiten.

»Könntest du auf diese Weise zum Ende kommen?«, fragte sie ihn, während sie ihre Streicheleinheiten fortsetzte. Er half ihr, doch er erkannte, dass sie seiner Hilfe nicht bedurfte.

»Das könnte ich, aber ich würde lieber in dir kommen. Es sei denn, du willst damit noch warten.« Er fand ihren Blick und atemlos wartete er auf ihre Antwort. Beide Dinge waren ein Geschenk, mit dem er heute Abend nicht gerechnet hatte.

»Ich denke, ich würde dich gerne in mir fühlen. Unterweise mich bitte darin, was ich tun soll.« Ihre Worte waren ein Befehl, und er liebte ihren Sinn für Autorität. Sie konnte gar nicht noch perfekter werden, oder doch?

Er schob seine Hüften an ihre heran und streichelte ihr Geschlecht. Schon wieder war sie feucht. »Wir werden mich zu deiner Scheide führen.«

Diese Anweisung brauchte sie gar nicht, denn sie hob ihre Hüften auf der Suche nach ihm, damit er in sie eindrang. Er führte die Eichel in sie ein und tastete sich ganz langsam vor. Sie kippte ihr Becken, und er schlang eines ihrer Beine um seine Hüfte. Sie tat das Gleiche mit dem anderen, und bald war er vollständig in sie eingedrungen.

»Alles in Ordnung?«, erkundigte er sich, ehe er sie auf die Schläfe, den Kiefer und dann den Hals küsste.

»Ja.«

Mit seinen Lippen streifte er sanft über die ihren, doch dann griff sie seinen Kopf und hielt ihn fest, um diesen Kuss zu vertiefen. Sie ließ die Zunge in seinen Mund gleiten, und begierig empfing er sie.

Sie schaukelte mit den Hüften und forderte ihn auf, sich zu bewegen. Gott, er war nicht sicher, wie lange er noch aushalten würde. Er konnte sich nicht erinnern, jemals so erregt gewesen zu sein.

Dann stieß er zunächst ganz langsam zu, denn er wollte ihr Zeit gewähren, sich an diese Neuheit zu gewöhnen. Ihre Fersen gruben sich in seine Kehrseite, als sie ihr Becken an seinem kreisen ließ, und ihr Körper danach strebte, ihn in sich aufzunehmen. Sie war so ungemein begierig und aufrichtig in ihrem Verlangen, doch etwas anderes hatte er von dieser bemerkenswerten Frau auch nicht erwartet.

Seine Hoden begannen sich zusammenzuziehen, als das Blut zu seinem Schwanz strömte. Er musste sich schneller bewegen. »Komm mit mir, Sadie«, raunte er ihr zu, während er eine Hand in den großen Locken ihres Haares flocht und immer wieder in sie stieß.

»Ja, Law. Das fühlt sich so gut an. Wie kann sich dies so wundervoll anfühlen?«

Er musste über ihre Verwunderung lächeln, allerdings nur einen Moment lang, ehe sein Körper ihm seine volle Aufmerksamkeit abverlangte. Mit seinen Hüften stemmte er sich ihr entgegen und dann stieß er heftig und tief zu. Sein Körper begann sich zu verkrampfen, als sein Orgasmus immer näherkam. Er spürte, wie sie ihre Muskeln um ihn schloss, und ließ eine Hand zwischen sie gleiten, um ihre Klitoris zu streicheln. Sie stöhnte seinen Namen und presste die Beine fest um ihn.

Er kam blitzschnell und musste seinen Kiefer zusammenpressen, um nicht das ganze Haus zusammenzubrüllen, als die Verzückung ihn übermannte. Er stieß weiter zu und trug sie beide in die Unendlichkeit ihrer Ekstase. Als er das Licht wieder wahrnahm, war er endgültig erschöpft.

Law ließ sich neben sie gleiten, um sie nicht mit seinem Gewicht zu erdrücken.

»Wo willst du hin?«, fragte sie leise, während ihr Atem in schnellen Stößen kam.

»Ich bin bloß hier.« Er drückte ihr die Lippen auf die Wange.

»Ich mochte dich auf mir. Du hättest dort bleiben können. Wenigstens für einen Augenblick.«

»Das werde ich mir für das nächste Mal merken«, entgegnete er lächelnd.

»Nächstes Mal ... Wann wird das wohl sein, frage ich mich? Wenn wir verheiratet sind?«

»Wahrscheinlich. Es sei denn, es gelingt uns, Momente wie diesen zu stehlen.« Law liebkoste ihren Nacken. Er hörte, wie sie gähnte. »Ich bringe dich in dein Zimmer zurück. Es ist wahrscheinlich nicht ratsam, dass wir zusammen einschlafen.«

»Nein, wir sollten nicht riskieren, erwischt zu werden – selbst wenn wir ... verlobt sind.« Das letzte Wort brachte sie mit einem Anflug von Unsicherheit hervor.

Law setzte sich neben ihr auf und schaute ihr ins Gesicht. Er streichelte ihr über Schläfe und Wange, bevor er ihr über den Kopf strich, um ihre weichen Locken zu spüren. Er liebte es, sie offen zu sehen. »Hoffentlich bereust du nicht, meinen Antrag angenommen zu haben.«

»Es kommt bloß überraschend. Ich brauche Zeit, um mich daran zu gewöhnen.«

»Das verstehe ich.« Er küsste sie und seine Lippen verweilten auf den ihren. Er wollte sie nicht fortlassen, doch er hatte keine Wahl. »Komm, bringen wir dich in dein eigenes Bett zurück.«

»Ich kann den Korridor allein überqueren«, entgegnete sie mit einem leichten Lachen.

»Ich begleite dich trotzdem.«

Sie grinste ihn an, als er ihr das abgelegte Nachthemd reichte. »Du bist so engagiert und loyal wie ein Ritter.«

Er rutschte vom Bett herunter und verneigte sich form-vollendet vor ihr. »Es ist mir eine Ehre.« Als er sich auf die Suche nach seinem Morgenmantel machte, wunderte er sich über die unglaubliche Veränderung die sich in seinem Leben in weniger als einer Woche vollzogen hatte. Nie hätte er sich träumen lassen, einmal dieses Maß an Glück zu finden. Er konnte kaum erwarten, es mit seiner Frau zu genießen.

KAPITEL 11

m nächsten Morgen war Law mit einem Lächeln aufgewacht, von dem er überzeugt war, es auf seinen Lippen getragen zu haben, seit er Sadie zu ihrem Zimmer zurückbegleitet hatte. Er hatte ausnehmend gut geschlafen. Das Einzige, was das Ganze noch besser gemacht hätte, wäre Sadies Verbleib über Nacht bei ihm gewesen.

Noch immer versetzte es ihn in Erstaunen, wo er sich heute befand – als verlobter Mann, der sich auf seine Hochzeit freute. Noch vor einer Woche hatte er diesen Zustand gefürchtet, allerdings war es nun mit einer ganz anderen Frau und einer vollkommen unerwarteten und willkommenen Änderung seiner Pläne.

Er musste Gillingham schreiben und ihm eine Absage bezüglich einer Heirat mit seiner Tochter erteilen. Law plagte ein schlechtes Gewissen, da er Lady Frederica möglicherweise enttäuscht hatte. Vielleicht war sie aber genauso erleichtert wie er, als er vom Aufschub seiner Reise erfahren hatte. Es war ja nicht so, dass sie einander zugeneigt waren. Sie waren sich noch nicht einmal begegnet. Dennoch würde er den Brief auf eine Weise verfassen, die ihr verständlich machte, dass seine Entscheidung nichts mit ihr persönlich zu tun hatte. Law war einfach bereits in eine andere verliebt, die glücklicherweise zugestimmt hatte, seine Frau zu werden.

Bryan war zurückgekehrt, nachdem er Sadie in die Stadt gefahren hatte, und erwies Law nun den gleichen Dienst.

Als sie die Versammlungsräume erreichten, sprach Law dem Jungen seinen Dank aus und pfiff auf dem Weg zum Eingang.

Er war sich gar nicht bewusst gewesen, dass er pfeifen *konnte*.

Ein junger Bursche von vielleicht vierzehn oder fünfzehn Jahren kam ihm entgegen, kurz nachdem er eingetreten war. »Willkommen, Euer Gnaden. Ich bin Bertrand. Ich bringe Sie zum Raum für die Jury.«

»Danke, Bertrand.« Law folgte dem Burschen in den Ballsaal, in dem Tische in Reihen aufgestellt waren. Sie waren mit Tellern beladen, und eine Handvoll Damen stellten kleine Schilder dazu, die vermutlich beschrieben, was für Puddings dies waren.

»Die Richter halten sich gleich hier drüben auf und warten auf Mrs. Armstrong, die ihnen erklären wird, wie alles vonstattengeht«, meinte Bertrand und deutete auf einen Bereich neben dem Podium.

Law nickte und begab sich auf den Weg zu der Stelle, an der sechs oder sieben weitere Personen saßen. Mit Ausnahme eines Mannes, der stand. Er war großgewachsen mit breiten Schultern und schien einige Jahre jünger zu sein als Law mit seinen neunundzwanzig Jahren. Sein dunkles, kastanienbraunes Haar war eine Spur zu lang, und seine Kleidung entsprach nicht gerade der letzten Mode, aber sie war gut geschnitten und aus hochwertigem Stoff gefertigt.

»Sie müssen der Herzog von Lawford sein«, begrüßte der andere ihn und neigte den Kopf. »Ich bin Phineas Radford.« Er streckte seine Hand aus, die Law ergriff und schüttelte.

»Der Gentleman, welcher die Aufsicht über die botanischen Gärten innehat? Das ist eine erstaunliche Leistung. Ich kann mir nicht vorstellen, was das alles gekostet hat. Oder was es Sie weiterhin kostet.«

Die Gesichtszüge des jüngeren Mannes spannten sich an – es war keine richtige Grimasse, aber es hätte eine sein können, hätte Radford es zugelassen. »Ja, meine Familie hat die botanischen Gärten angelegt und kultiviert sie, und sie hat das Gelände der Stadt zur Verfügung gestellt, als vor fast fünfzig Jahren das Fest zur Partnerfindung wieder ins Leben gerufen worden war.«

»Alles ist so gut gepflegt. Sie müssen sehr viele Gärtner und dergleichen beschäftigen.«

»Wahrscheinlich weniger, als Sie annehmen«, entgegnete er trocken. »Wie ich höre, sind Sie zum ersten Mal zu Gast auf dem Fest? Und Sie hatten auch gar nicht vor herzukommen?«

Anscheinend war alle Welt genauestens über Laws Umstände im Bilde. Na ja, *so genau* auch wieder nicht, denn niemand wusste, dass er seine Verlobung eigentlich woanders hätte beschließen sollen. »Ja, das ist richtig. Ich fand es ungemein reizvoll.«

»Sie wohnen auf Fieldstone? Ich nehme an, Sadie kümmert sich gut um Sie.«

Law unterdrückte seine unmittelbare Reaktion darauf, die aus einem Ja, sie kümmere sich sehr gut um ihn und er sei überglücklich, bestanden hätte. Stattdessen richtete er seine Aufmerksamkeit darauf, dass Radford sie Sadie nannte und er sie anders als irgendjemand anderer in Fieldstone zur Sprache brachte. Wahrscheinlich wusste er, dass sie dort das Sagen hatte. Wussten das alle? Ehrlich gesagt stellte sich die Frage, warum auch nicht?

»Das macht sie wirklich«, antwortete Law. »Sie kümmert sich sehr gut um alle. Ich frage mich allerdings, warum ihr

Vater nicht wieder geheiratet hat, wenn in seiner Stadt jedes Jahr ein Fest zur Partnerfindung stattfindet.«

Radford gluckste. »Glauben Sie nicht, es hätten nicht schon viele Frauen mit ihm versucht, obwohl ich glaube, dass sie vor ein paar Jahren aufgegeben haben.«

War Campion nicht interessiert, noch einmal eine Frau an seiner Seite zu haben? »Er könnte wenigstens eine Haushälterin einstellen«, murmelte Law.

»Was sagen Sie?« fragte Radford und lehnte sich näher heran. »Er hat eine Haushälterin angestellt? Was für eine verblüffende Entwicklung! Ich muss sagen, dass es längst überfällig ist.« Er rümpfte ein wenig die Nase. »Vergessen Sie bitte, dass ich das gesagt habe. Es steht mir nicht zu, mich über den Haushalt eines anderen zu äußern.«

»Schon vergessen«, entgegnete Law, der sich allerdings an jede Einzelheit dieses informativen Gesprächs erinnern würde. »Aber um Ihre Frage zu beantworten: Nein, es wurde keine Haushälterin eingestellt. Ich wollte damit sagen, dass Campion das tun sollte, um seine Tochter zu entlasten.«

Radfords haselnussbraune Augen funkelten. »Das muss er vielleicht, wenn sie morgen einen Antrag annimmt.«

Law musste sich auf die Innenseite seiner Wange beißen, um nicht mit der Neuigkeit herauszuplatzen, dass sie dies bereits getan hatte. Zum Glück kam Mrs. Armstrong gerade in diesem Moment und erklärte ihnen ihre Aufgaben.

Sie sollten jeden Tisch besuchen und die Puddings der jeweiligen Kategorie kosten. Im Anschluss sollten sie ihre drei Favoriten wählen, die sie dann auf den ersten, zweiten und dritten Platz zu setzen hätten. Am Ende würden die Stimmen ausgezählt und die Gewinner der jeweiligen Kategorie gekürt. Nach der Verkostung aller Puddings, mussten sie zum Schluss auch den besten Pudding von allen wählen.

Als Law die Masse der Puddings betrachtete, fing er an, zu bereuen, dieser Aufgabe zugestimmt zu haben. »Entschuldigen Sie, Mrs. Armstrong, müssen wir alle Puddings beurteilen? Ich glaube nicht, mich dazu imstande zu sehen.«

Sie lachte. »Um Himmels willen, nein, Euer Gnaden! Wir haben Sie so eingeteilt, dass Sie fünf oder sechs Kategorien verkosten werden. Aber keine Sorge, manche haben nur zwei Puddings.«

»Hier kommen die Ehrenjungfrauen«, bemerkte Radford. »Sadie sieht sehr hübsch aus. Ich habe mich so gefreut, als die Königin sie als achte Ehrenjungfrau ausgewählt hat. Schon viel zu lange ist sie übersehen worden.«

Ja, so war es. Law beobachtete, wie sie sich am Ende der Schlange einreihte – ihr hellbraunes Haar war zu einem Zopf geflochten und mit blauen und weißen Blumen umkränzt. Sie passten gut zu ihrem blauen Ausgehkleid. Ihr Blick begegnete Laws, als sie an ihm vorbeiging, und sie schenkte ihm ein Lächeln, bei dem ihm ganz warm wurde.

Als die Ehrenjungfrauen das Podium betraten, stieß Radford Law mit dem Ellbogen in die Seite. »Besteht die Möglichkeit, dass Sie derjenige sind, der Sadie einen Antrag macht? Die Wetten dafür stehen gut, falls Sie sich für so etwas interessieren.«

Law drehte den Kopf und blicke Radford an. »Es bestehen Wetten darüber, welche Verbindungen geschlossen werden?«

»Ja, gewiss. Das große Wettbuch liegt bei Wheatsheaf aus.«

Marrywell ähnelte London vielleicht mehr, als man vermuten könnte.

Während er die Puddings probierte, wanderte sein Blick immer wieder zu Sadie auf dem Podium. Sie unterhielt sich ab und an mit der jungen Frau neben ihr, war aber meistens still und hielt die Hände dabei im Schoß gefaltet.

Law kam an Radford vorbei, als er zum nächsten Tisch ging. »Warum urteilen die Ehrenjungfrauen nicht selbst?«

»Das haben sie früher getan, bis eine sehr krank wurde.«
Er verzog das Gesicht. »Sie hatte ein bisschen zu viel
Pudding genascht. Danach wollte keine der Ehrenjungfrauen
mehr das Amt übernehmen. Also sitzen sie auf dem Podium
und schauen zu. Verdammt eintönig, wenn Sie mich fragen.«

»Das habe ich auch schon gedacht. Sie sollten die
Puddings zumindest probieren dürfen.« Law würde Sadie
einige seiner Favoriten empfehlen. Es gab einen absolut
großartigen Brot- und Butterpudding, den er für den besten
von allen hielt.

Die Leute gingen im Ballsaal ein und aus, doch eine
Gruppe von Ladys behielt das Geschehen vom hinteren Teil
des Raumes aus im Blick. Law musste annehmen, dass es sich
um die Köchinnen handelte, zumal Mrs. Rowell unter ihnen
war. Hatte sie den Brot- und Butterpudding zubereitet, den
er so gerne mochte? Das würde ihn nicht wundern.

»Lawford!«

Law hatte gerade eine Gabel von dem Bakewell Pudding
Tisch genommen, der sich direkt vor dem Podium befand,
als er hinter sich seinen Namen hörte. Er drehte sich um und
hätte beinahe die Gabel fallen lassen. Lord Gillingham steuerte direkt auf ihn zu.

Hinter ihm folgten zwei Ladys, darunter eine, deren Alter
darauf hindeutete, dass es sich wahrscheinlich um Lady
Gillingham handelte, und eine junge Lady mit hellblondem
Haar und großen blauen Augen. Sie hatte eher Ähnlichkeit
mit einer Puppe, genau wie Laws Vater sie beschrieben hatte.
Verflixt noch mal.

Noch ehe Law den Vorschlag machen konnte, dass sie
nach draußen gehen sollten, bedachte Gillingham ihn mit
einem jovialen Lächeln. »Da ist er ja! Sie sehen gut aus,
Lawford, trotz allem, was Sie durchgemacht haben.«
Gillingham war von kleiner Statur, mit einer Hakennase und
gemeißelten, strengen Gesichtszügen. Sein Haar war noch

dunkel, obwohl es an den Schläfen grau geworden war. »Erlauben Sie mir, Ihnen meine Tochter Lady Frederica vorzustellen, Ihre liebe Verlobte.« Er sprach laut und deutlich. Jeder im Raum konnte ihn hören.

Law warf einen Blick auf Sadie, die auf dem Podium saß. Sie beobachtete die Szene mit großen Augen. In der Tat waren die Blicke aller Ehrenjungfrauen auf Law und die Neuankömmlinge fixiert.

Mit leiser Stimme trat Law dichter an Gillingham heran. Er wollte nicht noch mehr Aufsehen erregen, als durch die Ankunft des Trios bereits verursacht worden war. »Sie irren sich. Es gibt keine Verlobung.« Zumindest keine, die Lady Frederica einschloss.

Gillinghams dichte, dunkle Brauen zogen sich zusammen. »Vielleicht noch nicht, zumindest nicht offiziell. Aber wie Sie in Ihrem Brief geschrieben haben, ist sie so gut wie vollzogen.«

»Mein was?« Laws Herz pochte.

»Der Brief, den Sie geschickt haben«, antwortete Lady Frederica. Sie war auf die beiden zugegangen und nahm ein Stück gefaltetes Pergament aus ihrem Retikül. »Er war so charmant. Ich freue mich so, Sie kennenzulernen.« Sie schenkte ihm ein zaghaftes Lächeln.

Wer, um alles in der Welt hatte ihnen einen Brief geschickt, in dem er sich als er ausgab? »Darf ich das Schreiben einmal sehen?« Er nahm den Brief von Lady Frederica entgegen und entfaltete ihn. Die Handschrift war natürlich nicht die seine, und obwohl er sich nicht ganz sicher war, hegte er den Verdacht, dass es sich bei dem Schreiber um Yates handeln könnte. Law richtete seinen Blick auf den Earl, während er mit dem Kiefer mahlte. »Dürfen wir nach draußen gehen, um dieses Gespräch fortzusetzen?«

Mrs. Sneed und Mrs. Armstrong traten zu ihnen und

verhinderten Gillinghams Antwort.

»Kann ich Ihnen behilflich sein?«, fragte Mrs. Sneed keck, und Hunger nach Informationen – oder besser gesagt, nach Klatsch und Tratsch – stand in ihrem Blick.

»Nein, danke«, entgegnete Law ebenmäßig. Die Frau ließ ihren Blick über die Gillinghams schweifen. Law konnte nicht umhin, die Neuankömmlinge vorzustellen. Es sei denn, er wollte den Weg seines Vaters wählen und einfach tun, was ihm beliebte. Law konnte ihn jetzt hören: »*Scheiß auf die Regeln!*« Das galt natürlich nicht, wenn er von Law erwartete, sie zu befolgen.

Law war jedoch nicht sein überheblicher Vater und wollte das auch nicht sein. Ihn hatte das Bedürfnis, sich so stark wie möglich von ihm zu unterscheiden, und sich von den Forderungen und Erwartungen seines Vaters zu lösen.

Er stellte die beiden Frauen entsprechend ihrem Rang in der Stadt vor. »Lord Gillingham, darf ich Ihnen Mrs. Armstrong vorstellen, deren Mann der Bürgermeister von Marrywell ist, und Mrs. Sneed, deren Mann der Constable ist.«

Lord Gillingham stellte seine Frau und seine Tochter vor. Lady Frederica warf Law immer wieder einen enttäuschten Blick zu. Sie sah tatsächlich aus wie eine Puppe, die zerbrechen könnte.

Law blickte noch einmal zum Podium, und sein Herz sank. Sadie starrte geradeaus, ihr Gesicht war blass, ihr Rücken steif. Jetzt wirkte sie, als könnte *sie* zerbrechen, und das wäre ganz allein seine Schuld.

»Willkommen zum Fest zur Partnerfindung in Marrywell!«, meinte Mrs. Sneed. »Sie sind reichlich spät dran, aber das macht nichts. Auf der anderen Straßenseite im Botanischen Garten und auf dem Markt in der High Street ist eine Menge los, aber das haben Sie sicher gesehen, als Sie vorgefahren sind. Heute Abend wird noch mehr getanzt, und es gibt ein Versteckspiel im Irrgarten. Das wird ein Riesenspaß, insbesondere, wenn wir heute Abend eine Verlobung verkünden können.« Sie schaute erwartungsvoll zwischen Gillingham und Law hin und her.

Law machte den Mund auf, um die Idee einer bevorstehenden Verlobung zu widerlegen, doch Lady Gillingham schnitt ihm das Wort ab.

»Das klingt herrlich amüsant. Wir sind auf direktem Wege hergekommen, damit meine Tochter ihren Verlobten – sie können kaum erwarten zu heiraten – kennenlernt, und wir sind immer noch auf der Suche nach einer Unterkunft. Was können Sie uns empfehlen?«

Mrs. Sneed und Mrs. Armstrong tauschten mitfühlende Blicke aus, und dann richteten sie das Wort an Lady Gillingham. »Ich fürchte, es gibt keine Unterkunft«, meinte Mrs. Sneed bedauernd. »Sie sind allerdings mehr als willkommen, bei uns zu übernachten. Wir haben reichlich Platz.«

Mrs. Armstrong klatschte in die Hände. »Eine herzogliche Verlobung. Ich kann mich nicht an das letzte Mal erinnern, als dies auf unserem Fest passiert ist!«

»Ich wage zu sagen, dass sie für nächstes Jahr als König und Königin ausgerufen werden«, verkündete Mrs. Sneed.

»Ich dachte, der Herzog macht Sadie den Hof.« Dies kam von einer der Ehrenjungfrauen.

Alle wandten ihre Aufmerksamkeit dem Podium zu.

»Wer ist Sadie?«, wollte Gillingham wissen. »Das klingt wie der Name für eine Kuh.«

Lady Gillingham kicherte. »Können Sie sich vorstellen, dass der Herzog von Lawford jemandem den Hof macht, der so weit unter seinem Stand ist? Die bloße Idee ist lächerlich.« Sie lachte hell auf und winkte mit der Hand, worauf ihr Ehemann und ihre Tochter mit einstimmten. Sowohl Mrs. Sneed als auch Mrs. Armstrong lächelten, doch sie wirkten ein wenig unbehaglich. Zwei der Ehrenjungfrauen lachten ebenfalls und einige im Raum schmunzelten. Law sah jeden mit einem vernichtenden Blick an, der in Gillinghams grausamen Spott einstimmte.

»Genug!« Law hielt den Brief hoch. »Ich habe dies nicht geschrieben. Ich habe nicht vor, Lady Frederica zu heiraten.«

Lady Frederica machte ein langes Gesicht und sie saugte an der Unterlippe, die sie zwischen ihre Zähne klemmte. »Sie freuen sich nicht darauf, mich zu heiraten?«

Law war wütend, dass sie über Sadie gelacht hatte, aber trotzdem fühlte er sich bei dem Schmerz in ihrem Blick nicht wohl. »Ich fürchte nein.« Er würde Yates hart ins Gebet dafür nehmen, dass er das arme Mädchen in einen solchen Aufruhr versetzt hatte.

Aber war es nicht so, dass Law ihn nicht auch, zumindest teilweise, mitverschuldet hatte? Er hatte nicht versprochen, sie zu heiraten, aber er hatte zugestimmt, sie kennenzulernen, um zu sehen, ob sie zusammenpassen würden. Jetzt würde er nicht einmal das tun. Wie konnte er, wenn er bereits so verzweifelt in Sadie verliebt war?

Gillingham schürzte die Lippen. »Sie können Ihr Versprechen nicht widerrufen.«

Law zerknitterte den Brief. »Ich habe nie ein Versprechen gegeben.«

»Das hat Ihr Vater getan, und es ist an Ihnen, dieses Versprechen in Ehren zu halten!« Gillinghams Nasenflügel flatterten.

»Es existiert keine formelle Vereinbarung, nichts Bindendes«, beharrte Law. »Mir ist bewusst, wie enttäuschend das ist und es tut mir leid.«

»Sie glauben, Sie können einfach so tun, als hätte es dieses Arrangement nicht gegeben, aber das weiß ich besser. Ein Großteil der Londoner weiß das besser. Ihre Verbindung mit Frederica ist seit Wochen ein Gesprächsthema.«

Das war Law nicht bewusst gewesen und er war sich

nicht sicher, ob er es glaubte. »Das ändert gar nichts. Sie können mich nicht zwingen, Ihre Tochter zu heiraten.« Verdammt, er fühlte sich wegen Frederica immer noch schlecht. Law drehte sich zu ihr und sprach in einem sanfteren Tonfall. »Mir tut das alles sehr leid und auch welchen Effekt das auf Sie haben könnte. Aber ich kann Sie einfach nicht heiraten.«

»Ich habe gehört, dass Sie vielleicht ein Schuft sein könnten. Jetzt weiß ich mit Gewissheit, dass Sie einer sind. Ich werde ruiniert sein.«

Obwohl Law nicht wollte, dass das wahr würde, wusste er, wie gemein die Gesellschaft sein konnte. Er versuchte, sie zu beruhigen. »Unsinn. Ihr Vater ist ein wohlhabender Earl. Sie werden eine ausgezeichnete Partie machen.«

Lady Frederica schniefte und blinzelte. Kämpfte sie gegen ihre Tränen an? »*Sie* sind eine ausgezeichnete Partie.«

Lady Gillingham legte einen Arm um ihre Tochter. Dann sah sie Law böse an. »Ihr Vater wäre entsetzt über Ihr Benehmen. Der Klatsch, den dieser Eklat verursacht, wird uns alle monatelang oder noch länger verfolgen. Vielleicht für immer. Schämen Sie sich!«

Jahrelang hatte Law sich den Anordnungen seines Vaters gefügt. Es war leichter, als sich ihm zu widersetzten, und nach dem Tod seiner Mutter hatte er gehofft, seinem Vater auf diese Weise eine kleine Freude zu machen, um ihn glücklich zu sehen, und wenn auch nur für einen Moment. Jetzt, da er tot war, musste Law das nicht mehr tun. Er würde sich keineswegs dem beugen, was sein Vater versprochen hatte, und ganz bestimmt würde er sich nicht von Yates, dem Botschafter seines Vaters, wie es schien, dahingehend manipulieren lassen.

»Ich bin entsetzt, dass Sie meine Absicht missverstanden haben und mein Kammerdiener es für rechtens hielt, Sie mit diesem gefälschten Brief in die Irre zu führen. Es tut mir schrecklich leid für jeden Schmerz oder Peinlichkeit, die Lady Frederica hierdurch entsteht, aber ich bezweifele, dass sie mich heiraten wollen würde, wenn sie wüsste, dass ich eine andere liebe.« Er lenkte den Blick zum Podium, doch Sadies Stuhl war leer. Wann war sie gegangen? Verdammt! Es drängte ihn, ihr nachzulaufen, doch zuerst musste er dies in Ordnung bringen.

»Gern nehme ich alle Schuld auf mich, dass eine Verlobung zwischen uns nicht zustande gekommen ist, aber das ist das Ende dieser Angelegenheit. Wenn Sie mich entschuldigen wollen.« Er war im Begriff, an der Gruppe vorbeizugehen, doch Gillingham hielt ihn am Ellbogen zurück.

»Sie sind schlimmer als ein Schurke. Ich kann mir nicht vorstellen, dass Sie mit irgendeiner Landpomeranze Ihr Glück finden werden.«

Law widerstand dem Drang, dem Mann dafür mit einem Schlag zu antworten, Sadie auf diese Weise zu betiteln. Sie *war* jedoch provinziell, und genau das liebte er an ihr. »Ich werde mehr als glücklich sein. Ich werde der glücklichste Mann auf Erden sein«, entgegnete Law leise. »Sie hingegen werden verbittert und grausam sein. Ihre Herabsetzung einer vollkommen entzückenden jungen Frau heute war eine entsetzliche Peinlichkeit. Sie sind derjenige, der sich schämen sollte.« Er warf einen Blick in Lady Gillinghams Richtung, um sie in diese Einschätzung einzubeziehen.

Dann lenkte er seine Schritte von den beiden weg, wohl wissend, dass jeder im Ballsaal ihn anstarrte und die ganze Stadt in kürzester Zeit von diesem Vorfall erfahren würde. Bei den heutigen Festivitäten würde es Klatsch und Tratsch im Überfluss über ihn und die Gillinghams und wahrscheinlich auch über Sadie geben.

Er musste sie finden. Er musste ihr versichern, nie die Absicht gehabt zu haben, Lady Frederica zu ehelichen, und dass er nur eine Zukunft mit ihr wollte.

KAPITEL 12

Unfähig, das schreckliche Spektakel beim Puddingwettbewerb noch einen Moment länger zu ertragen, hatte Sadie das Podium verlassen und war nach draußen ins Freie geeilt. Eigentlich hatte sie zu Fuß nach Hause gehen wollen, doch dann hatte sie einen der Pächter aus Fieldstone getroffen, der ihr angeboten hatte, sie zu fahren.

Nach Betreten des Hauses, ließ Sadie die Tür zuknallen und stieß in der Eingangshalle fast mit Mavis zusammen. Sie trug eines von Sadies Ballkleidern.

»Sadie!« Mavis starrte sie überrascht an. »Wir haben nicht mit dir gerechnet. Ich wollte in etwa einer Stunde in die Stadt fahren. Ist etwas passiert?«

Sadie hatte nicht vor, sich zu erklären. Sie wollte diesen ganzen Tag einfach verschwunden wissen. Wie konnte sie Law heiraten, nach allem, was sie gerade erlebt hatte? Lady Frederica – seine *eigentliche* Verlobte – wäre ruiniert, und Sadie konnte daran nicht teilhaben. Darüber hinaus war sie auf seine schönen Worte und seinen charmanten Heiratsantrag hereingefallen und hatte sich *abermals* zum Narren machen lassen. Genau wie vor vier Jahren lachten die Leute wieder über sie.

Allerdings glaubte Sadie, anders als bei Osborne, Law würde sie tatsächlich lieben, und dass alles zwischen ihnen ehrlich und aufrichtig gewesen war. Und sie liebte ihn eindeutig. Trotzdem war er aber auch ein Herzog mit Verpflichtungen und Erwartungen, die er zu erfüllen hatte. Nun war sie sich ziemlich sicher, dass eine Heirat mit ihr weder erwartet noch erwünscht war. Law würde seine herzogliche Pflicht an die erste Stelle setzen – und das sollte er auch. Sadie würde es ihm gleichtun, und das hatte sie immer schon getan, wenn es um ihre Familie und Fieldstone ging.

Gwen kam von der anderen Seite in die Eingangshalle. Auch sie blieb kurz stehen und blinzelte Sadie an. »Sie sollten nicht hier sein.«

Sadies Zorn flammte auf. »Warum nicht? Ich *wohne* hier.«

»Sie brechen nur selten aus Ihrer angekündigten Routine aus«, bemerkte Gwen achselzuckend.

Das stimmte. Heute war das allerdings anders. Es war ein furchtbarer Tag, und nichts daran war regelmäßig oder wie gewohnt.

»Gehen Sie heute Abend trotzdem noch in die Gärten?«, fragte Mavis behutsam.

Die Tür schlug gegen Sadies Rücken und schob sie vorwärts. Sie stöhnte und taumelte in die Mitte der Halle, als ihr Vater und ihre beiden älteren Brüder hereinkamen.

Als ihr Vater sie ansah, zog er seine Stirn in tiefe Furchen. »Warum bist du nicht mehr in der Stadt?«

Bryan betrat die Halle von der Rückseite des Hauses. »Sadie, Mutter sagte, Sie wären mit Mrs. Bledsoe zurückgekommen. Sind Sie hergekommen, anstatt in der Stadt zu bleiben, damit wir Mutters besten Pudding feiern können?«

Er grinste von Ohr zu Ohr. »Sie wird gleich hier sein. Sie ist gerade los, um Vater zu holen.«

Sadie war über Mrs. Rowells Triumph überglücklich – oder sie würde es sein. Später. Jetzt ärgerte sie sich zu sehr darüber, wieder einmal als Lachnummer hergehalten zu haben.

»Bist du deshalb zurückgekommen?«, stieß ihr Vater hervor. »Du hättest in der Stadt bleiben sollen, mit den anderen Ehrenjungfrauen – und mit dem Herzog.«

Bei der Erwähnung von Law wollte Sadie am liebsten die Treppe hinaufstürmen und sich in ihr Bett werfen, wo sie in Ruhe weinen könnte.

»Nun, da Sadie hier ist, kann sie uns helfen, einen feierlichen Empfang für Mrs. Rowell vorzubereiten«, meinte Philip.

»Sie kann auch mein Hemd flicken«, fügte Esmond hinzu. »Es ist mein bestes, und ich möchte es heute Abend tragen. Annabelle ist zu sehr mit den Jungs beschäftigt.«

»Ich kann dein Hemd flicken«, erbot Mavis sich. »Wenn ich Zeit habe, nachdem ich Sadies Kleid auf Vordermann gebracht habe.«

»Warum musst du das tun?« fragte Sadies Vater. Er warf einen Blick zu dem Kleid auf Mavis´ Arm. »Warum kann sie nicht das neue Kleid tragen, von dem du mich überzeugt hast, es zu kaufen?«

Wut und Frustration machten sich in Sadie breit, als sie inmitten aller Anwesenden stand. Dann kamen Adam und Richard zur Vordertür herein und rempelten ihren Vater und ihre älteren Brüder an.

»Ihr werdet nie erraten, was beim Puddingwettbewerb passiert ist«, tönte Adam los, bevor sein Blick auf Sadie fiel. Schnell machte er den Mund fest zu, während sich seine Augen weiteten.

»Ja, erzähl doch allen, was passiert ist«, ermunterte Sadie

ihn leise, aber mit mehr Wut im Bauch, als sie je in ihrem Leben empfunden hatte.

»Ähm, nein.« Adam schüttelte energisch den Kopf. Er hatte sie eindeutig nicht hier erwartet, aber das hatte auch keiner von ihnen. »Es ist ... nicht wichtig.«

Das war es verdammt noch mal doch.

»Was ist passiert?«, fragte ihr Vater und drehte sich zu Adam.

»Das erzähle ich dir später«, antwortete Adam und sein Blick schnellte zu Sadie, wobei er an seiner Jacke nestelte.

Bryan zog eine Grimasse. »Ich kann es Ihnen erzählen, Mr. Campion. Ein Earl ist mit seiner Tochter gekommen und hat behauptet, sie würde Seine Gnaden heiraten. Das wird morgen Abend zusammen mit den anderen Verlöbnissen beim Ball verkündet.«

Sadies Vaters klappte die Kinnlade herunter. Dann verengte er die Augen und biss den Kiefer vor Wut zusammen. »Dieser Schuft!«

»Er ist kein Schuft«, murmelte Sadie. »Er ist bloß ein Herzog.«

Mrs. Rowell und ihr Ehemann traten ein und nun drängten sich bei weitem mehr Leute in der Eingangshalle als je zuvor. »Bryan, ich habe dir gesagt, du sollst das für dich behalten.« Die Köchin blickte Sadie entschuldigend an. Natürlich hatte sie alles gehört, was vor sich gegangen war. Oder zumindest das meiste davon. Zusammen mit allen anderen im Ballsaal.

»Nun, wir sollten ganz bestimmt eine kleine Feier für Mrs. Rowell veranstalten«, schlug Adam enthusiastisch vor. »Das wird Sadie aufheitern.«

»Nein!« Noch nie hatte Sadie so laut gerufen. Einen kurzen Augenblick lang drückte sie die Augen zusammen und dann öffnete sie sie wieder, um alle anzuschauen, die um sie versammelt waren. »Ich will keine Feier planen, oder ein

Hemd flicken oder aufgeheitert werden. Ich will auf keine von euren verflixten Fragen antworten und ich will euer Mitleid wegen des Herzogs nicht. Ich möchte bitte gerne einmal *allein* sein. Ist das zu viel verlangt?«

»Nein«, antworteten einige der Anwesenden leise.

Sadie war jedoch noch nicht fertig. Sie schaute zu ihrem Vater. »Du hast mich dem Herzog seit seiner Ankunft schamlos angeboten, nachdem du nie auch nur das geringste Interesse daran bekundet hattest, ob ich heirate. Du hast nie auch nur darüber gesprochen, eine neue Haushälterin einzustellen, nachdem Mrs. Evans gestorben war.«

Sadies Vater blinzelte sie ungerührt an. »Warum brauchen wir eine Haushälterin? Alles scheint erledigt zu werden.«

Er war von Philip und Richard flankiert, die ihn beide mit den Ellbogen anstießen. Wenn Sadie nicht derart wütend gewesen wäre, hätte sie gelacht. Oder ihnen gedankt. Oder beides.

»Wir haben dich für selbstverständlich genommen«, bemerkte Richard, der sie kummervoll anschaute.

»Ja.« Sadie fühlte die Tränen in ihrer Kehle aufsteigen und in ihren Augen. Sie würde vor ihnen nicht weinen. »Und das werde ich nicht länger tolerieren.« Sie hielt ihre Hand hoch und schritt auf den hinteren Teil der Halle zu. Mrs. Rowell und Bryan traten sofort beiseite, um ihr Platz zu machen.

Sadie marschierte die Treppe hinauf und ging direkt in ihr Zimmer, dessen Tür sie zuschlug, nachdem sie eingetreten war. Jetzt kamen ihr die Tränen. Wütend wischte sie sie weg und hasste es, ein zweites Mal auf einen oberflächlichen Mann und seine leeren Versprechungen hereingefallen zu sein.

Anstatt sich im Bett zu verkriechen, trat sie vor den Spiegel und betrachtete ihre geröteten Wangen und die geschwollenen Augen. Sie würde mehrere kalte Tücher brauchen, um zu gewährleisten, dass sie auf dem Fest heute Abend unerschüttert aussehen würde.

Sie durfte sich nicht hier in Fieldstone verstecken, wie sie es das letzte Mal getan hatte. Als Ehrenjungfrau hatte sie eine Verpflichtung, und verdammt, sie würde sich ihr Benehmen nicht von der Niedertracht eines Mannes diktieren lassen.

Dann reckte sie das Kinn und erblickte die starke Frau, von der alle sagten, dass sie es sei - die Frau, die über diesen Rückschlag hinwegkommen würde. Als ob es nicht eine vernichtende Agonie wäre.

~

*L*aw war zum Puddingwettbewerb zurückgekehrt und hatte seine Beurteilung beendet, da er der Meinung war, dieses Vorgehen wirkte weniger kontrovers, als hätte er nach dem Spektakel einfach seine Pflichten aufgegeben. Er musste es ihnen anrechnen, dass niemand den Vorfall erwähnte, aber Sadies Abwesenheit lastete wie ein schwerer Stein auf ihm.

Mrs. Rowell hatte den Gesamtwettbewerb gewonnen, doch Law blieb nicht, um ihr zu gratulieren, und ihm war auch nicht danach, mit ihr und Bryan nach Fieldstone zurückzufahren. Stattdessen marschierte er zu Fuß, wobei er sich an die Feldwege hielt und die Straße mied, damit ihn niemand aufgabeln konnte.

Möglicherweise war er feige, aber in Wahrheit wollte er mit niemandem außer Sadie sprechen. Er rief sich diese schreckliche Szene in Erinnerung, die sich in den Versammlungsräumen abgespielt hatte, und wünschte, er hätte die Dinge anders handhaben können. Er war sich allerdings nicht sicher, wie das möglich gewesen wäre. Die Ankunft von Gillingham und Lady Frederica war einfach ein unglückliches Ereignis, und allein Yates war die Schuld dafür anzulasten. Law konnte es kaum erwarten, dem Mann mitzuteilen, dass er nicht mehr in seinen Diensten stand.

Als er schließlich das Haus betrat, traf er auf Richard und Gwen, die sich im Treppenhaus in leisen Tönen unterhielten. Sie blickten ihm entgegen, ihre Züge von Unsicherheit und Sorge gezeichnet.

»Wo ist Sadie?«, fragte er und klang trotz des Aufruhrs der Gefühle, die in ihm tobten, erstaunlich gelassen.

»Ähm, sie ist oben«, antwortete Richard. Als Law, in der Absicht, sie aufzusuchen, einen Schritt vortrat, hob der Junge die Hand. »Ich würde sie nicht stören. Sie ist ... aufgeregt.«

»Das ist wohl ein wenig untertrieben«, warnte Gwen. »Ich habe sie noch nie so fuchsteufelswild erlebt.«

Richard lächelte schwach. »Das liegt daran, dass du noch nie einen Haufen Kissen und Bettzeug ruiniert hast, das du über Nacht im Regen draußen liegen gelassen hast.« Er ernüchterte. »Aber es stimmt schon. Sie hat sich selten so aufgeregt.«

Law versuchte, sich Sadie vorzustellen, wie sie wütend wurde und ihre Stimme hob. »Sie hat tatsächlich die Beherrschung verloren?« Er fühlte sich noch miserabler, was er nicht für möglich gehalten hätte.

Richard nickte bestätigend. »Allen gegenüber. Aber das haben wir auch verdient. Schon viel zu lange haben wir sie einfach für selbstverständlich gehalten. Einige von uns in stärkerem Maße als andere.«

Es ging also nicht nur um Law? Mehr denn je musste er mit ihr reden. »Ich werde mit ihr sprechen.«

Gwen schürzte die Lippen. »Ich bezweifle, dass sie Euch sehen will, Euer Gnaden. Wir wissen, was beim Puddingwettbewerb passiert ist und dass Ihr mit einer anderen Lady verlobt seid.«

»Ich bin *nicht* verlobt.« Nun ja, das war er mit Sadie. Zumindest hoffte er, dass er es noch war.

Es gab nur eine Möglichkeit, das in Erfahrung zu bringen. Law schritt an Richard und Gwen vorbei. Als er vor Sadies Zimmer ankam, holte er tief Luft. Dann hob er die Hand und klopfte sanft. »Sadie? Ich bin es, Law.«

Einen langen Moment herrschte Stille, bevor er endlich eine Antwort vernahm. »Was willst du?«

In ihrer Stimme konnte er einen Anflug ihrer Emotion heraushören, worauf er den Kopf an den Holzrahmen der Tür lehnte. »Ich will mich erkundigen, wie es dir geht. Es tut mir so leid, was vorgefallen ist. Aber ich habe mich um die Sache mit Gillingham gekümmert.«

Die Tür ging auf, und beinahe wäre er vornüber gekippt. Leicht taumelnd schaffte er es gerade noch, das Gleichgewicht zu halten. Sofort fiel ihm der verkniffene Zug um ihren Mund und der Schatten in ihren Augen auf.

»Ich bin müde und muss mich bald für die Festlichkeiten heute Abend vorbereiten. So steht es um mich. Es ist gut, dass du gekommen bist, denn ich habe dir etwas mitzuteilen.«

Er hoffte, sie würde sich, worüber auch immer, aussprechen. »Darf ich eintreten?«, bat er.

»Nur für ein paar Minuten.« Sie schloss die Tür nicht ganz, nachdem er eingetreten war.

Law war sich nicht sicher, wie er diese Maßnahme auffassen sollte, aber er hoffte, es bedeutete nichts anderes, als dass sie in Eile war. Obwohl er darauf brannte, ihr zu versichern, dass alles in Ordnung war und er Lady Frederica definitiv nicht heiraten würde, lag ihm daran, dass sie zuerst das Wort ergriff.

Sadie wirkte blass, als sie die Hände verschränkte. Ehe sie zum Sprechen ansetzte, holte sie tief Luft. »Ich kann dich nicht heiraten.«

Es war, als wäre das Rad der Kutsche ein weiteres Mal abgefallen. Alle Luft entwich aus Laws Lunge, und er rang nach Atem. Die Welt neigte sich seitwärts, und er fragte sich, was gerade geschehen war. »Entschuldigung, aber ich bin mir nicht sicher, ob ich dich richtig verstanden habe.«

»Ich werde dich nicht heiraten«, wiederholte sie. Mit Nachdruck. Sie löste ihre Hände und ließ die Arme sinken, während die Farbe in ihr Gesicht zurückkehrte. »Ich hatte mich gesorgt, mich als Herzogin vielleicht unbehaglich zu fühlen, und das heutige ... Spektakel hat mir bestätigt, dass ich die Schlichtheit meines derzeitigen Status bevorzuge.«

Das Gefühl ins Unendliche zu fallen, versetzte Law in den Glauben, der Boden unter seinen Füßen sei verschwunden. »Das kann ich verstehen«, entgegnete er langsam, während er versuchte, seine Gedanken und Gefühle zu verarbeiten, die in diesem Moment überaus überwältigend waren. Mehr als das wollte er mehr von ihren Gedanken und Gefühlen erfahren. »Ich bedauere sehr, was vorgefallen ist. Es war furchtbar. Die Gillinghams wurden über meine Absichten in die Irre geleitet. Mein Kammerdiener schrieb ihnen einen Brief, in dem stand, ich wolle Lady Frederica heiraten, was, wie du wohl weißt, nicht stimmt. Zumindest hoffe ich, dass du das weißt. Ich habe meine Worte von gestern Abend ernst gemeint. Ich habe nicht die Absicht, sie zu heiraten. Ich liebe dich. Und ich möchte *dich* zu meiner Frau.«

»Das glaube ich dir, aber was der Earl gesagt hat – dass seine Tochter ruiniert ist und der Klatsch, der dir nach-hängen würde –, das klingt sehr kompliziert und schreck-lich. Ich möchte dabei lieber nicht im Spiel sein. Der heutige Tag erinnerte mich zu sehr daran, wie ich vor vier Jahren gedemütigt worden bin. Ich denke, das würde regelmäßig passieren, wenn ich deine Herzogin werden würde. Ich habe keine Ahnung, wie man sich in der Londoner Gesellschaft zu benehmen hat. Wenn man bedenkt, dass alle über mich tuscheln werden, vergeht mir auch die Lust, das zu lernen. Wisse aber bitte, dass ich dich liebe. Es ist nur dein Titel oder genauer gesagt dein Platz in der Gesellschaft, den ich nicht liebe. Das ist nichts für mich.«

Law begriff allmählich, warum sie die Frau war, in die er sich verliebt hatte. Sie sah ihn, und nicht seinen Stammbaum.

»Ich würde alles für dich aufgeben, wenn ich könnte«, entgegnete er traurig.

»Aber das kannst du nicht.«

Nein, das konnte er nicht. Er konnte zwar den Einfluss seines Vaters vergessen, aber trotzdem wäre er noch der Herzog von Lawford, mit all den Pflichten, die damit verbunden waren.

»All unsere gemeinsamen Erlebnisse waren echt für mich. Du bist der beste Mensch, den ich je gekannt habe, und obwohl wir uns erst wenige Tage kennen, kann ich mir ein Leben ohne dich nicht vorstellen. Was ist mit vergangener Nacht?«, fragte Law. »Was ist, wenn es ein Kind gibt?«

Überraschung flackerte in ihrem Blick auf, doch sie schien diese Reaktion nicht festzuhalten. »Es ist unwahrscheinlich, dass es nach nur einem Liebesakt ein Kind gibt. Bitte beunruhige mich nicht damit. Ich möchte mir keine Gedanken um Probleme machen, die es nicht gibt.«

»Aber du würdest es mir sagen?«

»Natürlich. Wenn du mich jetzt entschuldigen würdest, ich muss baden und mich für den Abend vorbereiten.«

Dass sie das Fest allein besuchen wollte, um sich nach dem Vorgefallenen allen zu stellen, zeugte von ihrer Stärke und ihrem Mut. Er war nicht im Geringsten überrascht von ihrer Entscheidung, weiterzumachen. »Du erfüllst mich mit Bewunderung«, sagte er ehrfürchtig. »Ich werde es zutiefst bedauern, nicht der Mann sein zu können, der an deiner Seite steht, und das Privileg innehat, dich seine Frau und seine Liebe nennen zu dürfen. Und ich werde dich für den

Rest meiner Tage lieben. Dessen bin ich sicher.« Er lächelte traurig. »Mir liegt nur daran, dass du glücklich bist, und aus diesem Grund werde ich mich zurückziehen.« Er verbeugte sich. »Meine Ehrenjungfrau.«

Er drehte sich um und als er ihr Zimmer verließ, fragte er sich, was zum Teufel er jetzt anfangen sollte.

avis war ungewohnt schweigsam gewesen, als sie Sadie beim Ankleiden geholfen und ihr Haar frisiert hatte. Heute Morgen hatte Sadie ihr anvertraut, dass Law ihr einen Heiratsantrag gemacht hatte, und sie aber zur Verschwiegenheit verpflichtet. Seitdem hatten die beiden Frauen nicht mehr darüber gesprochen.

Als Sadie ihre Handschuhe überstreifte, bevor sie die Treppe hinunterging, um mit ihrem Vater und ihren jüngeren Brüdern in die Gärten zu gehen, brach Mavis ihr Schweigen. »Sie werden Seine Gnaden also nicht heiraten?«

»Nein, das werde ich nicht. Das Leben einer Herzogin ist nichts für mich. Ich will ein einfaches Leben mit einem Zuhause und einer Familie. Ich wüsste nicht, wie man sich in der Londoner Gesellschaft zurechtfindet, und ehrlich gesagt, interessiert es mich auch nicht, es zu lernen.« Wenn sie sich dies nur oft genug vorsagte und dachte, würde es wahr werden, nicht wahr? Dann konnte sie die eigentliche Wahrheit ignorieren, die in ihrer Furcht bestand, den Ort und die Menschen zu verlassen, die sie kannte, und die Umgebung, in der sie herrschte und geliebt wurde.

Mavis wirkte fast so niedergeschlagen wie Law vorhin. Sadie zuckte zusammen, als sie an jenen Moment dachte … an den Schmerz in seinen Augen. Das war nicht ihre Absicht gewesen. Sie wollte vermeiden, sich noch mehr verletzen und demütigen zu lassen. Und doch war es ebenso schmerzhaft, ihn gehen zu lassen – im Grunde sogar noch schmerzhafter – als sie sich nach der Szene beim Puddingwettbewerb gefühlt hatte. Und dennoch war es für sie das Richtige.

»Sie wären eine ausgezeichnete Herzogin«, meinte Mavis. »Und ich wäre bei Ihnen gewesen – ein Stück Heimat an Ihrer Seite.«

Sadie hatte sie an jenem Morgen gebeten, ihre Zofe zu sein, nachdem sie ihr von der Verlobung erzählt hatte. Mavis war begeistert gewesen, zumal sie eine Zuneigung zu Holden entwickelt hatte, die erwidert wurde.

»Du hättest es mir sicher leichter gemacht«, meinte Sadie. »Aber ich bin nicht gewillt, den Klatsch und Tratsch zu ertragen, und ich habe ein schlechtes Gewissen, was dieses Debakel für Lady Fredericas Ruf bedeutet.«

»Nichts davon war ihre Schuld. Soweit ich weiß, war es auch nicht die Schuld des Herzogs«, antwortete Mavis.

»Es scheint ein großes Missverständnis gewesen zu sein, aber leider können solche Missverständnisse Folgen haben – zumindest in der Gesellschaft. Verstehst du, warum ich lieber weit fern von alldem bleibe?«

»Ich denke schon.« Mavis klang nicht vollkommen überzeugt. Allerdings klang sie ganz so, als wollte sie keinen Widerstand mehr leisten.

Sadie schenkte ihr ein mildes, mitfühlendes Lächeln. »Wenn du beschließt, Fieldstone zu verlassen, werde ich Verständnis dafür haben. Ich möchte, dass du die beste Entscheidung für *dich* triffst, so wie ich das für mich getan habe.«

»Danke, Sadie. Ich weiß nicht, was ich tun werde.«

Sadie wäre unbeschreiblich traurig, sie zu verlieren. Aber niemals würde sie sie bitten, zu bleiben. »Ich muss mich auf den Weg machen.« Bei einem Blick in den Spiegel wirkte sie blass und ihre Augen schienen ... trist. Sie brauchte eine Aufmunterung, ehe sie heute Abend in den botanischen Gärten ankäme.

»Sie sind tapfer, dass Sie heute Abend dorthin gehen«, meinte Mavis.

»Danke. Ich weiß es zu schätzen, dass du das sagst. Als Ehrenjungfrau habe ich eine Verpflichtung und die werde ich nicht vernachlässigen.«

»Sie werden den Klatsch ignorieren und den Kopf hochtragen. Ich bin stolz auf Sie.«

Sadie ging auf die Tür zu und dann wäre sie beinahe mit dem Fuß an der Schwelle hängengeblieben, als sie erkannte, was Mavis gerade getan hatte. Sie hatte Sadie gerade klipp und klar gesagt, dass sie den Klatsch aushalten *würde*, und das konnte sie genauso gut in London tun. Wenn sie das wollte.

Nun, verdammt.

Bei einem Blick zurück über ihre Schulter, schenkte Sadie Mavis ein kleines Lächeln, wobei sie die Augen verengte. »Du bist sehr klug Mavis. Ich würde es sehr bedauern, dich zu verlieren, aber Holden könnte sich glücklich schätzen.«

Als Sadie am Fuße der Treppe angekommen war, hüstelte ihr Vater. »Du siehst entzückend aus, Sadie. Du erinnerst mich an deine Mutter, Gott hab sie selig.«

Sadie erstarrte für einen Moment. Er hatte ihre Mutter nicht mehr oft erwähnt und Sadie konnte sich nicht erinnern, dass er je gesagt hatte, sie würde ihn an sie erinnern. »Ich hoffe, das ist ein Trost für dich, Papa«, meinte sie leise.

»Das ist es. Ich möchte, dass du weißt, wie leid es mir tut, wie die Dinge hier in Fieldstone stehen. Ich hätte erkennen sollen, dass du überlastet gewesen bist.«

Sie hatte ein schlechtes Gewissen, weil sie die Beherrschung verloren hatte. »Um ehrlich zu sein, hatte ich mich nicht beschwert. Normalerweise macht es mir nichts aus. Es ist nur, dass ich in dieser Woche Ehrenjungfrau bin, und ich erkannt habe, wie viel ich mache und wie gern ich lieber meinen eigenen Haushalt führen würde.«

»Das kann ich verstehen, und ich weiß das zu schätzen. Ich habe dir einen sehr schlechten Dienst erwiesen, mich nicht schon vorher darum gekümmert zu haben, dass du heiratest.« Er schüttelte den Kopf. »Wir haben alle – *ich* bin so abhängig von dir geworden. Ich bin egoistisch gewesen, aber jetzt nicht mehr. Ich habe mit Mrs. Rowell darüber gesprochen, eventuell eine Haushälterin einzustellen. Sie hat eine Freundin, die für einen Vikar gearbeitet hat, der gestorben ist, und nun braucht sie eine neue Stellung.«

»Das klingt vielversprechend«, bemerkte Sadie.

Er bot ihr seinen Arm. »Komm, Adam und Richard sitzen bereits in der Kutsche.«

Sie gingen aus dem Haus und ihr Vater half ihr in die Kutsche. Bryan brachte sie im Nu auf den Weg.

Sowohl Adam als auch Richard versuchten, Sadie nicht anzuschauen. »Ich bin nicht mehr wütend auf euch«, stellte sie klar.

Die beiden entspannten sich sichtbar. »Was ist mit dem Herzog?«, fragte Adam. »Die Wetten bei Wheatsheaf standen fast alle dafür, dass er dir einen Heiratsantrag macht.«

»Ich dachte, ihr würdet ein schönes Ehepaar abgeben«, befand Richard.

Sadies Inneres zog sich zusammen. Das hatte sie auch gedacht. Hatte sie einen Fehler gemacht? Natürlich nicht. Sie hatte eine vernünftige Entscheidung getroffen und es war eine, die sie glücklich machen würde. Selbst wenn sie das heute nicht war.

Sie versteifte das Rückgrat und drückte es an die Rückenlehne. »Ich wollte keine Herzogin sein. Kannst du dir vorstellen, in London zu flanieren und die Königin zu treffen?« Das entsetzte Sadie bis zu einem gewissen Maß. Was, wenn sie sich in Verlegenheit brachte?

»Ich denke, das klingt wundervoll«, schwärmte Adam und seine Augen leuchteten im Schein der Laterne.

»Denke an die wissenschaftlichen Vorlesungen, an denen ich teilnehmen könnte«, brachte Richard mit einem sehnsüchtigen Seufzen hervor.

Nun, jetzt fühlte Sadie sich schlecht, dass sie nicht in der Lage wäre, ihre Brüder zu einem Besuch in London einzuladen. Aber sie konnte ihre Entscheidung nicht auf Grundlage der Wünsche ihrer Brüder treffen – hatte sie das nicht schon getan und ihre Familie ihren eigenen Wünschen viel zu lange vorangestellt? »Vielleicht könntet ihr beide nach London ziehen.«

Für einen kurzen Moment machten sie große Augen und drehten ihre Köpfe, um aus dem Fenster zu schauen.

»Ich bevorzuge ein einfaches Leben auf dem Land mit einem eigenen bescheidenen Heim«, fügte Sadie hinzu.

»Vergesst nicht, wie wichtig die Liebe ist«, sagte ihr Vater und überraschte damit alle, denn alle sahen ihn mit einem Blick an. »Manchmal ist es besser, mit dem Herzen, statt mit dem Kopf zu denken.« Ein mildes Lächeln umspielte seine Lippen, als würde er sich auf eine ferne Erinnerung besinnen.

»War das auch dein Motto mit unserer Mutter?«, fragte Richard.

»Immer«, antwortete er mit einem Lachen. »Aber das Bemerkenswerte ist, dass sie wahrscheinlich ein einziges Mal in ihrem Leben dasselbe getan hat. Eure Mutter war weitaus praktischer veranlagt als ich.« Er blickte zu Sadie und für einen Moment ließ er seine Augen auf ihr ruhen. »Unterschätze niemals die Kraft der Liebe. Sie kann alles möglich machen.«

Das brachte Sadie auf den Gedanken, dass es wahrscheinlicher eine Dummheit war – erst hatte sie sich von Osborne und dann von Law mitreißen lassen. Für sie war es wirklich viel besser, so praktisch wie ihre Mutter zu sein. Das spendete ihr Trost. Die Tatsache, dass ihre Mutter offenbar ihrem Herzen gefolgt war und Sadies Vater geheiratet hatte, würde sie einfach ignorieren.

Sie fuhren in die Stadt, um dann am Tor zu den Gärten auszusteigen. Sadie nahm den Arm ihres Vaters, als sie eintraten.

Als sie sich dem zentralen Bereich näherten, wo sich das Podium befand, kam Mr. Stackhouse auf sie zu. Er verbeugte sich. »Guten Abend, Miss Campion. Könnten wir ein wenig spazieren gehen?«

»Gewiss.« Sadie war über die Ablenkung durch seine Gesellschaft erfreut. Sie nahm seinen dargebotenen Arm, und zusammen gingen sie in Richtung eines der Zierbauten.

»Sie sehen heute Abend reizend aus.«

Sadie war sich bewusst, dass sie dasselbe Kleid wie am ersten Abend trug, doch da war er ja nicht hier gewesen und hatte sie also nicht darin gesehen. »Danke.« Sie suchte nach einem Gesprächsthema. »Wo sind Sie in der Stadt untergebracht?«

»Im Wheatsheaf. Es war heute Nachmittag ziemlich voll. Jemand sagte mir, das läge an dem Wettbuch. Die Leute hatten es eilig, neue Wetten abzuschließen …« Die Farbe stieg ihm ins Gesicht, und er warf ihr einen entschuldigenden Blick zu. »Nichts für ungut.«

»Schon vergessen«, sagte Sadie, die an Mavis´ Worte über ihre Tapferkeit dachte, den Klatsch und Tratsch heute Abend einfach abzuschütteln. »Mir ist klar, dass der Vorfall beim Puddingwettbewerb heute Abend ein beliebtes Gesprächsthema sein wird.« Und wahrscheinlich würde das noch eine ganze Weile so bleiben.

»Ich kann mir vorstellen, dass es für Sie unangenehm sein muss, da der Herzog Ihr Hausgast ist.« War das alles, was er damit meinte? War ihm nicht wie vielen anderen aufgefallen und vermutete er etwa nicht, der Herzog würde um sie werben?

»Ich versuche, nicht allzu sehr darauf zu achten«, entgegnete sie vage. »Ich betrachte den Herzog als einen Freund, doch mehr ist es nicht.« Damit hatte sie alle Bedenken ausgeräumt, die er wegen einer möglichen Brautwerbung hegen könnte. Sie spürte, wie Stackhouse sich entspannte – sie hatte gar nicht bemerkt, dass er angespannt war, aber jetzt war es ganz deutlich – und ein leichtes Lächeln umspielte seinen Mund.

»Er hat großes Glück, eine Freundin wie Sie zu haben«, meinte Stackhouse.

»Ich kann mir nicht vorstellen, wie er sich nach dem Vorfall fühlt.« In der Tat hatte sie ihn nicht einmal gefragt, und sie bedauerte ihr Versäumnis. Sie *waren* Freunde, ungeachtet dessen, was vorgefallen war. Sie hatte sich zu sehr darauf konzentriert, ihm auseinanderzusetzen, ihn nicht heiraten zu können, und auf seine Reaktion darauf.

»Es muss furchtbar kompliziert sein, ein Herzog zu sein. All die Verantwortung und die Erwartungen, ganz zu schweigen von dem Klatsch und Tratsch.« Er winkte mit der Hand. »Ich bin froh, dass mir solche Sorgen erspart bleiben.«

»Vermutlich haben wir alle bis zu einem gewissen Grad diese Sorgen.« Aus irgendeinem Grund verspürte Sadie das Bedürfnis, Law zu verteidigen, was albern war, da sie ihn gerade deshalb abgelehnt hatte, weil sie nicht an seinem mondänen Leben teilhaben wollte.

»Ja, ich denke, das tun wir. Sollen wir den Zierbau erkunden?«, fragte er.

»Das klingt verlockend.« Sadie sah Mr. Stackhouse fragend an und überlegte, was sie wohl sagen würde, wenn er ihr morgen, am letzten Tag des Festes, einen Heiratsantrag machen würde, denn an jenem Tag wurden die meisten Heiratsanträge gemacht. Es wäre ein ausnehmend schnelles Werben, da Stackhouse erst spät angekommen war.

Wie viele Paare verliebten sich eigentlich im Trubel des Festes? Über diese Frage hatte sie noch nie nachgedacht. Um ehrlich zu sein, hatte sie bis zu dieser Woche nie viel über die Liebe nachgedacht, als sie vollkommen davon überrascht worden war. Selbst bei Osborne hatte sie nicht gedacht, sich in ihn verliebt zu haben, obwohl sie mit einem Antrag von ihm gerechnet hatte.

Aber sie liebte Law.

Die Worte ihres Vaters kamen ihr erneut in den Sinn. Konnte sie sich von ihrem Herzen leiten lassen?

Nein, dieses Leben wollte sie nicht. Sie sehnte sich nach Einfachheit und Behaglichkeit. Mit der Zeit würde der Schmerz abebben, den sie verspürte, weil sie Law abgelehnt hatte.

KAPITEL 14

Nachdem Law Sadie mit ihrem Vater und ihren Brüdern in der Kutsche hatte wegfahren sehen, wandte er sich von seinem Fenster ab und starrte auf das Bett, in dem er letzte Nacht noch mit Sadie geschlafen und von ihrer gemeinsamen Zukunft geträumt hatte. Wie hatte alles so rasch und so schlimm auseinandergehen können?

Aber wie hatten sie sich andererseits so schnell ineinander verlieben können? Über die Liebe hatte er nie viel nachgedacht. Es war die Pflicht, die ihm in den Sinn kam, wenn er an die Ehe dachte. Jetzt war er sich nicht sicher, wie er jemanden heiraten sollte, den er *nicht* liebte. Und er konnte sich nicht vorstellen, jemand anderen als Sadie zu lieben.

Sie hatte ihm deutlich gemacht, ihn nicht zu lieben, oder zumindest nicht genügend, um ihn zu heiraten. Der Schmerz über die Zurückweisung tat weh, obgleich er verstand, was sie zu der Entscheidung bewogen hatte.

Er blickte sich in seinem Zimmer um und fragte sich, wo zum Teufel Yates abgeblieben war. Law hatte ihn nicht mehr gesehen, seit er zu dem Puddingwettbewerb aufgebrochen war. War dem Mann zu Ohren gekommen, dass Gillingham in der Stadt war, und er war davongelaufen als er erkannte, dass Law seinen Betrug durchschaut hatte? Nein, sehr viel wahrscheinlicher war, dass er einfach in seinem Zimmer schmollte.

Law verließ sein Zimmer und ging auf der Suche nach seinem Kammerdiener die Treppe hinauf. Als er Yates Zimmer verwaist vorfand, ging Law zu Holdens Zimmer weiter und klopfte an die Tür.

»Herein.« Holden stand vor dem Spiegel und versuchte, seinen Krawattenschal zu binden. Er murmelte einen Fluch als Law eintrat.

»Es sieht schrecklich schwierig aus, dies mit einer Hand zu vollbringen. Darf ich helfen?«

Holden zog eine dunkle Augenbraue hoch. »Ich bin nicht sicher, ob es für einen Herzog akzeptabel ist, seinem Kutscher den Krawattenschal zu binden.«

Law zuckte mit den Schultern. »Ich habe entschieden, dass die Erwartungen absurd sind, die an einen Herzog gestellt werden. Von nun an werde ich meine eigenen Regeln aufstellen.« Er gab sich die größte Mühe, den Stoff zu etwas zu binden, dass nach einem Krawattenknoten aussah. »Ich bin einigermaßen unfähig darin, was ein großes Pech ist, da ich ohne Kammerdiener sein werde.«

»Tatsächlich? Habe ich Yates deshalb den ganzen Nachmittag über nicht gesehen?«

»Ich habe ihm seine Kündigung noch nicht ausgesprochen. Ich frage mich, wo er steckt.« Law betrachtete sein Werk. »Das wird vermutlich genügen. Wer hat dies in den letzten Tagen für Sie gemacht?«

Die Röte stieg dem Mann in seine vollen Wangen. »Mavis. Ich erwarte sie in Kürze, da wir zusammen zum Fest gehen wollen. Ich dachte, es wäre schön, sie zu begrüßen, ohne sie bitten zu müssen, mir beim Ankleiden behilflich zu sein.«

»Ich verstehe. Es scheint, als wären Mavis und Sie sich nähergekommen. Ist das etwas … Dauerhaftes?«

»Ich hoffe, dass es das sein könnte. Ich hatte, nun, ich hatte mit Euch darüber sprechen wollen, ob es vielleicht in einem Eurer Haushalte einen Platz für sie gibt.«

Law dachte sofort daran, wie es Sadie treffen würde, sie zu verlieren. Er wollte ihr das Dienstmädchen nicht abspenstig machen, aber dem Lauf der wahren Liebe wollte er auch nicht im Wege stehen. »Ich bin sicher, das sich etwas finden lässt – wenn das Ihr Wunsch ist. Setzen Sie mich ins Bild, sobald Mavis und Sie sich entschieden haben.«

Holden erwiderte seinen Blick und nickte. »Das werde ich, Euer Gnaden. Ich danke Euch.« Seine Aufmerksamkeit wurde auf die Tür gelenkt. »Da ist Yates ja.«

Law wirbelte herum und schritt zur Tür. »Yates!«

Der Kammerdiener war schon fast bei seinem Zimmer angelangt, als er stehen blieb. Er drehte sich um und brachte ein humorloses Lächeln zustande. »Euer Gnaden, da seid Ihr ja.« Mit starrer Körperhaltung kam er auf Holdens Zimmer zu. »Ich habe in Eurem Zimmer nachgesehen, doch Ihr wart nicht da.«

»Und wo sind Sie gewesen?«, fragte Law.

»In der Stadt, auf Lord Gillinghams Bitte hin. Er hatte gehofft, es könnte einen Weg geben, der zur Versöhnung zwischen Euch und Lady Frederica führt.«

»Versöhnung? Bis zum heutigen Tag bin ich ihr nicht einmal begegnet.« Law trat einen Schritt auf den älteren Mann zu, und kräuselte dabei die Lippen.

»Das mag ja sein, aber Eure Vereinigung wird schon seit Monaten erwartet.«

»Allerdings nicht von meiner Seite. Nie hätte ich auf die Forderungen meines Vaters eingehen dürfen. Ich hatte lediglich eingewilligt, eine Verlobung in Betracht zu ziehen. Ein Versprechen habe ich nicht geleistet. Das wissen Sie jedoch, weil Sie einen Brief gefälscht haben. Wie zum Teufel ist es Ihnen während des Festes überhaupt gelungen, einen Brief abzuschicken?«

»Ich bin in ein anderes Dorf gelaufen und habe für die Zustellung bezahlt.« Der Mann klang stolz auf sich.

»Das muss eine ganze Stange Geld gekostet haben.« Das hoffte Law zumindest. »Ich könnte Sie verhaften lassen, weil Sie sich für mich ausgegeben haben.«

Yates zuckte zusammen, während er die Lippen so fest aufeinanderpresste, dass sie beinahe verschwanden.

Mit weit aufgerissenen Augen eilte Holden zur Tür. »Das hat er nicht!«

»Das hat er«, entgegnete Law mit fester Stimme. »Er hat einen Brief in meinem Namen geschrieben, in dem er meine Absicht, Lady Frederica zu heiraten, kundtat und ihn an ihren Vater geschickt. Er lud sie ein, mit mir zu diesem Fest der Partnerfindung zu kommen, dem perfekten Ort, um einen Ehevertrag zu unterzeichnen. Dann kamen die Gillinghams hierher und erwarteten eine Verlobung. Haben Sie eine Ahnung, welchen Schaden Sie Lady Frederica damit zugefügt haben?«, donnerte Law, und es gefiel ihm gar nicht, dass er in seinem Zorn viel zu sehr wie sein Vater klang.

Yates wurde blass. »Es würde kein Schaden entstehen, wenn Ihr sie einfach heiraten würdet. Das ist die einfachste und beste Lösung. Außerdem war das der Wunsch Eures Vaters.«

Law schüttelte den Kopf. »Sie haben keinerlei Gewissensbisse, oder?«

»Wo ist denn *Euer* schlechtes Gewissen?« Yates´ Augen funkelten. »Ihr habt hier einfach angebandelt ... mit Miss Campion, anstatt die Reise zum Anwesen von Lord Gillingham fortzusetzen. Es ist eine Travestie.«

Helle Wut brannte in Laws Brust, als er sich vorstellte, mit welchem Wort Yates Sadie hätte betiteln können. »Sie passen besser auf«, knurrte er erbost.

Yates grinste spöttisch. »Ich passe auf alles und jeden auf. Warum seht Ihr denn nicht, dass ich versucht habe, Euch zu helfen? Wenn ich es bloß geschafft hätte Euch von ihr fernhalten zu können.« Er presste die Lippen zusammen, als ob er nicht weitersprechen wollte.

Law erstarrte. »Was haben Sie getan?« Sein rotes Gesicht, das Unwohlsein nach dem Picknick, von dem er jetzt ganz sicher war, dass es Laudanum gewesen sein musste. »Sie haben mich betäubt.« Über seine Verderbtheit schockiert, starrte Law den Mann an.

Der Kammerdiener versteifte sich. »Ich habe getan, was notwendig war. Und es ist kein Schaden entstanden.«

Law schüttelte sich vor Wut. »Sie haben jede Menge Schaden angerichtet, und das ist Ihnen einerlei, weil es im Namen meines Vaters geschehen ist. Weder von einem toten Mann noch von mir werden Sie eine Gunst erhalten. Sie sind mit sofortiger Wirkung entlassen – ohne Referenz.«

Jetzt nahm Yates' Gesicht einen grauen Ton an. »Aber, Euer Gnaden, ich war jahrzehntelang ein treuer Diener.«

»Ihre Loyalität galt ausschließlich meinem Vater, wie Sie gerade bestätigt haben. Jemanden wie Sie brauche ich nicht in meinen Diensten. Angesichts Ihrer Taten kann ich Sie darüber hinaus nicht guten Gewissens empfehlen. Sie können von Glück reden, dass ich davon absehe, Mr. Sneed aufzusuchen, um Sie in Gewahrsam nehmen zu lassen.«

»Wie soll ich weitermachen?«, wimmerte Yates.

»Das weiß ich ganz bestimmt nicht. Vielleicht kann Lord Gillingham Ihnen helfen. Ich schlage vor, Sie packen Ihre Sachen und suchen ihn auf, bevor er Marrywell verlässt. Ich würde auch empfehlen, dass Sie ihn nicht betäuben.«

Yates bewegte die Lippen für einen Moment, ehe er sich

umdrehte, in sein Zimmer eilte und die Tür mit einem lauten Knall zuschlug.

»Das war brillant. Hat er Euch tatsächlich unter Drogen gesetzt?«, fragte Holden ungläubig.

»Nach dem Picknick bin ich hierher zurückgekehrt und habe Tee getrunken. Kurz danach bin ich ins Bett gesackt, und ich hätte schwören können, Laudanum genommen zu haben. Ganz offensichtlich habe ich das wohl auch. Damals hätte ich etwas merken müssen.« Law ärgerte sich maßlos über sich selbst, da er in dem Kammerdiener nicht die Bedrohung erkannt hatte, die er tatsächlich darstellte.

»Und er hat Euer Gesicht voller Absicht rot gefärbt? Hatte er Euch hindern wollen, Miss Campion zum Fest zu begleiten?«

»So scheint es.« Law überlegte, ob er den Mann nicht doch verhaften lassen sollte. Er war eine Bedrohung.

Holden nickte ihm entschieden zu. »Ich habe ihn nie gemocht. Niemand aus den Stallungen mag ihn. Die meisten Angestellten aus dem Londoner Haushalt können ihn auch nicht ausstehen. Und wahrscheinlich die Hälfte der Leute auf Hedgeley.« Damit bezog er sich auf Laws herzogliches Anwesen.

»Das habe ich nicht gewusst. Wieso sind Sie alle so gut darin, die eigene Meinung zu verbergen?«

Holden zuckte mit den Schultern. »So sind wir eben, und insbesondere – ich bitte um Verzeihung – bei einem Brotherren wie Eurem Vater.«

»Nun, ich wäre gerne über störende Dienstboten im Bilde. Ich hoffe, Yates war nicht zu unerträglich.« Angesichts dessen, was er mit dem gefälschten Brief angerichtet hatte, musste Law sich allerdings fragen, welche anderen heimtückischen Taten er noch begangen hatte.

»Er war einfach nur ärgerlich lästig«, entgegnete Holden.

»Das ist er.« Law seufzte. »Nun werde ich vermutlich

meine Sachen selbst packen müssen. Das hatte ich natürlich erwartet. Ich werde das erledigen, während Sie heute Abend das Fest besuchen. Dann können wir am Morgen aufbrechen.«

»So bald?«

Verflixt. Law hätte in seine Überlegungen einbeziehen müssen, wie sich dies auf Holden und sein Werben um das Dienstmädchen auswirken würde. »Mir ist klar, dass Ihnen damit nicht viel Zeit bleibt, doch es ist mir nicht möglich, hier in Fieldstone zu bleiben. Nachdem Sie mich nach London gefahren haben, können Sie sich einige Zeit freinehmen und zurückkommen, wenn das akzeptabel ist.«

»Das ist sehr großzügig, aber warum wollt Ihr abreisen? Was ist mit Miss Campion?«

Bevor Law antworten konnte, erschien Mavis am oberen Ende der Treppe. Mit gerunzelter Stirn kam sie auf die beiden zu. »Warum seid Ihr hier im Korridor?« Ihr Blick heftete sich auf Holden und sie lächelte. »Du hast deinen Krawattenschal gebunden.«

»Das hat in Wahrheit Seine Gnaden übernommen.«

Mavis lenkte ihre Aufmerksamkeit auf Law. »Das war überaus zuvorkommend von Euch, Euer Gnaden.« Sie schenkte ihm einen traurigen, mitfühlenden Blick. »Es tut mir leid, was heute vorgefallen ist.«

»Mir könnte es nicht mehr leidtun.«

»Ich hoffe, ich maße mir nichts an, wenn ich frei heraus spreche, aber meiner Ansicht nach solltet Ihr wissen, dass Sadie mir von Eurem Heiratsantrag erzählt hat. Heute Morgen war sie darüber so glücklich, wie ich sie noch nie erlebt habe. Ich kann nicht glauben, dass sie ihre Meinung geändert hat.«

Holden machte große Augen. »Moment, Ihr wart verlobt, und jetzt weist sie Euch ab?«

»Sie hat für sich selbst eine bessere Entscheidung

getroffen. Sie möchte ihr Leben nicht verkomplizieren, indem sie zu einer Herzogin wird. Das kann ich ihr nicht verübeln.«

»Das kann ich auch nicht«, meinte Mavis mit einem leichten Stirnrunzeln. »Doch am Ende wird sie es allerdings bereuen, glaube ich.«

Glaubte Mavis das? Und sollte sie es nicht wissen? Mavis arbeitete seit vielen Jahren in Fieldstone, wenn Law sich auf Grundlage seiner zahlreichen Gespräche mit Sadie richtig erinnerte.

»Liebt sie ihn?«, fragte Holden an Mavis gewandt.

Mavis nickte. »Dessen bin ich sicher.«

Holden blickte Law an. »Und Ihr liebt sie auch?«

»Über alles.«

»Warum kämpft Ihr dann nicht um sie?«, fragte Holden und zog die Brauen zu einem tiefen V zusammen.

»Weil sie mich sehr deutlich abgewiesen hat. Ich muss ihre Wünsche respektieren.«

Holden winkte ab. »Pah, das gilt nicht, wenn sie verärgert ist und ihre Entscheidung wahrscheinlich bereuen wird. Ich würde nicht so leicht aufgeben.«

Es war schwer, das Aufkommen eines kleinen Hoffnungsschimmers nicht wahrzunehmen. Vielleicht hatte er zu schnell kapituliert. Er liebte sie, und erst gestern Abend hatte sie ihm ihre Liebe gestanden. Sie hätte ihre Meinung bestimmt nicht geändert. Doch genau das hatte sie getan – darüber, ihn heiraten zu wollen.

Er dachte an die zahllosen Begebenheiten, in denen sein Vater ihn gezwungen hatte, bestimmte Dinge wieder und wieder zu tun, bis er seine Angst überwunden hatte oder die Fähigkeit beherrschte. Vielleicht musste er in dieser Sache genau das tun.

Natürlich. Das war es. Die Erkenntnis entlockte Law ein Lächeln. Wenn sein Vater gewusst hätte, worauf er ihn vorbereitete – eine Frau zu heiraten, die er nicht gutheißen würde –, hätte er ihm vielleicht nie so viel abverlangt.

Law würde den Versuch unternehmen, Sadie zu überreden, ihrer Furcht Herr zu werden, um seine Herzogin zu sein. Er musste ihr nur zeigen, dass ein Verstecken in Fieldstone sie nicht so glücklich machen würde, wie zusammen mit ihm ihre Ängste zu überwinden, um ihre Verantwortung – und ihre Liebe – zu teilen.

Law blickte von Holden zu Mavis. »Wie kann ich ihr beweisen, dass wir zusammengehören?«

Mavis lächelte. »Was wünscht sich Sadie am meisten?«

Es war nicht nötig, über die Antwort nachzudenken. Sie sprudelte nur so aus Laws Mund. »Ein Zuhause. Eine Familie. Und nicht in London als Herzogin«, fügte er trocken hinzu. Plötzlich wusste er, was er zu tun hatte. Die Lösung lag auf der Hand. Aber würde sie sich mit ihm einverstanden erklären?

»Ich muss zum Fest«, verkündete er und wollte sich unverzüglich auf den Weg machen.

»Wir wollten zu Fuß gehen, da ich nicht fahren kann und Holden auch nicht«, meinte Mavis. »Aber ich glaube, der Einspänner ist hier. Könntet Ihr anspannen?«

»Ich könnte mein eigenes Gespann vor meine eigene Kutsche spannen, wenn ich müsste, aber der Einspänner ist einfacher, wenn ihr meint, dass wir uns alle zusammen hineinquetschen können.«

»Mavis kann auf meinem Schoß sitzen«, meinte Holden grinsend.

Sie schlug ihm auf den Arm. »Schurke! Ich habe dir nichts versprochen.«

»Seine Gnaden hat gesagt, er wird einen Platz für dich finden, wenn du einwilligst, meine Frau zu werden.«

Auf Mavis´ Wangen erblühten zwei herrliche rosa Flecken. »Sadie wollte mich als ihre Zofe mitnehmen. Ich gestehe, ich war begeistert, als sie mir dies sagte, und dann am Boden zerstört, als sie ihre Meinung änderte.«

Law warf dem Dienstmädchen einen ernsten Blick zu. »Mit ein wenig Glück werde ich sie überreden, meine Herzogin zu werden, und dann wird sie ganz sicher eine Zofe brauchen. Es wird schon alles gut werden.«

Er betete, dass dem so sein würde.

~

Nachdem Sadie mit Stackhouse spazieren gegangen war, kehrte sie für eine kurze Weile zu ihrem Vater und ihren Brüdern zurück. Dann war Mr. Atkins gekommen, um seiner Bitte um einen weiteren Spaziergang Ausdruck zu verleihen, und sie hatten eine Runde um den zentralen Bereich in der Nähe des Podiums gedreht. Beide Gentlemen waren freundlich, besaßen genau die Art von Haus, die sie gerne ihr Eigen nennen würde, und würden gute Ehemänner abgeben. Keiner der beiden war jedoch Law.

Atkins brachte sie zu ihrem Vater zurück und verabschiedete sich mit einer Verbeugung. »Denken Sie daran, mir später einen Tanz aufzuheben«, bat er lächelnd.

»Ist der Junge alt genug zum Heiraten?«, fragte ihr Vater, als Atkins außer Hörweite war.

»Er sieht nur jung aus«, antwortete Sadie. »Er ist tatsächlich zwei Jahre älter als ich.«

Ihr Vater warf ihr einen Blick zu. »Möchte er dir den Hof machen?« Das hatte er sie auch nach ihrer Promenade mit Stackhouse gefragt.

»Er freue sich darauf, Zeit mit mir zu verbringen, hat er gesagt. Er hat mich für später um einen Tanz gebeten und vorgeschlagen, dass wir durch den Irrgarten spazieren.«

»Jesses.« Ihr Vater wirkte missgelaunt. »Im Irrgarten hat sich noch nie etwas Gutes ergeben.«

Sadie starrte ihn an. »Das hast du noch niemals gesagt. Was würdest du sagen, wenn ich dir erzähle, dass ich mit dem Herzog dort hingehen würde?« Sie *war* dort mit ihm gewesen und alles war nur gut gewesen. Und wundervoll. Und absolut unvergleichlich.

»Ich würde dich höchstpersönlich dorthin führen«, meinte ihr Vater mit einem Anflug von Ironie.

Sadie verdrehte die Augen.

»Was stimmt nicht mit ihm?«, wollte ihr Vater wissen.

»Dem Herzog, meine ich.«

»Es ist nichts verkehrt mit *ihm*.« Ganz im Gegenteil. Er gab ihr das Gefühl, begehrenswert und wichtig zu sein. Er hatte sie als den besten Menschen bezeichnet, den er kannte. Wie konnte sie ihn im Gegenzug nicht wundervoll finden?

Warum heiratest du ihn dann nicht?

Wieder fragte sie sich, ob sie einen Fehler machte und ob der Rat ihres Vaters es wert war, ihm Aufmerksamkeit zu widmen. Zum Glück war es fast an der Zeit, sich mit den anderen Ehrenjungfrauen auf das Podium zu begeben.

Als sie einen Blick auf die kurze Treppe warf, die zum Podium hinaufführte, entdeckte sie Law in Begleitung des Bürgermeisters flanieren. In seiner Abendgarderobe mit dem schwarzen Frack und dem schneeweißen Krawattenschal sah Law sehr gut aus. Sadie legte den Kopf ein wenig schief. Das war nicht sein üblicher Knoten. Sein blondes Haar kräuselte sich ein wenig in der Brise, und ihr fiel ein, wie seidig es sich zwischen ihren Fingern anfühlte. Sie erinnerte sich auch, wie er sich ganz fest an sie drückte, und eine Woge der Hitze durchflutete sie.

Gemeinsam mit Armstrong stieg er auf das Podium. Was war hier los?

Armstrong trat nach vorn, wo er normalerweise sprach,

während Law ein wenig zurückblieb und den Blick über die Menge schweifen ließ.

»Guten Abend, Marrywellers und Gäste!«, tönte Armstrong laut genug, um über den weiten Rasen zu schallen. »Unser geschätzter Gast, Seine Gnaden, der Herzog von Lawford, hat sich zu mir auf das Podium gesellt. Ich freue mich, Ihnen mitteilen zu können, dass der Herzog von unserer charmanten Gemeinde so angetan ist, dass er auf unbestimmte Zeit zu bleiben gedenkt!«

Sadie schnappte nach Luft und bemerkte, dass sie nur eine von Hunderten war, die das gleiche Geräusch machten. Leises Stimmengemurmel kam auf, als die Leute einander auf diese Neuigkeit ansprachen.

»Nun, das ist verflixt unerwartet«, stellte Adam fest.

Ja, das war es. Sadie glaubte, keine Luft mehr zu bekommen.

»Seine Gnaden wird sich bemühen, ein passendes Grundstück in der Umgebung zu erwerben, das während des Festes zusätzliche Unterkünfte für Gäste bietet, was eine Ausweitung unserer Besucherzahl bedeuten würde!«

Das würde ihrer Stadt, die auf das Fest angewiesen war, zusätzliche Mittel einbringen. Warum tat er das?

»Der Herzog möchte ein paar Worte äußern.« Armstrong gab Law ein Zeichen, zu ihm in den Vordergrund des Podiums zu kommen.

Law trat vor, und in diesem Augenblick trafen seine Augen sich mit Sadies. »Ich habe mich vollkommen in Marrywell verliebt«, gestand er. Sadies Herz schlug bis zum Hals, und jetzt konnte sie *nicht mehr* atmen. Er sah an ihr vorbei und ließ den Blick über die große Versammlung schweifen, aber sie hielt ihren Blick auf ihn gerichtet. »Ich freue mich darauf, diesen schönen Ort mein Zuhause nennen zu können. Jedenfalls soll es eines davon sein. Ich habe zwar Verpflichtungen, die es erforderlich machen,

während der Saison in London zu weilen, aber ich werde so oft wie möglich hier sein, insbesondere während des Festes.«
Jetzt blickte er sie wieder direkt an, und es schien, als würde er zu ihr und nur zu ihr sprechen.

»Hör sich das einer an«, bemerkte Sadies Vater leise. »Er hat sich in unsere Stadt verliebt.«

Sadie blickte zu ihm hinüber und sah, dass er sie statt des Podiums ansah. Er wölbte eine Augenbraue und setzte einen ausgesprochen selbstgefälligen Gesichtsausdruck auf.

Sie wandte den Blick wieder dem Podium zu. Law wollte Marrywell zu seinem Zuhause machen? Nun, zu einem seiner Zuhause. Warum sollte er das tun, nachdem sie ihn abgewiesen hatte?

Weil er nicht aufgeben wird.

Sie hatte ihm gesagt, keine Herzogin sein zu wollen, und dass sie ihr einfaches Leben bevorzugte. Er würde alles Erdenkliche tun – im Rahmen seiner eigenen Verpflichtungen –, um ihr genau das zu ermöglichen. Zumindest glaubte sie, dass er dies zum Ausdruck bringen wollte.

Law lächelte ihr vom Podium zu, und ihr Herz blieb ihr im Hals stecken. Sie liebte ihn so sehr. Ihr Vater hatte recht. Manchmal war es das Beste, auf sein Herz zu hören.

Armstrong verkündete, es sei Zeit für die Königin, den König und die Ehrenjungfrauen, zu ihm auf das Podium zu kommen. Sadie begab sich zur Treppe und ihre Beine fühlten sich ein bisschen zittrig an. Wenigstens bekam sie wieder Luft.

Sie stieg auf das Podium und folgte den anderen Ehrenjungfrauen, die am Bürgermeister vorbeischritten Als sie ihn erreichte, hielt Sadie inne. »Könnten Sie den Herzog bitten, mir seine Frage noch einmal zu stellen«, flüsterte sie.

Armstrongs Stirn legte sich verwirrt in Falten.

»Fragen Sie ihn einfach, ob er will«, sagte Sadie, ballte

ihre Hände zu Fäusten und entspannte sie wieder, als eine berauschende Vorfreude sie durchflutete.

Armstrong drehte sich um und ging zurück zu Law. »Miss Campion möchte wissen, ob Ihr die Frage noch einmal stellen würdet.«

Laws Blick traf ihren. Er wölbte eine Braue, und sie erkannte die Frage in seinem Ausdruck.

Sie nickte, und ein leises Lächeln umspielte ihre Lippen.

»Es wäre mir ein Vergnügen«, antwortete Law leise. Er sank auf ein Knie und fragte etwas lauter: »Miss Campion, würden Sie mir die Ehre erweisen, meine Herzogin zu werden?«

»Das werde ich.« Ein breites Lächeln legte sich über ihr Gesicht, und sie begann vor Rührung zu zittern.

In den Gärten brachen Beifall und Jubel aus. Sadie fühlte die Nässe auf ihren Wangen, aber es regnete natürlich nicht.

Law trat vor und schloss sie in seine Arme. Er küsste sie auf die Stirn und streichelte ihre Wange. »Ich bin so froh, dass du Ja gesagt hast.«

»Wie könnte ich zu *diesem* Antrag nein sagen?« Sie schüttelte den Kopf und wischte sich mit dem Rücken ihrer behandschuhten Hand über die Wangen. »Es war nicht nur der Heiratsantrag. Ich hatte schon angefangen, meine Meinungsänderung zu bereuen. War das ernst gemeint, was du über das Leben hier gesagt hast?«

»Natürlich. Ich kann dich nicht davor bewahren, eine Herzogin zu werden, aber ich kann dir das Haus, den Ort und alles andere geben, was dein Herz begehrt.«

»Du bist es, was mein Herz am meisten begehrt«, entgegnete sie und berührte sein Gesicht. »Ich brauche wirklich kein viertes Haus hier in Marrywell. Versprich mir einfach, dass wir oft nach Fieldstone fahren und versuchen, immer am Fest zur Partnerfindung teilzuhaben.«

»Wir können über das vierte Haus reden – ich bin vollkommen in deine Stadt vernarrt. Ich verspreche, dass wir zu deinem Haus zurückkehren werden, so oft du willst, und unter keinen Umständen werde ich ein Fest verpassen. Ich möchte dich küssen, aber ich fürchte, das würde zu viel Spektakel verursachen.« Er schenkte ihr ein verschmitztes Lächeln. »Aber ich verspreche, das später zu tun und noch viel mehr, wenn wir allein sind. Wenn du es erlaubst.«

Sie sah ihn mit einem kecken Blick an. »Du kennst mich inzwischen gut genug, um zu wissen, dass ich es verlangen werde.«

Er lachte und dann küsste er ihre Schläfe. »Und deine sind die einzigen Befehle, die mir wichtig sind.«

»Hurra!«, rief Armstrong aus. »Was für ein Auftakt für den sechsten Abend! Wir haben unsere erste Verlobung und was für eine spektakuläre noch dazu. Gratulieren wir Seiner Gnaden, dem Herzog von Lawford, und unserer geschätzten Miss Sadie Campion!«

Es gab noch mehr Beifall, und Sadie hatte das Gefühl, als könnte sie vor Glück platzen. Sie blickte über das Meer von Gesichtern und war vor Freude überwältigt. »Das übertrifft alles, was ich mir je vorgestellt habe.« Sie sah Law an. »Du hast Träume wahr gemacht, von denen ich nicht einmal wusste, dass ich sie hatte.«

»Dann solltest du dir noch mehr Träume ausdenken, damit ich auch diese wahr werden lassen kann.«

»Lasst uns mit dem Tanz beginnen«, verkündete Armstrong. »Angeführt von unserem frisch verlobten Paar!«

Sadie nahm Laws Arm, und sie verließen das Podium. Ihre gesamte Familie wartete versammelt am Fuße der Treppe.

»Das war das Romantischste, was ich je erlebt habe«, schniefte Annabelle und wischte sich mit einem Taschentuch die Nase.

Law wandte sich an Sadies Vater. »Ich hätte Sie vorher

um Erlaubnis bitten sollen. Ich hoffe, Sie können mir dieses Versäumnis nachsehen.«

»Sie heiraten meine Tochter!« Sadies Vater schniefte. »Wollen Sie wirklich hier in Marrywell leben? Oder wollten Sie Sadie nur überreden, Sie zu heiraten?«

»Ja, ich will hier leben. Sadie und ich werden so viel Zeit hier verbringen, wie wir können.«

»Darüber reden wir noch«, meinte Sadie. »Mir ist klar, dass ich, wenn ich mit vier Brüdern, meinem Vater und einem turbulenten Haushalt zurechtkomme, es wohl auch schaffe, eine Herzogin zu sein. Wie schwierig kann die Londoner Gesellschaft schon sein?«

»Das ist ein ziemlicher Sinneswandel«, flüsterte Law an ihrem Ohr. »Ich glaube, du kannst alles erreichen, was du dir vornimmst. Und ich werde dafür sorgen, dass ganz London weiß, was für eine wundervolle, kompetente und erstaunlich kluge Frau du bist.«

Sie blickte zu ihm auf. »Ich war ängstlich, und das will ich nicht mehr sein. Ich glaube nicht, das mit dir an meiner Seite sein zu können.« Grinsend zog sie ihn in Richtung Tanzfläche. »Komm, wir müssen tanzen.«

»Ihr seid in Fieldstone jederzeit willkommen!«, rief ihr Vater ihnen nach.

Der Bürgermeister kündigte einen Walzer zur Feier von Sadies und Laws Verlobung an. Law nahm sie in seine Arme, als die Musik einsetzte. In diesem Moment gab es nur noch sie beide, aber die anderen Mitglieder des Hofstaats würden sich ihnen bald anschließen.

»Du hast wirklich keine Angst mehr?«, fragte Law.

»Ich weiß, dass es Herausforderungen geben wird, aber ich bin ihnen gewachsen. Da ist nur noch eine Sache. Wird mit Lady Frederica alles gut gehen? Der Gedanke, sie könnte ruiniert sein, beunruhigt mich sehr.«

Law drückte sie besänftigend an sich, während sie sich im

Takt der Musik bewegten. »Es wird ihr gut gehen. Wahrscheinlich wird es etwas Klatsch und Tratsch geben, doch es wird nicht so schlimm kommen, wie Gillingham prophezeit hat. Wenn er bis zur nächsten Saison wartet, um sie auf dem Heiratsmarkt vorzustellen, wird sie bestimmt recht erfolgreich sein.«

»Würde es helfen, wenn ich ihr besondere Aufmerksamkeit schenken würde? Vielleicht könnten wir sie zum Ehrengast auf einem Ball machen oder so.« Sadie sah ihn mit einem schiefen Lächeln an. »Ehrlich gesagt, habe ich keine Ahnung, wie das funktionieren soll.«

»Du wirst es regeln, und du kannst einen neuen Stil für die Dinge festlegen.« Er sah sie eindringlich an. »Ich glaube fest daran, dass du die erfolgreichste Herzogin sein wirst, die London je erlebt hat.«

Sadie fühlte sich, als würde sie vor Liebe glühen. »Dein Vertrauen in mich ist es, was ich wirklich brauche. Das hätte ich früher erkennen müssen. Es tut mir so leid, dass ich dich abgewiesen habe.«

»Du musst dich nicht entschuldigen. Ich verstehe vollkommen, warum du deine Meinung geändert hast. Es war wirklich traumatisch, was bei dem Puddingwettbewerb passiert ist. Ich freue mich, dir mitzuteilen, dass Yates nicht mehr in meinen Diensten steht. Kannst du dir vorstellen, dass er mir absichtlich das Gesicht rot gefärbt und Laudanum in meinen Tee getan hat, nur um mich davon abzuhalten, mit dir am Fest teilzunehmen?«

Sie starrte ihn an. »Dieser Schurke!«

»Ganz recht. Ich werde einen neuen Kammerdiener einstellen müssen. Aber du hast bereits eine Zofe – Mavis wird begeistert sein, dass du es dir anders überlegt hast, denn sie und Holden würden gerne heiraten.«

»Wirklich?« Sadie hätte nicht gedacht, noch mehr Freude empfinden zu können, aber das tat sie.

»Wahrhaftig.« Er führte sie virtuos, während die anderen sich zu ihnen auf die Tanzfläche gesellten. »Ich bin einfach froh, dass ich mein Versprechen dir gegenüber halten konnte.«

Sadie lachte leise. »Dass ich bis zum Ende des Festes verlobt sein würde?«

Er nickte. »Und ich habe noch einen Tag übrig.«

»Ich beanspruche ihn für mich«, meinte Sadie und sah ihn mit verführerischen Absichten an.

»Du kannst alle meine Tage haben, meine Liebste. Bis in alle Ewigkeit.«

EPILOG

Ein Jahr später

»Du bist so ein Prachtbursche. Ja, das bist du.«
Sadie küsste ihren Sohn auf das Köpfchen,
während sie ihn auf ihrem Schoß balancierte. Sie liebte den
Geruch seines hellen, flaumigen Haares. Mit seinen zwei
Monaten lächelte und lachte Jerome und machte auch viele
Bäuerchen. Aber selbst dann gehörte ihm ihr Herz – wie
auch seinem Vater. Sadies Blick wanderte zu der Stelle, an
der Law mit ihrem Vater stand und einen Brandy trank.

»Wann müsst ihr für den Empfang aufbrechen?«, fragte
Sadies Vater.

Wie erwartet waren Law und Sadie dieses Jahr Maikönig
und Maikönigin. Allerdings wohnten sie nicht im New Inn,
und hatten es auch nicht geschafft, ein Haus in der Nähe von
Marrywell zu kaufen. Sie waren zu sehr damit beschäftigt,
sich in das Eheleben einzugewöhnen, und Sadie wollte ihre
Zeit in den Häusern verbringen, die Law bereits besaß.

All das bedeutete, dass Sadie Zeit auf Fieldstone verbringen konnte, welches inzwischen unter der Obhut der neuen Haushälterin, Mrs. Fitz, zusammen mit zwei neuen Dienstmädchen, gut gedieh.

Amelia Fitz war Ende vierzig, eine zierliche schwarzhaarige Frau mit einem freundlichen Lächeln und eisernem Willen. Niemand stellte ihre Autorität oder ihr Fachwissen auf Fieldstone in Frage. In vielerlei Hinsicht hatte sie die Dinge verbessert, denn niemand erwartete von ihr, dass sie jemandem einen Gefallen erwies, den er selbst tun konnte und sollte. Sadie bewunderte sie.

Wie von Sadies Gedanken herbeigerufen, kam Mrs. Fitz in die Stube. »Im Esszimmer gibt es für alle einen Imbiss, die vor dem Empfang noch etwas essen möchten.«

Sadies Vater richtete sich sofort auf. Er ging auf Mrs. Fitz zu. »Sie denken wirklich an alles. Ich frage mich, wie wir jemals ohne Sie ausgekommen sind.«

Es kostete Sadie eine enorme Anstrengung, die Augen nicht zu verdrehen, aber seit ihrer Ankunft vor fast einer Woche hatte sie festgestellt, dass ihr Vater in Mrs. Fitz verliebt war – ein Umstand, den Sadie nicht bemerkt hatte, als sie während der Weihnachtszeit zwei Wochen lang zu Gast waren. Sadie glaubte nicht, dass die Frau etwas davon wusste, oder falls doch, war sie sehr gut darin, die Unwissende zu spielen. Vielleicht war sie aber auch einfach nicht interessiert.

»Ihre Tochter hat alles sehr gut gemeistert«, schimpfte Mrs. Fitz. »Schmeicheln Sie mir nicht auf ihre Kosten.« In ihren Augen lag ein neckischer Glanz, der Sadie glauben ließ, dass sie tatsächlich interessiert sein *könnte*. Vielleicht sollte sie Mrs. Fitz als Ehrenjungfrau auswählen.

Das führte dazu, dass sich Sadies Magen zusammenzog. Sie war nervös wegen ihrer bevorstehenden Aufgabe beim Willkommensempfang. Wie sollte sie nur sieben Ehrenjungfrauen auswählen? Da Sadie im letzten Jahr dazugekommen war, konnte sie dann auch in diesem Jahr weitere Ehrenjungfrauen auswählen? Sie bezweifelte, dass man eine Ausnahme machen würde, nur weil ihr die Auswahl schwerfiel.

»Wir sollten vielleicht etwas essen«, schlug Law vor, der seinen Brandy austrank. Er stellte das geleerte Glas auf einem Tisch ab und ging zu Sadie. »Nehmen wir Jerome mit?«

Normalerweise nahmen sie ihn überall mit hin, da er noch so klein war, und Sadie ihn stillte. »Ich denke, wir sollten seine Amme mitnehmen, falls er in der Kutsche einschläft. Dann kann er dortbleiben und sein Nickerchen beenden.«

»Ich kann auch mitkommen«, erbot sich Mavis, als sie in die Wohnstube kam. Sie hatte Sadie erst vor vierzehn Tagen mitgeteilt, dass sie und Holden im Laufe des Jahres ein eigenes Kind erwarten würden. »Nicht, dass ihr mich braucht, aber ich verbringe immer gerne Zeit mit unserem kleinen Lieblingsmann.« Sie lächelte Jerome an.

Sadie erhob sich und wandte sich an Mavis. »Würde es dir etwas ausmachen, ihn zur Amme nach oben zu bringen? Ich würde gern noch etwas essen, bevor wir uns zur Abfahrt bereitmachen.«

»Mit dem größten Vergnügen.« Mavis nahm Jerome und murmelte unsinnige Dinge, während sie ihn aus dem Wohnzimmer trug.

Sadie nahm den Arm ihres Mannes. »Lass uns essen.« Sie gingen ins Esszimmer, wo Sadie einen Teller voll mit Mrs. Rowells besten Gerichten – alles, was sie kochte – anrichtete.

Auch Laws Teller war übervoll. »Wenn wir abreisen, bin ich vielleicht doppelt so breit wie bei unserer Ankunft. Gut, dass sie mein Angebot, für uns zu kochen, abgelehnt hat.«

Keuchend starrte Sadie ihn an, als sie ihre Teller auf den Tisch stellten. »Das hast du nicht wirklich getan?«

Er schüttelte den Kopf und lachte. »Ich habe das Angebot im Scherz gemacht. Ich weiß, dass sie Fieldstone nie verlassen würde. Und obwohl ich auch gerne ihren Mann eingestellt hätte, weiß ich, dass er hier gebraucht wird.«

»Ja, mein Vater ist nicht der Beste, was die Verwaltung des Anwesens angeht«, meinte Sadie seufzend. »Aber Rowell sagt, Esmond sei vielversprechend, und das ist beruhigend zu hören. Ich habe mir Sorgen gemacht, dass er nie die nötige Reife finden würde. Und Philip kümmert sich um das neue Anwesen.« Ihr Vater hatte es vor etwa sechs Monaten gekauft. »Es scheint, als würden meine Brüder jetzt, wo ich nicht mehr da bin, ihr Potenzial voll ausschöpfen.«

»Ich glaube, du hast sie inspiriert«, meinte Law und hielt ihr den Stuhl.

Aber Sadie setzte sich nicht. Sie drehte sich um und sah ihren Mann an, erstaunt darüber, wie sehr sich ihr Leben in nur einem Jahr verändert hatte. »Vielleicht, aber ich glaube, sie hatten dieses Potenzial schon immer in sich.«

»Das denke ich auch, denn ihr seid alle aus demselben Holz geschnitzt, und du bist die fähigste, brillanteste und außergewöhnlichste Frau auf Erden.«

»Auf Erden? Liebe Güte, das ist schwer zu glauben.«

Law ging um den Stuhl herum und legte ihr die Arme um die Taille. »Du hast das Leben als Herzogin gemeistert, die Londoner Gesellschaft erobert und erweist dich als die wunderbarste Mutter, die je gelebt hat. Das sind alles objektive Tatsachen.« Er küsste sie auf die Wange, dann auf eine bestimmte Stelle hinter ihrem Ohr.

Sadie lachte als sie ihre Hände auf seine Brust legte und den Kopf neigte, damit er mit ihrem Hals tun konnte, was ihm beliebte, und wohin er mit seinen Lippen als Nächstes wanderte. »Du bist nur ein ganz klein wenig voreingenommen.«

Er hob den Kopf und schaute ihr mit einer Liebe in die

Augen, die Sadie das Herz aufgehen ließ. »Ich bin nicht
voreingenommen. Ich bin *verzaubert*. Ich bin heute noch
mehr in dich verliebt als gestern, und morgen werde ich
noch mehr in dich verliebt sein. So etwas hätte ich mir nie
vorstellen können, aber so ist es. All dies ist nur
deinetwegen.«

»Ein bisschen ist es auch deinetwegen.«

Er lachte und küsste sie leidenschaftlich. »Lass uns essen,
meine Königin, bevor ich beschließe, stattdessen dich zu
vernaschen.«

Sie verengte ihre Augen in verführerischer Aufforderung.
»Können wir nicht beides tun?«

Law streichelte ihr über die Wange und lächelte. »Du bist
die Maikönigin. Wir können tun, was du befiehlst.«

Vielen Dank für das Lesen von **Ein Herzog wird verzaubert**.
Ich hoffe, das Buch hat Ihnen gefallen! Verpassen Sie nicht
das nächste Buch der Reihe Lords und die Liebe von Erica
Ridley, **Des Wüstlings Zähmung** :

**Der schlimmste Wüstling der feinen Gesellschaft hat sie
ruiniert. Jetzt ist sie zurück, um Rache zu fordern – und
sein Herz!**

Möchten Sie erfahren, wann mein nächstes Buch verfügbar
ist? Sie können sich für meinen Deutscher Newsletter
anmelden, mir auf Amazon.de folgen und meine Facebook-
Seite liken. Alle Newsletter-Abonnenten erhalten exklusive
Bonus-Geschichten, die sonst nirgends erhältlich sind, unter
anderem auch die einleitende Vorgeschichte zur Buchreihe
Der Phönix Club.

Rezensionen helfen anderen, Bücher zu finden, die für sie geeignet sind. Ich schätze alle Bewertungen, ob positiv oder negativ. Ich hoffe, dass Sie erwägen werden, eine Bewertung bei Ihrem bevorzugten der Seite Ihres bevorzugten Internet-Netzwerkes abzugeben.

Ich mag meine Leser so sehr. Danke!

Sind Sie an weiterer Regency-Romantik interessiert? Schauen Sie sich meine anderen historischen Serien an:

Die Unberührbaren
Geraten Sie ins Schwärmen über zwölf der begehrtesten und schwer fassbaren Junggesellen der feinen Gesellschaft und die Blaustrümpfe, Mauerblümchen und Außenseiterinnen, die sie in die Knie zwingen!

Die Unberührbaren: Die Prätendenten
In der faszinierenden Welt der Unberührbaren spielend, handelt die Saga von einem Geschwistertrio, die sich darin auszeichnen, sich als jemand auszugeben, der sie nicht sind. Werden ein unerschrockene Bow Street Ermittler, ein niedergeschmetterter Viscount und eine desillusionierte Dame der feinen Gesellschaft es schaffen, ihre Geheimnisse zu lüften?

Der Phönix Club
Die exklusivste Einladung der feinen Gesellschaft ...

Willkommen im Phönix Club, in dem Londons waghalsigste, anrüchigste und intriganteste Ladys und Gentlemen Skandale, Erlösung und eine zweite Chance finden.

Chroniken der Ehestiftung
Der Pfad der wahren Liebe verläuft niemals geradlinig.
Manchmal ist eine Hausparty zur Ehestiftung vonnöten.
Wenn Paare sich auf einer Hausparty kennenlernen, ereignen
sich provokative Flirts, heimliche Rendezvous und
Verliebtheit im Überfluss.

Ruchlose Geheimnisse und Skandale
Sechs unglaubliche Geschichten, die sich in den glamourösen
Ballsälen Londons und den herrlichen Landschaften
Englands abspielen. Das erste Buch, **Ihr ruchloses
Temperament** erscheint in Kürze!

Die Liebe ist überall
Herzerwärmende Nacherzählungen klassischer
Weihnachtsgeschichten im Regency-Stil, die in einem
gemütlichen Dorf spielen und von drei Geschwistern und
dem besten Geschenk von allen handeln: der Liebe.

Der Club der verruchten Herzöge
Sechs Bücher, geschrieben von meiner besten Freundin, der
New York Times Bestseller-Autorin Erica Ridley, und mir.
Lernen Sie die unvergesslichen Männer von Londons
berüchtigtster Taverne, dem Verruchten Herzog, kennen.
Verführerisch attraktiv, mit Charme und Witz im Überfluss,
wird eine Nacht mit diesen Wüstlingen und Filous nie genug
sein ...

BÜCHER VON DARCY BURKE

Historische Romantik

Lords und die Liebe
Ein Herzog wird verzaubert by Darcy Burke
Des Wüstlings Zähmung by Erica Ridley
Erbin dringend gebraucht by Darcy Burke
Die Heiratsvermittlerin und der Marquess by Darcy Burke

Chroniken der Ehestiftung
Unerwartetes Weihnachtsglück
Der verstockte Herzog
Ein Earl als Junggeselle
Der ausgerissene Viscount
Die unechte Witwe

Die Unberührbaren
Ein Earl als Junggeselle (prequel)
Der verbotene Herzog
Der wagemutige Herzog
Der Herzog der Täuschung
Der Herzog der Begierde
Der trotzige Herzog
Der gefährliche Herzog
Der eisige Herzog
Der ruinierte Herzog
Der verlogene Herzog

Der betörende Herzog

Der Herzog der Küsse

Der Herzog der Zerstreuung

Der unverhoffte Herzog

Der charmante Marquess

Der verwundete Viscount

Die Unberührbaren: Die Prätendenten

Geheimnisvolle Kapitulation

Ein skandalöser Pakt

Des Gauners Rettung

Der Phönix Club

Ungehörig: Das Mündel des Earls

Leidenschaftlich: Eine zweite Chance für das Eheglück

Intolerabel: Die Schwester des besten Freundes

Unschicklich: Eine Vernunftehe

Unmöglich: Eine Schöne und ein Scheusal im Liebesglück

Unwiderstehlich: Eine Scheinehe mit dem Spion

Untadelig: Eine geheime, verbotene Affäre

Unersättlich: Der geläuterte Lebemann und die unwillige
Debütantin

Die Liebe ist überall

(eine Regency Weihnachtstrilogie)

Der Earl mit dem flammendroten Haar

Das Geschenk des Marquess

Eine Freude für den Herzog

Ruchlose Geheimnisse und Skandale

Ihr ruchloses Temperament

Sein ruchloses Herz

Die Verführung des Halunken

Verliebt in eine Diebin

Die Schöne und der Halunke

Einmal Halunke, immer Halunke

Der Club der verruchten Herzöge

Eine Nacht zum Verführen by Erica Ridley

Eine Nacht der Hingabe by Darcy Burke

Eine Nacht aus Leidenschaft by Erica Ridley

Eine Nacht des Skandals by Darcy Burke

Eine Nacht zum Erinnern by Erica Ridley

Eine Nacht der Versuchung by Darcy Burke

ÜBER DIE AUTORIN

Darcy Burke ist die USA-Today-Bestsellerautorin von sexy, gefühlvollen, Historische Romanzen der Regentschaftszeit und zeitgenössischen liebesromane. Darcy schrieb ihr erstes Buch im Alter von 11 Jahren – mit einem Happy End – über einen männlichen Schwan, der von der Magie abhängig war, und einen weiblichen Schwan, der ihn liebte, mit nicht sehr gelungenen Illustrationen. Schließen Sie sich ihr an newsletter!

Darcy, die in Oregon an der Westküste der Vereinigten Staaten geboren wurde, lebt am Rande des Wine Country mit ihrem auf der Gitarre spielenden Ehemann und ihren beiden ausgelassenen Kindern, die das Schreiben geerbt zu haben scheinen. Sie sind eine nach Katzen verrückte Familie mit zwei bengalischen Katzen, einer kleinen, familienfreund-lichen Katze, die nach einer Frucht benannt ist, und einer älteren, geretteten Maine Coon, die der Meister der Kühle und der fünf-Uhr-morgens-Serenade ist. In ihrer ›Freizeit‹ ist Darcy eine regelmäßige ehrenamtliche Mitarbeiterin, die in einem 12-stufigen Programm eingeschrieben ist, in dem man lernt, ›Nein‹ zu sagen, aber sie muss immer wieder von vorne anfangen. Ihre Lieblingsplätze sind Disneyland und das Labor Day Wochenende in The Gorge. Besuchen Sie Darcy online unter https://www.darcyburke.de.

facebook.com/darcyburkefans

instagram.com/darcyburkeauthor

pinterest.com/darcyburkewrites

goodreads.com/darcyburke

IMPRESSUM

Deutsche Erstausgabe von:
Darcy E. Burke Publishing
Zealous Quill Press
13500 SW Pacific Hwy., Ste. 58-419
Tigard, OR, 97223
USA

Für die deutschsprachige Ausgabe:
Copyright © 2023 by Petra Gorschboth
Redaktion: Nicole Wszalek
Umschlaggestaltung: © Dar Albert, Wicked Smart Designs.

ISBN: 9781637261286

www.darcyburke.de

Printed by BoD™in Norderstedt, Germany